Thomas R. Koallick

GARRUJA

Die Abenteuer von Xyllopph und
Cculler auf dem Planeten Erde

Bibliografische Information der Deutschen
Nationalbibliothek:
Die Deutsche Nationalbibliothek verzeichnet diese
Publikation in der Deutschen Nationalbibliografie;
detaillierte bibliografische Daten sind im Internet über
http://dnb.dnb.de abrufbar.

Fotos Cover: istockphoto.com

Herstellung und Verlag: BoD – Books on Demand,
Norderstedt

ISBN: 978-3-7519-1384-3

Vorwort

Der Autor Thomas R. Koallick beschreibt in seinem Erstlingswerk das Schöne und Gute, aber auch das Schlechte und das, was bei uns Menschen nicht so gut gelaufen ist, aus der Sicht einer fremden Zivilisation, die aus einer weit entfernten Galaxie kommt. Verpackt wird das Ganze in einem spannenden und intelligenten Roman, in den auch eigene Reiseerfahrungen des Autors einfließen. Nicht immer ganz ernst gemeint und immer mit einem Augenzwinkern werden die Abenteuer der Protagonisten gezeigt. So verbindet der eigentlich sozialkritische Roman Elemente der Spannung, Reiseerzählungen, Fantasy und Science Fiction zu einer unterhaltsamen Geschichte, die den Leser bis zum Ende fesselt und die am Schluss ein überaus unerwartetes Ende nimmt. Von vielen Lesern schon als absolut lesenswert und ungewöhnlich beurteilt. Ein eigenes Genre in der Literatur wurde geschaffen. Der Autor möchte beweisen, dass nicht nur Hass und Gewalt, sondern Liebe und Miteinander sowohl im Leben als auch in der Literatur erfolgreich sein können. Deshalb fließen auch die Erlöse des Autors in ein soziales Hilfsprojekt für Senioren.

Kapitel 1 – Der Aufbruch

**„Der Sinn des Lebens ist,
neues Leben zu erschaffen
und die Vielfalt des Lebens zu bewahren"**

(unbekannter Verfasser)

Xyllopphs Blick verlor sich versonnen in der Ferne.

Vermutlich für lange Zeit würde er diesen, seinen Lieblingsplatz nicht mehr besuchen können. Die leicht schäumenden Wellen flossen wie silbrig schimmerndes flüssiges Aluminium gemächlich den schwarzen Sandstrand hinauf und umspülten seine Füße. Irgendwann erstarrte kurz die fließende Bewegung. Dann kehrte die Welle wieder in das Meer zurück, wobei sie sich mit den entgegenkommenden Wellen vereinte. Xyllopph genoss das Gefühl, wie seine Füße durch den vom Wasser aufgeweichten Sand langsam im Sand einsanken und zart vom Sand umschlossen wurden.

Tief am Horizont stand der kleinere Stern Raja und begann ganz langsam im Meer zu versinken. Jedes Mal faszinierte ihn dieses Schauspiel der Natur. Kein Künstler oder keine künstliche Intelligenz könnte diese Farbenpracht und diese Farbeindrücke gestalten. Die Farben der Atmosphäre wechselten jetzt von hellen Orangetönen bis zu einem dunklen Rot. Er war etwas traurig, dass er diesen Augenblick mit niemanden teilen konnte. Andererseits genoss er das Alleinsein an diesem Ort. Auf seinem Planeten gab es zum Schutz der Natur nur wenige Plätze, an denen man die Natur direkt genießen konnte. An diesen Orten hielten sich deshalb natürlich immer viele Garrujaner auf. Nur jetzt, zu dieser Zeit, hatte er Glück, dass der Strand leer war.

Sein Blick ging wieder zurück. In der Ferne landete gerade ein Schwarm Kyten auf einer Sandbank im Meer. Im Licht der untergehenden Sonnen glitzerten ihre grauen Gefieder wie mit Kristallstaub überzogen. Mit wildem Geschnatter wurden die landenden großen Flugtiere von den bereits auf der Sandbank sitzenden Tieren begrüßt. Dieser Vorgang wiederholte sich jeden

Abend so lange, bis sich der gesamte Schwarm versammelt hatte. Das laute Geschnatter der Kyten war vermutlich die gegenseitige Information von den jeweils erlebten Ereignissen des vergangenen Tages. Eventuell tauschten sich die Tiere auch darüber aus, wo es Gefahren und gute Futterplätze gibt. Zumindest spürte Xyllopph in seinem Kopf solche Gedanken. Sobald alle Tiere versammelt waren, erhob sich nacheinander der gesamte Schwarm von der Sandbank und flog in größeren und kleineren Gruppen Richtung Nachtquartier.

Xyllopph musste lächeln. Wie ähnlich doch das Verhalten dieser Tiere, die mit relativ geringer Intelligenz ausgestattet sind, in vielen Bereichen zu dem seiner eigenen Artgenossen war.

„Irgendwie sind wir doch alle gleich und gehören irgendwie alle zusammen", dachte sich Xyllopph.

Nun näherte sich auch der größere Stern Raya dem Horizont. Die zeitlich so eng aufeinanderfolgenden Untergänge der beiden Himmelskörper waren relativ selten. Xyllopph sah es als positives Zeichen für seine kommende schwierige Mission an, dass ihm an seinem letzten Abend diese prächtige *Aufführung* der Natur noch einmal dargeboten wurde. Jetzt verschwand auch langsam die zweite Sonne hinter dem Horizont. Die unterschiedliche Brechung der Lichtstrahlen der beiden Sonnen in der Atmosphäre erzeugte ein furioses Farbenspiel, das das gesamte Lichtspektrum einschloss. Auf der Wasseroberfläche spiegelte sich ein letztes Mal die Sonne und erzeugte grandiose blitzende Lichtreflexe. Dann verschwand sie und die spektakuläre *Vorstellung* der Natur hatte ein Ende.

Auch wenn er diese Naturerscheinungen schon oft erlebt hatte, war er doch jedes Mal wieder ergriffen von der Schönheit und der gewaltigen Macht der physikalischen und kosmischen Abläufe.

Mit der jetzt einsetzenden Dunkelheit wanderten seine Gedanken zurück zu den Ereignissen des heutigen Tages. Ereignisse, dies wusste er, die sein ganzes zukünftiges Leben völlig verändern würden. Die Frage war nur, ob positiv oder negativ. Ihm war aber auch klar, seiner Verantwortung konnte er sich nicht entziehen und er musste sich der vor ihm liegenden Aufgabe stellen. Ein wenig überkam ihn Angst und er fröstelte.

Er rief sich den Tag noch einmal in Erinnerung. Es begann, als er frühmorgens noch in der Reinigungskabine schwebte und gerade der Massagevorgang begonnen hatte. Plötzlich summte der Kommunikator und mitten im Raum erschien das Wappensymbol des Obersten Rates (OR). Gleichzeitig wurde der Reinigungsvorgang automatisch abgebrochen und das Kraftfeld setzte ihn wieder sanft am Boden ab.

Gleich darauf erklang die Stimme der Zentralintelligenz (ZI): „Hochwohlgeborener, ich bitte die Störung zu entschuldigen." Diese Ansprache als *Hochwohlgeborener* amüsierte Xyllopph immer wieder. Woher auch immer die ZI diesen Begriff her hatte - vermutlich aus der Datensammlung irgendeiner fernen fremden Welt -, er passte so absolut nicht zur Garrujanischen Kultur. In ihrer sozialen Gemeinschaft hatten alle Lebewesen die gleiche Wertigkeit und jeder war für das Allgemeinwesen wichtig. Deshalb war die Hervorhebung des Einzelnen durch den Begriff *Hochwohlgeborener* eigentlich für die Aufrechterhaltung des gleichgestellten Zusammenlebens nicht förderlich. Oder vielleicht gerade doch und ihm fehlte nur das Wissen von den psychologischen Zusammenhängen. Auf jedem Fall beruhte das Denken und Handeln der ZI auf dem Jahrtausende alten Wissen von ihrem Planeten und dem weiterer unzähliger anderer Welten. Und Xyllopph verließ sich darauf, dass die ZI von ihren Schöpfern so konzipiert worden war, dass sie immer zum Wohle des Einzelnen und damit auch der Gemeinschaft handelte. Zweifel daran sollten deshalb nicht angebracht sein. Oder doch?

Die ZI sprach weiter: "Dies ist eine Anordnung des OR. Wir bitten Xyllopph in aller Dringlichkeit, sich umgehend zum derzeitigen Vorsitzenden des OR zu begeben. Es handelt sich um einen interplanetaren Notfall. Eine Flugkapsel steht bereits zur Abholung bereit."

Für einen nicht mit solchen Begriffen Vertrauten hörte sich diese Nachricht sicherlich nicht so dramatisch an. Der Begriff *interplanetarer Notfall* war für Xyllopph aber das Zeichen, dass irgendetwas Schlimmes passiert sein musste. Etwas, das eine große Gefahr für ihren Planeten bedeuten würde.

In aller Eile zog er sich an. Noch bevor er selbst den Öffnungsmechanismus für seine derzeitige Unterkunft betätigen konnte, bildete sich bereits in der Außenwand das Portal für den Ausgang. Um den Ablauf zu beschleunigen hatte die ZI offensichtlich das Kommando übernommen. Wieder überkam ihn ein ungutes Gefühl bei dem Gedanken, in vielen Bereichen so vollkommen von der ZI abhängig zu sein. Andererseits hoffte und glaubte er, dass er sich vollständig auf die ZI verlassen konnte.

Direkt vor dem Ausgang schwebte bereits die angekündigte Flugkapsel mit geöffneter Kuppel. Die kleinere Sonne stand bereits hoch am Himmel und Xyllopph konnte ihre wärmenden Strahlen auf seiner

Haut spüren. Auf der Straße war niemand zu sehen, alles war noch ruhig und verschlafen. Im Augenwinkel sah er nur zwischen den Nachbargebäuden eine flüchtige Bewegung. Ein kleiner blaugelber Bathan suchte mit flinken Sprüngen zwischen den verschiedenfarbig blühenden Pflanzen nach Futter. Mit einem fast ebenso flinken, wie kleinen, Satz sprang Xyllopph in die Kabine der Flugkapsel. Er hatte sich noch nicht gesetzt, da beschleunigte bereits die Flugkapsel. Gleichzeitig begann sich die durchsichtige Kuppel zu schließen. Schnell ließ er sich in einen der sechs bequemen körperanpassenden Sessel fallen. Ein sanfter Druck am Körper signalisierte die Aktivierung des Sicherheitskraftfeldes, das dem Schutz der Passagiere vor starken Beschleunigungskräften diente. Er spürte vor der endgültigen Schließung noch den zunehmenden Fahrtwind im Gesicht. Eigentlich durften diese Kapseln erst bei geschlossener Kuppel starten. Die ZI nahm diesmal darauf keine Rücksicht. Für Xyllopph eine weitere Bestätigung, dass es sich um ein wirklich gravierendes Ereignis handeln musste und dass höchste Eile geboten war. Mit Höchstgeschwindigkeit schoss das Fluggerät durch die Atmosphäre. Die Gebäude unter ihm wurden zunehmend kleiner.

Für die vergangene Nacht hatte er eine Unterkunft im oberen Geschoss einer freien Wohneinheit auf einer der über dem südlichen Meer schwebenden Plattformen gewählt. Der OR befand sich genau auf der entgegengesetzten Seite des Planeten. Deshalb steuerte die ZI seine Flugkapsel jetzt steil nach oben, um in einem Orbitalflug am schnellsten das Ziel ansteuern zu können. Er bemerkte am Flugverhalten der sich in seiner Nähe fliegenden weiteren Flugkapseln – hier oben in der Atmosphäre herrschte wie jeden Morgen bereits reger Flugverkehr - dass seine Flugkapsel absoluten Vorrang hatte. Alle anderen Flugkapseln mussten ihre Flugbahnen abrupt ändern, damit seine Flugkapsel ohne Verzögerung mit voller Geschwindigkeit auf der direkten Flugbahn bleiben konnte.

Unter ihm verschwanden schnell die Konturen der Landschaft und Xyllopph konnte seinen grünen Planeten in ganzer Schönheit und Gänze betrachten. Große weiße Wolkengebilde zogen über den großflächigen grünen Waldgebieten unter ihm hinweg. Was für eine, immer wieder beeindruckende, Aussicht. Bei dem Anblick seines Planeten aus dieser Höhe wurde ihm zum wiederholten Mal klar, wie klein und unbedeutend die Garrujaner auf ihrem Planeten Garruja in diesem großen Universum doch waren. Was für ein Glück, dachte er, dass ich in einer Zeit des Friedens und Wohlstand leben darf und solche Augenblicke des Glücks genießen kann.

Und sofort schloss sich die immer wiederkehrende Frage an diese Gedanken an: Wer ist für all dies verantwortlich? Gibt es einen Schöpfer oder läuft alles nach Zufall ab? Diese Fragen beschäftigen die Garrujaner schon seit Garrujanergedenken. Bisher hatte man darauf noch keine befriedigende Antwort gefunden. Aber das ganze Streben und Forschen ihrer intelligenten Planetengemeinschaft ging in die Richtung, diese Frage irgendwann einmal wissenschaftlich fundiert beantworten zu können.

Lange konnte Xyllopph seinen philosophischen Gedanken jedoch nicht nachgehen. Die ZI steuerte seine Flugkapsel, weiterhin mit absoluter Höchstgeschwindigkeit, nun aber bereits wieder in Richtung nach unten, Richtung Planetenoberfläche. Am Horizont tauchte schon die über den grünen Wäldern der nördlichen Hemisphäre schwebende riesige Verwaltungsplattform auf. Er konnte bereits Einzelheiten der Gebäude erkennen. Die Mitte der Plattform wurde vom großen weißen quaderförmigen Gebäudekomplex des OR dominiert. Darauf schoss er mit seinem Fluggerät jetzt zu.

Bei der noch immer bestehenden Höchstgeschwindigkeit und dem rasant näherkommenden Gebäude überkam ihn ein mulmiges Gefühl. Hoffentlich weiß die ZI noch, was sie tut und hoffentlich funktionieren die Bremsabsorber entsprechend, dachte er. Xyllopph wurde es plötzlich sehr warm.

In einem waghalsigen Manöver, mit immer noch voller Geschwindigkeit, schoss seine Flugkapsel in einer kleinen Kurve direkt auf die oberste Fensterreihe des Gebäudes zu. Xyllopph sah sich bereits an der Fassadenseite mit seinem Fluggefährt zerschellen. Kurz vor dem zu erwartenden Aufprall bildete sich eine Strukturlücke in der Außenseite des Gebäudes. Die Flugkapsel schoss mit jetzt starker Bremswirkung in das Gebäude hinein.

Das Fluggerät kam hinter der Außenwand im Inneren in einem großen Gang zum Stehen. Zuvor hatte es noch einige im Gang befindliche Verwaltungsmitarbeiter durch sein plötzliches und nicht zu erwartendes Auftauchen aufgescheucht. Diese schockierten Garrujaner entfernten sich jetzt, nach einem kurzen Augenblick der Besinnung, schwer atmend und erkennbar etwas bleich im Gesicht schnell von diesem Ort. Am anderen Ende des langen Ganges sah Xyllopph viele weitere Garrujaner, die sehr geschäftig durch den Gang huschten und durch die seitlichen Portale verschwanden.

Auch wenn sich Xyllopph äußerlich nichts anmerken ließ, die Landung und der vorhergehende Flug hatten ihn doch stark aus der Ruhe gebracht. Das Flugmanöver mit direkter Landung im Gebäude war für ihn völlig überraschend gekommen. Er hatte sich so erschrocken, dass sich sein kurzes helles Fell am ganzen Körper aufgerichtet und gesträubt hatte.

Nachdem sie den ganzen Flug über geschwiegen hatte, meldete sich die leicht säuselnde Stimme der ZI wieder: "Wie Du Dir vielleicht schon denken kannst, sind wir am Ziel angekommen. Euer Hochwohlgeboren können nun aussteigen."

Gleichzeitig öffnete sich die Kuppel und das ihn schützende Kraftfeld erlosch. Die ZI fuhr fort: "Euer Hochwohlgeboren möge sich in den dritten Raum auf der rechten Seite begeben. Ich hoffe, der Flug hat gefallen." Und um noch eins draufzusetzen: "Beehren Sie uns bald wieder. Immer zu Diensten." Xyllopph meinte in der Stimme der ZI ein leises Lachen vernommen zu haben. Aber da musste er sich wohl getäuscht haben. Gefühle oder emotionale Gefühlsregungen dürfte die ZI seiner Meinung nach nicht besitzen. Spätestens jetzt aber wich die Anspannung bei Xyllopph und er musste selbst laut lachen. Die Schöpfer der ZI mussten über ein deutliches Maß an Humor verfügt haben.

Mit den Worten: "Vielen Dank für die außerordentlich ruhige und erholsame Beförderung" verabschiedete sich Xyllopph von der ZI und machte sich auf den beschriebenen Weg. Er wollte vor der ZI auf keinen Fall zeigen oder zugeben, wie sehr ihn der Flug und die Landung mitgenommen hatte.

Beim Zurückblicken sah er noch, wie die Flugkapsel wieder ins Freie schwebte und sich das Loch in der Außenwand schloss. Es gab doch immer wieder neue Erfahrungen in dieser Welt. Aber wie sollte er auch schon alles kennen und wissen, er war ja noch relativ jung. Und der Abschluss der Grundausbildung lag auch noch nicht so lange zurück.

Als er den beschriebenen dritten Raum betrat, kam sofort der direkte Assistent des OR auf ihn zu. Origollp war etwas älter als er selbst. Sie hatten sich bereits bei Ausbildungsveranstaltungen kennengelernt, bei denen Origollp als Ausbilder aufgetreten war. Origollp wirkte sehr nervös. Xyllopph konnte seine Anspannung und große Unsicherheit spüren. Dies wirkte sich auch auf ihn aus. Jetzt spannte sich sein Körper automatisch an, er registrierte Spannung und Gefahr und sein Körper reagierte entsprechend.

Origollp verschränkte seine Arme zum Zeichen des Grußes: "Bleibe gesund und glücklich" begrüßte er ihn. Xyllopph erwiderte die Begrüßung. Origollp sprach sofort ohne Pause weiter: "Der derzeitige Vorsitzende wartet bereits auf Dich." Mit diesen Worten öffnete sich auch schon die Wand zum nächsten Raum und Xyllopph wurde hineingeführt. Auf der rechten Seite gab eine große transparente Wand den Blick frei auf die Gebäude der Verwaltungsplattform.

Obwohl sich der Raum im Innern des Gebäudes befand, konnte man den Ausblick in das Freie genießen. Xyllopphs Blick wanderte über die von der Sonne hell erleuchteten Bauwerke. Die einheitliche, klare und funktionelle Architektur der Gebäude, die sich nur in der Höhe und Breite unterschieden, faszinierte ihn jedes Mal.

Garrujaner halten sich nicht gerne in geschlossenen Räumen auf. Erst diese Technik der transparenten Wände, die den Eindruck eines offenen

Raumes schaffen, macht es möglich, dass sich Garrujaner auch in geschlossenen Räumen und Gebäuden wohl fühlen können. Wer auch immer für diese Erfindung verantwortlich war, Xyllopph und vermutlich auch alle anderen Garrujaner waren darüber mehr als froh und dankbar.

Noch mehr fesselte aber Xyllopph die linke Wand bzw. Seite des Raumes. Denn es gab eigentlich keine Wand. Diese Seite bestand nur aus vielen räumlichen Bilddarstellungen, die sich teilweise überlappten oder ineinander übergingen. Es waren unbekannte Sternenkonstellationen, aber auch Zahlenreihen und farbige Diagramme zu erkennen. Diese Darstellungen nahmen den gesamten Raum ein und erzeugten ein Gefühl, als schwebe man mitten in ihnen oder bei den Sternenabbildern, als befände man sich direkt im Universum.

Inmitten dieser Hologramme stand ein hochgewachsener schlanker Garrujaner mit schlichter grauer Uniform. Sein Fell am Kopf war silbergrau. Als er sich umdrehte, zogen Xyllopph sofort die tiefgrünen Augen und die kantigen Gesichtszüge in ihren Bann. Mit dunkler Stimme begrüßte er Xyllopph: "Bleibe gesund und glücklich, mein Sohn." Er fuhr fort: "Schön, dass Du so schnell kommen konntest."

Trotz der offensichtlich angespannten und für Ihren Planeten bedrohlich Lage, strahlte dieser Garrujaner mit seinem Auftreten und seiner ruhigen Stimme eine überwältigende Ruhe aus. Xyllopph war einen Augenblick verdattert. Das letzte, was er erwartet hätte, war seinen Vater hier zu sehen. Auch wenn Garrujaner nicht in langfristigen festen Bindungen zusammenleben und das Zeugen von Nachwuchs üblicherweise von der ZI mit Hinblick auf Verbesserung der vererbten Eigenschaften gesteuert wird, existieren doch besondere emotionale Bindungen zwischen den Erzeugern und ihrem Nachwuchs.

Deshalb erwiderte er den Gruß seines Vaters mit großer Freude, wenn auch - bedingt durch die Überraschung - etwas mit Verzögerung. Immerhin hatte er seinen Vater schon sehr lange nicht mehr gesehen. Arabjan - sein Vater - registrierte die Freude des Sohnes sichtbar lächelnd.

Arabjan begann sofort zu sprechen: "Deine Ausbildung zum wissenschaftlichen Planetenforscher für Garruja ähnliche Planeten ist zwar noch nicht abgeschlossen. Wir müssen Dich aber sofort in einen Einsatz schicken. Wir haben nämlich den Kontakt zu einem unserer wissenschaftlichen Außenposten verloren."

Xyllopphs Gedanken überschlugen sich. Den Kontakt zu einem Außenposten verloren? Dies würde ja bedeuten, dass die Bewohner des fremden Planeten den Außenposten entdeckt hatten und die Verbindung zu Garruja gekappt worden war. Ein technischer Defekt war eigentlich aufgrund der ausgefeilten Systeme mit vielen Mehrfachabsicherungen nicht denkbar. Eventuell war der Garrujaner auf diesem Planeten nicht mehr am Leben oder in Gefangenschaft geraten. Dies bedeutete den größtmöglichen Unfall und Schaden, der der galaktischen Planetengemeinschaft zugefügt werden konnte. Denn wenn die Hochtechnologie und das Wissen der Garrujaner und des Außenpostens in falsche Hände geriet, war in absehbarer Zeit die Sicherheit von vielen Planeten gefährdet.

Xyllopph rekapitulierte automatisch noch einmal gedanklich schnell die Hintergründe des Programms zur Erforschung und Kontrolle fremder Planeten.

In der langen Geschichte des Universums traten immer wieder gewalttätige Völker auf, die die Sicherheit und Souveränität friedliebender Planeten und ihrer Völker bedrohten. Deshalb hatten sich vor ewig langer Zeit alle friedliebenden Völker in der galaktischen Planetengemeinschaft zusammengeschlossen. Das formulierte gemeinsame Ziel war, sowohl gewalttätige Völker in Schach zu halten und zu verhindern, dass diese sich in der Galaxis ausbreiten, als auch durch Forschungsstationen auf diesen Planeten sämtliche Daten über Natur und Technik zu sammeln, um selbst ein besseres Verständnis über den Sinn des Universums zu bekommen.

Mit den Forschungsstationen und Außenposten direkt auf den betreffenden Planeten konnte sichergestellt werden, dass gefährliche Entwicklungsphasen schnell erkannt wurden und entsprechende Gegenmaßnahmen frühzeitig eingeleitet werden konnten. Die Außenposten mussten gewährleisten, dass von gewalttätigen oder nur auf den eigenen Vorteil bedachten Planetenpopulationen keine Gefahr für die große Gemeinschaft der galaktischen Planetengemeinschaft ausgehen konnte. Auf jeden Fall musste verhindert werden, dass die Technik zur Überbrückung intergalaktischer Entfernungen von diesen Völkern entwickelt werden konnte.

Dafür waren verschiedene Möglichkeiten vorgesehen. Die Palette reichte von mentalen Beeinflussungen bis zur wiederkehrenden Sabotage. Notfalls mussten Unterlagen vernichtet werden und/ oder führende Wissenschaftler unter Zuhilfenahme von partiellen Gedankenlöschungen *umgesiedelt* werden.

Da sich auf den betreffenden Planeten viele Parteien in der Regel kriegerisch gegenüberstanden, war es kein Problem, diese Handlungen einer der gegnerischen Parteien durch geschickte Informationen bzw. Informationsverschleierung anzulasten. Doch nun bestand aber offensichtlich die Gefahr, dass sich dieses Vorgehen mit den wissenschaftlichen Außenposten als Fehler erweisen könnte und die fremde Zivilisation an ihr Wissen und ihre Technik gelangen könnte.

Wie aus weiter Ferne hörte er Arabjan weiter sprechen: "Wir bereiten mit Hochdruck Deinen Flug vor. Bis heute Nacht werden wir alle Vorbereitungen abgeschlossen haben. Morgen früh wirst Du starten. Bis dahin wird Dich Origollp mit allem vertraut machen und Dir alle möglichen Informationen für Deinen Einsatz geben. Hast Du noch Fragen, mein Sohn?" Xyllopphs Gedanken schwirrten nur so umher. Im Augenblick fiel ihm keine Frage ein. Er war sich jedoch sicher, ihm würden noch mehr Fragen einfallen, als ihm lieb war. Schließlich hatte er dann doch noch eine Frage: „Welcher Garrujaner ist denn im Augenblick auf dem Außenposten?" Er konnte sehen, wie sich Arabjan und Origollp kurz ernst ansahen. Arabjan antwortete mit einiger Verzögerung: „Irgendwann hättest Du es sowieso erfahren müssen. Es ist Cculler." Xyllopph war geschockt. Cculler!? Die Cculler? Arabjan hatte es seinem Gesicht angesehen und seine Gedanken erraten. Er bestätigte: "Ja, es ist DIE Cculler."

Xyllopph war die Jahre nach seiner Geburt in einer der wichtigsten Aufzuchtgemeinschaften der Regierung (immerhin war sein Vater zu dieser Zeit schon einmal ein hoher Regierungsvertreter gewesen) gemeinsam mit Cculler aufgewachsen. Cculler war zwar etwas älter als Xyllopph, aber während der vielen Jahre der Basisausbildung hatten sie sich sehr angefreundet und in ihrer Freizeit viel gemeinsam unternommen. Da Cculler und er damals unterschiedliche Fähigkeiten und persönliche Eigenschaften hatten, wurden sie beide später während der Phase der weiteren Fortbildung in unterschiedliche Lerngemeinschaften gesteckt. Die sehr intensiven Lerneinheiten an stetig wechselnden Orten boten keinen Raum für Freizeit. Damit ging der Kontakt verloren und man verlor sich aus den Augen.

Wieso hatte Cculler trotz damalig unterschiedlicher Veranlagungen jetzt doch offensichtlich die gleiche oder ähnliche Ausbildung erhalten - auch er wurde zum Planetenforscher ausgebildet? Und warum war ihre Ausbildung bereits beendet und sie als ausgebildeter Planetenforscher bereits auf einem Planeten? Und lebte sie noch oder was war mit ihr passiert, dass es keinen Kontakt mehr zu ihr gab? Wieso hat man ihn für diese Mission ausgewählt und nicht einen der erfahreneren Forscher? Viele Fragen schwirrten ihm durch den Kopf.

Arabjan spürte seine Fragen und sprach: "Wir hatten unsere Gründe Euch beide zu trennen und unterschiedlich auszubilden. Zu gegebener Zeit wirst Du auch diese Gründe erfahren. Mehr musst Du jetzt aber nicht wissen. Ich wünsche Dir viel Glück und komme gesund mit Cculler wieder zurück." Arabjan drehte sich mit diesen Worten um und wendete sich wieder seiner Arbeit zu. Für ihn war somit das Gespräch beendet. Er ließ einen durch und durch verwirrten Xyllopph zurück.

Noch völlig mit seinen Gedanken beschäftigt, hörte er wie aus weiter Ferne Origollp sprechen: "Wir dürfen keine Zeit verlieren. Als erstes müssen wir dich mit den Gegebenheiten auf dem fernen Planeten vertraut machen. Danach folgt die Einweisung in deine Ausrüstung. Bitte folge mir."

Xyllopph folgte Origollp zurück auf den Gang. Mit schnellem Schritt ging Origollp voraus. Am Ende des Ganges sprangen beide fast gleichzeitig in eine der vertikalen Beförderungsröhren. Schnell wurden beide vom Kraftfeld mit zunehmender Geschwindigkeit nach unten gezogen.

Origollp deutete nach unten: "Beim untersten Ausstiegsportal müssen wir die Röhre verlassen. Bitte bereite dich vor." Gleichzeitig sprach er in seinen Kommunikator: "Ausstieg unterste Sicherheitsebene."

Die ZI hatte sie natürlich bereits registriert und gab den Ausstieg frei. Das Kraftfeld transportierte sie aus der Röhre zum Ausstiegsportal und setzte sie sanft am Anfang des sehr langen Gangs ab. Den ganzen Gang entlang gab es auf beiden Seiten viele Eingänge zu den dahinterliegenden Räumen. Überall an den Schwellen zu den Eingängen blinkten blaue und violette Leuchtstreifen und zeigten Gefahr an bzw. dass diese Räume für Unbefugte gesperrt waren.

Xyllopph fühlte sich zum wiederholten Mal an diesem Tag nicht wohl, eine solche Einrichtung hatte er zuvor noch nie betreten. Sein Nackenfell sträubte sich erneut. Origollp aber ging bereits zielstrebig auf einen der Durchgänge zu und so blieb Xyllopph nichts Anderes übrig, als ihm zu folgen.

Hinter dem Durchgang öffnete sich ein großer, schwach erleuchteter Raum. Überall darin verteilt zeigten mehrdimensionale Bilddarstellungen Sternenkonstellationen und unbekannte Galaxien.

Xyllopph fühlte sich auf einmal wie in einem Flugobjekt in der Galaxis schwebend. Einzig die vielen, offensichtlich schwer beschäftigten und emsig diskutierenden, Wissenschaftler im Raum störten den Eindruck.

Aus einer dieser Gruppe von Wissenschaftlern löste sich ein Garrujaner und kam auf sie zu. Die Gestalt, die sich ihnen jetzt näherte, hatte die beige Uniform eines führenden Wissenschaftlers an. Beim Näherkommen erkannte Xyllopph, dass es ein weiblicher Garrujaner war. Sie war etwas kleiner als er und machte noch einen sehr jugendlichen Eindruck - mehr als 50 bis 60 Jahre konnte sie nicht alt sein. An den unbedeckten Armen und am Kopf leuchtete ein helloranges Fell. Ihre großen, frech lustig blitzenden tiefbraunen Augen und ihre außergewöhnlich langen, mit kleinen Haarbüscheln besetzte Ohren machten Xyllopph unsicher. Mit einer so attraktiven Garrujanerin an diesem Ort hatte er nicht gerechnet.

Mit verschränkten Armen und leicht verbeugend begrüßten sie sich alle drei. Origollp übernahm die Vorstellung: "Darf ich vorstellen. Charrill, unsere leitende Wissenschaftlerin für intergalaktische Koordination und dies hier ist Xyllopph, unser noch in Ausbildung befindlicher Planetenforscher."

Ohne weitere Umschweife kam Charrill sofort zur Sache: "Unsere Zeit ist sehr knapp bemessen. Die Zeit für eine normale Schulung haben wir nicht. Deshalb müssen wir Dir alle wichtigen Informationen mental direkt übertragen. Die Zulässigkeit dieses Verfahrens haben wir bereits mit der ZI und dem OR abgeklärt. Ich habe mich dazu ebenfalls aufgrund der Ausnahmesituation und der großen Gefahr für unseren Planeten und der intergalaktischen Planetengemeinschaft bereit erklärt. Jetzt liegt es noch an Dir, Xyllopph, diesem Verfahren zuzustimmen."

Eine Mentaldirektverbindung zwischen den Denkzentren einzelner oder aller Garrujaner war eigentlich nichts Besonderes. Sie wurde häufig bei Abstimmungen und Problemklärungen angewandt. Man bildete untereinander eine gedankliche Verbindung und öffnete dem oder den anderen seine Gedanken und Vorstellungen. Die Regeln dafür waren klar. Jeder konnte und durfte bei den anderen nur die Gedanken einsehen, die das Problem oder eine eventuelle Abstimmung betrafen. Das theoretisch mögliche gedankliche weitere Eindringen in die Gedanken des/ der Anderen war nicht gestattet und wurde auch von allen Garrujanern respektiert.

Zusätzlichen Schutz bot die ZI, da diese das Einhalten der Regeln kontrollierte. Von einem Bruch dieser Vereinbarung hatte Xyllopph noch nie gehört. Auch lag es nicht in der Mentalität von Garrujanern, andere zu betrügen oder sich durch unfaires Verhalten einen Vorteil zu verschaffen. Insofern hätte Xyllopph also keine Angst vor diesem Verfahren haben müssen.

In dieser Situation tat sich jedoch ein anderes, weitaus schwerwiegenderes Problem auf. Die Öffnung für eine solche Fülle an Wissen und Gedanken barg natürlich auch die Gefahr, dass man unbewusst auf sehr private und intime Gedanken seines Gegenübers stoßen könnte. Insbesondere war dies dann zu befürchten, wenn man durch die Attraktivität eines Garrujaners anderen Geschlechts, wie im Augenblick Xyllopph von Charrill, überaus unkonzentriert und abgelenkt war. Xyllopph war hin und her gerissen. Sollte er zustimmen und sich vielleicht dadurch in eine peinliche Situation bringen? Oder ablehnen, was noch peinlicher wäre? Schlussendlich überwog die Verantwortung für Garruja.

"Auch wenn ich so etwas noch nie gemacht habe, bin ich selbstverständlich einverstanden." Charrill und Origollp atmeten spürbar auf. Charrill: "Schön, dann ist dies auch geklärt. Bitte folgt mir, damit wir mit der Übertragung schnell beginnen können."

Sie führte Origollp und Xyllopph den Gang entlang. Einige Türen weiter bog sie in einen fast leeren Raum. Nur ein paar bequeme Sitzschalen standen in der Mitte des Raumes. Außergewöhnlich waren die Wände des Raumes. Es gab nämlich keine Wände. Alle vier Seiten des Raumes waren offen und man konnte den Wald sehen und fühlen. Selbst der Eingang, durch den sie eben noch den Raum betreten hatten, war verschwunden. Nur eine kleine weiße Markierung am Boden zeigte den Ausgang an. Xyllopph wollte die Wand mit seiner Hand ertasten, fasste jedoch ins Leere.

Charrill lächelte den verdutzten Xyllopph an: "Bei dem, was Du siehst, handelt es sich im Gegensatz zu den sonst üblichen dreidimensionalen Bilddarstellungen um eine geistige Projektion. Anders als die optischen Projektionen in unseren Gebäuden, die eine direkte Ansicht der Außenwelt ermöglichen, wird die geistige Projektion des Waldes nur in unseren Gehirnen erzeugt und dient uns zur Entspannung und Konzentration. Wir könnten auch in den Wald hineingehen. Zumindest würde uns die Projektion diesen Eindruck vermitteln. Das geistige Projektionssystem ist identisch mit einigen unserer Tarnvorrichtungen, die wir zu unserem Schutz einsetzen. Nimm bitte auf einem der Sessel Platz. Origollp wird jetzt den Raum verlassen und wir können mit der geistigen Übertragung beginnen. Einverstanden?"

Ohne eine Antwort abzuwarten, setzte sich Charrill in einen der Sessel, der sich sofort ihrem schlanken Körper anpasste und seitlich umschloss. Xyllopph folgte ihrem Beispiel und nahm Platz. Er sah aus dem Augenwinkel, wie Origollp in den Wald ging bzw. durch den Ausgang den Raum verließ und plötzlich in diesem fiktiven Wald verschwunden war.

Xyllopph blickte nervös zu Charrill hinüber. Charrill sah mit ihren großen braunen Augen Xyllopph ruhig an. Sie sagte: "Ich spüre Deine Unruhe und Erregung. Mir geht es auch nicht besser. Entspanne Dich aber nun und konzentriere Dich auf mich. Alle Daten und Informationen, die ich jetzt an Dich weitergebe, wurden von der ZI und dem OR freigegeben. Die Gedankenübertragung wird auch von der ZI überwacht. Du musst also keine Angst haben, dass ich Dich mit persönlichen Gedanken manipuliere."

Davor hatte Xyllopph am wenigsten Angst. Er befürchtete nur, dass Charrill vielleicht auf Gedanken bei ihm stoßen könnte, die sich um Charrills Aussehen drehten. Sein Denken war im Augenblick nur auf diese für ihn überaus attraktive Garrujanerin fokussiert. Ein wenig schämte er sich darüber. Wie würde Charrill reagieren, wenn sie auf seine unreifen Gedanken stoßen sollte? Nur das beunruhigte ihn und nichts Anderes. Aber jetzt konnte er nicht mehr zurück.

Er versuchte sich zu entspannen und bevor er die Augen zur Konzentration schloss, fiel der letzte Blick auf die in ihrem Sessel bereits tief entspannte und ruhig und regelmäßig atmende Charrill. Mit diesem schönen Bild drifteten seine Gedanken zu Charrill. Er spürte, wie sich ihre Gedanken trafen. Die Übertragung mit einer Flut von Informationen und Fakten begann.

Xyllopph war jetzt völlig entspannt und öffnete sich vollständig. Bei der Schnelligkeit der Gedankenübertragung und der Fülle der Informationen konnte er bewusst nicht alle Daten und Fakten erfassen. Er war sich jedoch sicher, dass alle Informationen bei ihm ankamen und bei Bedarf auch von ihm unmittelbar uneingeschränkt abgerufen werden könnten. Nur die zentralen Fakten und die wesentlichen Unterschiede zu Garruja versuchte er gleich bewusst zu speichern und zu sortieren.

Die wissenschaftliche Erforschung fremder Planeten sah nach dem Willen ihrer Erschaffer vor, dass nur dem eigenen Planeten ähnliche Welten erforscht und betreut werden sollten. So war es auch nicht verwunderlich, dass es sich bei dem betreffenden Planeten um eine Welt handelte, die der ihren sehr ähnlich war. Nach dem Willen der galaktischen Planetengemeinschaft war immer der Planet für die Erforschung und Kontrolle zuständig, dessen Lebensverhältnisse und dessen Bewohner am besten aneinander angepasst waren. Es machte keinen Sinn, ein Methan atmendes, in einer Flüssigkeit lebendes Volk mit einem tonnenschweren und rechteckigen grauen Körper mit 20 Laufgliedern, wie z.B. die Zooqqten (ein Volk, das sich mit Infraschall verständigt) als Planetenforscher zu einem Planten zu schicken, dessen im gesamten Spektrum des Lichts schillernde Bewohner Sauerstoff atmen, sich ausschließlich in der Luft bewegen und sich mit Ultraschall verständigen (wie zum Beispiel die Brk).

Der Planet, zu dem nun die Mission führen sollte, befindet sich in einem Sonnensystem am Rande einer Galaxie. Das System hat nur eine Sonne, die im Vergleich zu anderen Sonnen relativ durchschnittlich ist. Die Masse der Sonne ist rund 700mal größer als die Masse der sie umkreisenden Planeten. Über 99% der Gesamtmasse des Systems konzentrieren sich auf die Sonne. In 7 Milliarden Jahren wird sie sich vermutlich in einen Roten Riesen verwandeln und kurz danach in einen weißen Zwerg. Die Entfernung zu Garruja beträgt mehrere Tausend-Normgalaxien-Durchmesser. Um die Sonne kreisen mehrere Planeten (davon acht größere), wobei nur ein Planet von relativ intelligenten Lebewesen bevölkert wird. Dieser Planet ist der zur Sonne drittnächste und im Sonnensystem fünftgrößte Planet. Die größten Planeten in diesem Sonnensystem sind Gasplaneten.

Die Oberfläche des mit intelligentem Leben bevölkerten Planeten besteht zu zweidrittel aus Wasser. Der Planet bewegt sich auf einer elliptischen Umlaufbahn um die Sonne. Durch die Eigenrotation des Planeten und die dadurch entstehenden Fliehkräfte ist der Planet an den Polen etwas abgeflacht.

Der Planet hat in geringer Entfernung einen Mond als ständigen Begleiter. Dieser beeinflusst (neben der Sonne) mit seiner Anziehungskraft maßgeblich die Materie des Planeten, was insbesondere bei den großen Wasserflächen zu regelmäßig auftretenden Flutwellen führt.

Da der Planet noch relativ jung ist, gibt es an der Oberfläche noch häufig vulkanische Aktivitäten. Zusätzlich wird die Oberfläche immer wieder aufgrund der Verschiebungen der Kontinentalplatten, die auf dem flüssigen Kern des Planeten schwimmen, durch starke Erdbeben erschüttert.

Bedingt durch die Neigung des Planeten zur Hauptachse und durch die Umlaufbahn um die Sonne werden die Regionen auf dem Planeten unterschiedlich mit Sonnenenergie bestrahlt. Dadurch entstehen unterschiedliche Klimazonen und wechselnde Jahreszeiten. Neben kalten und warmen Perioden gibt es auch entsprechende Übergangszeiten. Manche Regionen sind fast durchgängig trocken und heiß, feucht und heiß oder immer kalt und mit Eis bedeckt (Polregionen).

Die Atmosphäre besteht zu rund 78 Prozent aus Stickstoff und zu 20 Prozent aus Sauerstoff, ist also für Garrujaner gut verträglich (auf Garruja ist der Stickstoffanteil nur geringfügig niedriger).

Die Rotation des Planeten und die unterschiedliche Sonneneinstrahlung ist auch hauptsächlich die Ursache für das Entstehen großflächiger Gebiete mit unterschiedlichem Atmosphärendruck (deutlich extremer als auf Garruja). Diese führen in Verbindung zu dem in der Atmosphäre befindlichem Wasserdampf zu immer wieder wechselnden Gebieten, in denen Trockenheit vorherrscht bzw. Wasser aus der Atmosphäre durch Kondensation in flüssiger oder gefrorener Konsistenz auf die Planetenoberfläche fällt.

Die elektrostatische Aufladung der Wassermoleküle in der Atmosphäre führt unter bestimmten Voraussetzungen zu plötzlichen und teils gewaltigen Spannungsentladungen. Ohne entsprechende Schutzmaßnahmen können diese Blitze enorme Schäden in der Natur oder bei Gebäuden auf dem Planeten verursachen.

Der Planet hat ein ihn durchdringendes und umgebendes Magnetfeld. Erzeugt wird es hauptsächlich durch die Rotation im äußeren flüssigen Kern des Planeten. Die Pole des Magnetfeldes sind im Augenblick ungefähr identisch mit den geographischen Polen, verändern sich aber stetig und haben sich in der Geschichte des Planeten auch vielfach umgedreht. Das Magnetfeld schützt den Planeten größtenteils vor den Energieentladungen der Sonne.

Bedingt durch die Physik von Magnetfeldern ist das Magnetfeld an den Polen schwach ausgeprägt. Dadurch kann es dort durch das in die Atmosphäre eindringende Sonnenplasma zur Ionisation der Gasmoleküle kommen, wodurch farbliche Leuchterscheinungen entstehen.

Auf dem Planeten lebt eine Vielzahl von unterschiedlichen Lebensformen, die sowohl im Wasser, auf dem Land oder in der Luft leben. Der Großteil der Arten hat nur geringe Ausprägungen von Intelligenz. Es gibt auch nur sehr wenige Arten, bei denen sich neben Intelligenz auch Formen von Bewusstsein entwickelt haben. Die in der derzeitigen Periode den Planeten beherrschende Lebensform bewegt sich, ähnlich wie Garrujaner, aufrecht auf zwei Bewegungsorganen. Sie haben nicht wie die Garrujaner ein Fell, sondern die Körper sind größtenteils ohne Haare. Diese Lebensform bezeichnet sich in seiner Sprache als Mensch.

Der Mensch in seiner jetzigen Ausprägung (aufrecht gehend und mit einer gewissen Form von Intelligenz) entwickelte sich nach der Zeitrechnung der Menschen vor ungefähr 1-2 Millionen Jahren, wobei ein Jahr einer kompletten Umkreisung der Erde um die Sonne entspricht.

Der Mensch lebt in kleinen und größeren Gemeinschaften zusammen. Im Gegensatz zu den Garrujanern ist der Mensch grundsätzlich auf den eigenen Vorteil bedacht, die Gemeinschaft kommt erst danach. Dies führte im Lauf des Bestehens der Menschheit zu andauernden Streitigkeiten, Kämpfen und Kriegen mit immer wieder wechselnden Gegnern und Bündnispartnern. Für Außenstehende sieht es so aus, als ob es eigentlich gar nicht so sehr um die Sache geht, sondern der Hauptzweck des Lebens der Kampf und der Krieg sei.

Allerdings gibt es im geringen Umfang auch Gruppen von Menschen und Organisationen, die ähnlich wie die Garrujaner die Verantwortung für das

Ganze sehen: *Wenn es der Gemeinschaft und dem Planeten gut geht, geht es auch dem Einzelnen gut.* Diese Gedanken und Vorstellungen sind bis jetzt aber nur ausgesprochen selten vorzufinden.

Xyllopph bemerkte kurz, dass bereits sein Denken Worte und Formulierungen der Menschen übernahm und verwendete. In den durch Gedanken übertragenen Fakten und Informationen wurden gleichzeitig von Charrill auch die auf dem Planeten verwendeten aktuellen und teilweise alten Sprachen übermittelt.

Die Menschheit befand sich noch auf der Entwicklungsstufe des Warenaustausches und Handels. Ressourcen des Planeten wurden teilweise unwiderruflich ausgebeutet, die Umwelt und die Lebensgrundlage zerstört. Ganze Regionen des Planeten Erde, wie er von den Menschen genannt wird, waren bereits zu öden und wüstenähnlichen Flächen geworden.

Der Mensch war nicht in der Lage, sein zerstörerisches Tun zu erkennen. Es war auch nicht absehbar, ob die Veranlagungen des Menschen je dazu führen könnte, dass ihr dies gelingt. Prognosen der Garrujanischen Wissenschaftler gingen eher in die Richtung einer aussterbenden Art durch Selbstzerstörung der eigenen Natur und Lebensgrundlage (Umweltzerstörung oder Atomkrieg). Nichtdestotrotz musste auf jeden Fall sichergestellt werden, dass von dieser Planetenbevölkerung keine Gefahr für die restliche Planetengemeinschaft ausgehen konnte.

Auch die Technik basierte noch auf der vollständigen Ausbeutung und Vernichtung von Ressourcen. Kleine Ansätze von energieneutralen Techniken existierten allerdings. Das vollständige energetische Kreislaufdenken, wie es die Natur und Physik vorgab und ermöglichte, war noch nicht vorhanden.

Anfänge einer Raumfahrt im erdnahen Umfeld existierten. Größere Entfernungen konnten noch nicht überbrückt werden. Allerdings wurden bereits kleinere Sonden in das Weltall geschickt. Durch eine dieser Sonden, die von den Menschen Voyager genannt wurde und bereits den äußeren Rand des eigenen Sonnensystems erreicht hatte, sind Scouts der galaktischen Planetengemeinschaft auf die Erde aufmerksam geworden.

Eine erste oberflächliche Analyse der geschichtlichen Unterlagen der Menschheit hatte ergeben, dass es wohl schon früher Kontakte zu raumfahrenden Spezies gegeben haben musste. Die Intensivierung dieser Kontakte scheiterte aber vermutlich in der Regel an den zu großen geistigen Unterschieden.

Die Geschichte der Menschheit ist geprägt vom Glauben an entweder einen Gott oder an Gruppen der unterschiedlichsten Gottheiten. Wie auch sonst dienen die Gottheiten dazu, den eigenen Glauben zur Durchsetzung der eigenen Interessen zu missbrauchen und zu instrumentalisieren. Immer wieder wurden im Namen von Gott oder den Göttern Kriege geführt.

Das Bewusstsein, dass alles miteinander verbunden ist und zusammenhängt, ist ebenso noch nicht existent: *Schade ich einem anderen oder vernichte ich mutwillig Dinge, schade ich auf lange Sicht mir selber bzw. meiner Art.* Wahrscheinlich war dieses Wissen nur bei alten Naturvölkern vorhanden, ist aber im Laufe der Geschichte fast vollständig in Vergessenheit geraten.

Eine wichtige Eigenschaft der Menschen, die sie von vielen Arten des Universums unterscheidet, ist die Fähigkeit, künstliche Objekte, teilweise ohne Vorbild der Natur zu erschaffen. Diese Objekte dienen keinem anderen Zweck, als die Sinne zu stimulieren oder zu erfreuen. Sie werden Kunstwerke genannt und erfüllen keinen praktischen Zweck. Man unterteilt sie in optische Kunstwerke, wie Bilder und Skulpturen und akustische Kunstwerke, genannt Musik. Diesen Bereich galt es auf jeden Fall intensiv zu erforschen.

Xyllopph merkte, wie nun stetig der Strom der Gedanken und Informationen abnahm. So langsam beendete Charrill die geistige Übertragung. Er war froh über das Ende. Viele Eindrücke dieser, bis jetzt fremden Welt, hatten ihn doch stark emotional aufgewühlt, teilweise erschüttert. Vieles konnte er auch nicht gleich begreifen, zu sehr unterschieden sich doch ihre beiden Welten. Es würde sicherlich einige Zeit dauern, bis er das alles verarbeiten konnte. Doch würde er dazu vermutlich nicht die Zeit bekommen. Denn morgen sollte er sich schon auf den Weg zu dieser Welt machen.

Eine Information hatte ihn jedoch überrascht und beschäftigte ihn. Eine Lebensform auf der Erde ähnelte der ihren ausgesprochen stark. Wie konnte so etwas möglich sein? Bei dieser räumlichen Entfernung und der vollständig anderen Entwicklungsgeschichte beider Planeten? Gab es vielleicht doch schon zwischen ihren beiden Planeten in der Vergangenheit Kontakte? Eigentlich war dies völlig unmöglich. Oder doch nicht? Oder nur Zufall? Oder ein Spaß des Universums?

Xyllopph wusste, dass es noch viele Geheimnisse zu lösen gab. Das Bild einer, der ihren sehr ähnlichen, Lebensform auf der Erde kam ihm wieder in den Sinn. Sie hatte zwar im Gegensatz zu ihm vier Beine. Auch seine eigenen platten großen Füße waren nicht vergleichbar. Ansonsten ähnelte es vom Fell, der Kopfform und dem Gesicht her ihm jedoch verblüffend. Die Menschen nannten diese Lebensform Alpaka.

Xyllopph kam langsam wieder in die Gegenwart zurück und öffnete die Augen. Ihm gegenüber sah er Charrill bereits wieder aufstehen. Sie wirkte müde und taumelte etwas. Aber schnell hatte sie sich wieder unter Kontrolle und lächelte Xyllopph an: "Wie geht es Dir, alles gut überstanden?" Xyllopph nickte, lächelte zurück und erhob sich ebenfalls.

In diesem Augenblick meldete sich wieder die ZI: "Wenn die Turteltäubchen endlich fertig sind, können wir alle zum nächsten Programmpunkt übergehen. Immerhin ist höchste Eile geboten." Xyllopph und Charrill sahen sich unwillkürlich an und grinsten. Die ZI hatte sie wieder einmal verblüfft. Bei all dem immensen Wissen und den gewaltigen Datenmengen, die die ZI zu verarbeiten hatte, schaffte sie es, die zu jeder Situation passende Formulierung zu finden. Die Geschwindigkeit, mit der die ZI bereits die irdischen Sprachen und Eigenbegriffe in den eigenen Wortschatz integrierte, war erschreckend. Und dann auch noch die Gefühle der Gesprächspartner zu erkennen und mit den passenden Worten zu verbinden. Manchmal war die ZI schon unheimlich.

Wie schon so oft an diesem Tag hatte Xyllopph keine Gelegenheit seine Gedanken weiter zu vertiefen. Origollp stand bereits im Raum: "Wir müssen weiter, auf uns bzw. auf Xyllopph wartet noch ein riesiges Programm". Xyllopph war traurig, so schnell von Charrill Abschied nehmen zu müssen. Charrill schien es ähnlich zu gehen. "Wir müssen uns den Gegebenheiten beugen. Ich hoffe aber, wir sehen uns bald wieder. Viel Glück für Deine Mission, bleibe gesund und glücklich." Mit diesen Worten verabschiedete sich Charrill von Xyllopph. Ein letzter intensiver Blick, dann mussten sie sich trennen. Xyllopph wusste im Inneren, Charrill musste er auf jeden Fall wiedersehen.

Origollp verließ den Raum und Xyllopph blieb nichts Anderes übrig, als zu folgen. Im Gang stand bereits eine Flugkapsel mit geöffneter Kuppel. Xyllopph war etwas verwundert. Wie kam diese Flugkapsel in diesen Gang, der am unteren Ende der schwebenden Gebäudeplattform lag? Aber letztendlich schien nach den vergangenen Erlebnissen in den letzten Stunden inzwischen alles möglich zu sein.

Sie beide bestiegen die Kapsel und setzten sich. Sofort schloss sich die Kuppel. Plötzlich öffnete sich der Boden unter ihnen und die Kapsel sank nach unten. Xyllopph war von diesem Vorgang fasziniert und nahm sich vor, sich so bald als möglich über die Technik dieser Materialöffnung schlau zu machen. Unter sich sah er die großen grünen Waldflächen und darüber eine große Transportkapsel gemächlich ihre Bahn ziehen.

Schon beschleunigte ihre Flugkapsel wieder mit Höchstwerten. Auf dem Kontrollpult sah er eine blaue Leuchte stetig *Gefahr* blinken. Noch vor kurzer Zeit hätte ihn dies sicher beunruhigt. Nach den bisherigen Erfahrungen dieses Tages zuckte aber nur ein kleines Lächeln um seine Mundwinkel.

Origollp riss ihn aus seinen Betrachtungen: "Die weitere Einweisung erfolgt auf der technischen Wissenschaftsplattform außerhalb der Atmosphäre. Um eine Gefährdung von Garruja und den Garrujanern auszuschließen, sind diese Forschungsanlagen nicht auf dem Planeten angesiedelt."

Die Flugkapsel schoss unter der Plattform dahin. Sobald sie am Rand der Plattform angekommen war, ging der Flug wieder steil nach oben. Schon bald verließen sie die oberen Schichten der Atmosphäre und die Schwärze des Alls umschloss sie. Ihr grüner Planet wurde unter ihnen immer kleiner und Xyllopph fühlte sich auf einmal einsam und verloren. Ein Teil der Kapselkuppel hatte sich abgedunkelt, um die Sonnenstrahlung aus dieser Richtung von ihnen abzuhalten.

In der Ferne, direkt auf ihrer Flugbahn, sah er einen Stern blinken. Beim Näherkommen entpuppte sich dieser Stern jedoch als gewaltige künstliche Station im All. Xyllopph kam der Erdmond in den Sinn. Verglichen damit war die Forschungsanlage ungefähr ein Fünftel mal so groß. Die Mitte bildete eine große Kugel. Drumherum waren mehrere, die Kugel umschließende, Ringkonstruktionen angebracht. Da sie nicht parallel verliefen, kreuzten sich diese Ringe an mehreren Stellen. Die Gesamtkonstruktion rotierte mit langsamer Geschwindigkeit. Bedingt durch die Drehung und die auf die Konstruktion fallende Sonnenstrahlung blitzte und blinkte die Station in regelmäßigen Abständen. Xyllopph war - wieder einmal - beeindruckt.

Ihre Flugkapsel näherte sich nun mit deutlich verzögerter Geschwindigkeit der Station. Langsam schob sie sich zwischen zwei Ringkonstruktionen hindurch.

Die Innenkugel wurde immer größer und nahm inzwischen das ganze Blickfeld ein. Da die transparente Kapselkuppel nach hinten zur Sonnenseite abgedunkelt war und sich nun von vorne die grauschwarze Außenwand der Station immer mehr näherte, überkam Xyllopph ein Gefühl der Furcht und des Unwohlseins. Nur die schwache Innenbeleuchtung der Kapsel und die leuchtenden Hologramme der Fluganzeigen gaben noch etwas Licht ab. Ansonsten hatte man das Gefühl, in einem dunklen Loch gefangen zu sein. Einmal mehr sträubten sich die Nackenhaare.

Plötzlich öffnete sich vor ihnen die Wand der Kugel und helles Licht überflutete ihre Flugkapsel. Hinter der Öffnung war ein großer Raum mit vielen abgestellten Flugkapseln in allen Größen zu erkennen. Dazwischen bewegten sich viele Garrujaner, bekleidet mit den unterschiedlichsten Uniformen.

Als ihre Flugkapsel die äußere Kugelwand passierte und in die Kugel hineinflog, signalisierte ein leichtes Vibrieren das Passieren des Sicherheitskraftfeldes. Dieses gewährleistet bei geöffneter Wand eine Abschottung vor dem Vakuum des Alls und evtl. vorhandener Strahlung. Sofort nach der Landung öffnete sich die Kuppel und sie stiegen aus. Vor ihrer Flugkapsel stand bereits ein kleiner Garrujaner mit außergewöhnlich hängenden Ohren, der sie begrüßte.

„Bleibt gesund und glücklich. Willkommen auf unserer wissenschaftlichen Forschungsstation. Mein Name ist Aagutti. Ich bin der oberste Wissenschaftler auf dieser Station und werde Dich, Xyllopph, mit allen technischen Einzelheiten Deiner Mission vertraut machen. Bitte folgt mir. Wir benützen gleich zum Transport unsere neueste Entwicklung."

Mit diesen Worten drehte er sich um und ging auf einen durch Leuchtpunkte am Boden markierten Kreis zu.

Aagutti deutete mit der Hand auf den Kreis: "Bitte stellt Euch zu mir in den Kreis und bleibt gerade aufgerichtet stehen. Das Kraftfeld wird uns direkt zu unserem Ziel befördern. Bitte nicht erschrecken, es ist vielleicht am Anfang etwas ungewohnt."

Origollp, Xyllopph und Aagutti betraten gemeinsam den Leuchtkreis. Aagutti hob seine Hand und machte eine kreisende Bewegung in die Luft. Plötzlich bildete sich um sie herum ein flimmernder, leicht transparenter Vorhang. Bevor Xyllopph weiter über die Natur dieser Erscheinung nachdenken konnte, kam plötzlich die Decke des Raumes mit immenser Geschwindigkeit auf sie zu.

Das war aber nur eine optische Täuschung. Denn nicht die Decke kam auf sie zu, sondern sie schossen mit ihrem Kraftfeld auf die Decke zu. Der umgekehrte Eindruck kam nur deshalb zustande, weil Xyllopph keinerlei Beschleunigungskräfte spürte. Kurz vor dem Zusammenprall mit der Decke öffnete sich diese, um sie und ihr Kraftfeld, hindurchzulassen. Immerhin hatte Xyllopph inzwischen die sich öffnenden Wände kennengelernt. Deshalb machte er *nur* ein *halb* verdutztes Gesicht. Er schaute Origollp verstohlen von der Seite an und sah keinerlei Regung in seiner Miene. Entweder kannte er dieses sich bewegende Transportkraftfeld bereits oder er war ein besserer Schauspieler als Xyllopph.

Immer wieder öffneten sich Wände und Decken vor ihnen und so raste ihr Kraftfeld einige Zeit durch die Station. Es war erstaunlich, dass keine Garrujaner in den Räumen mit dem Kraftfeld kollidierten.

Hinterher erfuhr Xyllopph, dass das Kraftfeld automatisch den Weg scannt und Lebewesen und Einrichtungen ausweicht. Plötzlich stoppte das Kraftfeld ebenso abrupt wie es gestartet war. Sie waren angekommen. Das Flimmern verschwand und das Kraftfeld war erloschen.

Der Raum, in dem sie sich befanden, war eine riesige Halle mit einer Kuppeldecke über ihnen. Unter dieser waren eine Großzahl von technischen Geräten angebracht. Xyllopph erkannte jedoch nicht deren Bedeutung. Vor ihnen standen zwei sehr dunkelhäutige

Garrujanerinnen. Aagutti stellte sie als Vvlanzetti und Güllram vor. Sie begrüßten sich gegenseitig.

Aagutti begann zu sprechen: "Vvlanzetti und Güllram sind unsere Spezialisten für die Erdmission. Sie können Dir alle technischen Einzelheiten und Informationen geben, die Du benötigst. Wir werden gleich in dieser Halle den komplett nachgebildeten Erdstützpunkt mit Hilfe der Kraftfeldprojektoren unter der Kuppel entstehen lassen. Du, Xyllopph, kannst Dich dann mit allen Einrichtungen und technischen Systemen vertraut machen. Gleichzeitig werden Vvlanzetti und Güllram Dir parallel dazu die nötigen Detail- und Bedienungsinformationen geistig übertragen. Bist Du damit einverstanden?" Xyllopph nickte. Etwas Anderes blieb ihm sowieso nicht übrig.

Aagutti fuhr fort: "Vvlanzetti wird Dich sicherheitshalber auf Deiner Mission begleiten. Wir wissen nicht, was auf der Erde passiert ist und inwieweit die technischen Einrichtungen noch funktionieren. Deshalb benötigen wir jemanden mit dem entsprechenden Fachwissen für alle Bereiche der Technik - auch dem der Menschen. Bittet tretet nun etwas zurück, der Aufbau der Station beginnt."

Entgegen der Vorgaben für die Durchführung von Planetenforschungsmissionen hatte man sich offensichtlich im OR entschieden, ihn nicht allein zur Erde zu schicken. Xyllopph war darüber ausgesprochen froh. Er hatte sich sehr davor gefürchtet, ganz allein auf einer fremden Welt nach Cculler suchen zu müssen. Nun sah die Sache schon wieder wesentlich besser aus. Auch wenn er Vvlanzetti erst kurz kannte, machte sie einen sehr freundlichen Eindruck. Und ihr technisches Wissen musste absolut herausragend sein, ansonsten wäre sie nicht hier. Mit diesen erfreulichen Gedanken sah er, wie sich die Station vor ihren Augen materialisierte. Ein großer weißer rechteckiger glatter Quader entstand in der Mitte der Kuppel. Die äußeren Maße waren ungefähr 100 Meter in der Länge, 50 Meter in der Breite und 10 Meter hoch. Er musste innerlich über sich selbst lächeln, als er schon in den menschlichen Maßeinheiten dachte.

Aagutti begann wieder zu sprechen: "Betreten kann man diese Station mit einem Signal aus Eurem persönlichen Kommunikator. Damit wird eine Strukturlücke in der Wand geschaffen. Das Prinzip habt ihr ja bereits bei Eurem Flug kennengelernt. Es nutzt die atomare Struktur der Materie in Verbindung mit den Abläufen der Quantenmechanik aus.

Bei Energieausfall gibt es eine kleine Schleuse hier vorne an einer der Ecken. Dieser Eingang kann mechanisch geöffnet werden. Vvlanzetti und Güllram werden nun Xyllopph hineinführen und mit ihrer Arbeit beginnen. Ich werde mit Origollp noch die weiteren Details der Mission besprechen."

Mit diesen Worten geleitete Aagutti Origollp aus dem Raum und Xyllopph betrat mit Vvlanzetti und Güllram die Station. Xyllopph war vom ersten Raum, den sie nun betraten, völlig überrascht. Der Raum war nämlich leer. Nur an den ansonsten kahlen Wänden ragte eine größere Anzahl völlig unterschiedlich geformter Vorsprünge hervor. Einige erkannte Xyllopph als die Außeneinheiten von technischen Projektoren.

Vvlanzetti sah Xyllopphs fragenden Blick und begann sofort mit der Erklärung: "Die grundlegenden Erläuterungen werden wir Dir sprachlich übermitteln. Sämtliche Detailinformationen und das technische Hintergrundwissen erfolgt auf geistigem Weg. Du kannst jederzeit auf beiden Wegen Fragen stellen." Vvlanzetti ergänzte: "Wir befinden uns hier im Hauptkontrollraum. Alle Befehle oder Fragen können sowohl sprachlich als auch geistig übermittelt werden. Die ZI dieser Außeneinheit funktioniert genauso wie auf Garruja. Die Speicherkapazität ist natürlich nicht so groß wie die unserer ZI auf Garruja. Allerdings erfolgt mehrmals täglich ein Datenaustausch über mehrere Relaisstationen, die zwischen der Erde und Garruja im All stationiert wurden.

Die Datenübertragung erfolgt auf Tachyonenbasis, also überlichtschnell. Durch die jeweiligen Transformationen der Daten auf den Relaisstationen und bei dem Empfänger müssen zeitliche Verzögerungen von einigen Stunden Erdzeit berücksichtigt werden.

Für Notfälle existiert ein großer Speicher quantenmechanisch verschränkter Photonen, die mit einem ähnlichen Speicher auf Garruja verbunden sind. Damit ist eine fast zeitverlustfreie Kommunikation möglich. Aber, wie gesagt, nur für den absoluten Notfall gedacht und mit geringer Übertragungskapazität. Die Nachricht von den Problemen auf der Erde haben wir über diese Technik erhalten."

Xyllopph fragte nach: "Welche Informationen gibt es denn zum Kontaktabbruch von Cculler?" Güllram schaltete sich in das Gespräch mit ein: "Cculler war auf einem Erkundungsausflug, um historische Stätten in einer Region zu besuchen, die die frühen Anfänge der kulturellen Entwicklung der Menschen darstellen. Diese Region befindet sich zwar in einem größeren Gebiet, welches von kriegerischen Auseinandersetzungen geprägt ist. Die kulturellen Bauten waren nach unseren bisherigen Informationen aber kriegsfrei.

Das Kommunikationsgerät von Cculler meldete dann eine starke Explosion in ihrer Nähe. Trotz mehrmaliger Versuche Cculler zu erreichen, kam kein Kontakt mehr zustande. Aus Sicherheitsgründen schaltete die ZI danach auf Passivkommunikation. Es sollte verhindert werden, dass – falls die Technische Ausrüstung von Cculler in fremde Hände gefallen sein sollte – die Station auf der Erde geortet werden könnte. Auch das Kommunikationsgerät von Cculler hat zwar noch Daten übermittelt, dass die lebenswichtigen Körperfunktionen von Cculler normal funktionierten. Danach hat sich das Kommunikationsgerät - wie vermutlich auch das gesamte technische Equipment von Cculler - aufgrund der Sicherheitsvorgaben der galaktischen Planetengemeinschaft selbst zerstört.

Die ZI hat noch auf geistigem Weg versucht, mit Cculler Kontakt aufzunehmen. Vergeblich. Es besteht natürlich noch eine geringe Wahrscheinlichkeit, dass Cculler zwar noch am Leben ist, aber derzeit nicht bei Bewusstsein."

Vvlanzetti übernahm wieder das Wort: "Kommen wir wieder zu diesem Kontrollraum. Hier können alle Informationen mittels holografischer Darstellung abgebildet werden. ZI, zeige bitte zuerst den Anflug auf dieses Sonnensystem und dann den Standort dieser Station."

Im gleichen Augenblick merkte Xyllopph, wie ihn ein Kraftfeld vom Boden anhob und in der Mitte des Raumes schweben ließ. Vvlanzetti und Güllram schwebten neben ihm. Gleichzeitig verschwand der leere Raum und um ihn herum entstand das schwarze All. Er sah vor sich das Sonnensystem. Dahinter konnte er die Galaxis erkennen, zu der dieses Sonnensystem gehörte. Aus dieser Perspektive sah sie wirklich wie ein langes schmales Band von Sternen aus und er verstand den Begriff, den die Menschen dafür hatten: *Milchstraße*.

Mit hoher Geschwindigkeit *flogen* sie in das Sonnensystem hinein und passierten schnell Saturn und Jupiter. Vor sich sah er schon die schnell größer werdende Erde. Sie erinnerte ihn an seinen Heimatplaneten Garruja. Beide Planeten unterschieden sich nur in der Größe und Farbe.

Die Schönheit dieses kleineren blauen Planeten berührte ihn unerwartet sehr stark. Der Anblick kam ihm sehr vertraut vor. Sie flogen am Erdenmond vorbei und schossen in die Erdatmosphäre. Schnell näherten sie sich dem südlichen Pol des Planeten, der Antarktis. Xyllopph wusste, dass die Station der Garrujaner zwischen dem Südpol und dem Amery-Schelfeis lag, einem von Menschen weitestgehend unberührten Gebiet. Auf diesen Punkt steuerten sie nun zu und plötzlich standen sie auf dem Eis und Schnee der Antarktis. Von der Station war jedoch nichts zu sehen. Vvlanzetti sprach zur ZI: "Bitte schalte die Tarnvorrichtung aus."

Mit einem Mal hob sich, keine zehn Meter vor ihnen, die weiße Wand der Station in die Höhe. Xyllopph war erneut von den technischen Möglichkeiten seines Volkes beeindruckt.

Vvlanzetti wendet sich an die ZI: "Bitte beende die Simulation." Sofort war das Bild von der Station und der Antarktis verschwunden und sie schwebten wieder in dem leeren Raum. Sanft wurden sie auf dem Boden abgesetzt. Die vielen optischen Eindrücke und simulierten raschen Bewegungsänderungen verwirrten

Xyllopphs Gehirn. Er hatte Mühe, geradezustehen. Ihm war kurzzeitig etwas schwindelig.

Güllram übernahm nun wieder die Führung und wandte sich an Xyllopph: "Bitte folge mir zu den weiteren Räumen der Station." Während Güllram den Kontrollraum verließ, sprach sie weiter: "Dieser Ausgang führt in den zentralen Gang, der die Station im Gesamten durchzieht. Am Ende des Ganges befindet sich der Raum für die Flugkapseln, im vorderen Bereich neben dem Kontrollraum sind die Aufenthaltsräume, also Schlaf-, Reinigungs-, Ess- und Wohnräume mit entsprechender Freizeitunterhaltung. Dazwischen ist die komplette Technik mit allen Notfallsystemen untergebracht."

Xyllopph hatte drei Fragen: "Was passiert bei komplettem Ausfall der Technik und der ZI? Woher bezieht die Station die Energie? Ist der Energieverbrauch durch menschliche Technik messbar?"

Diesmal ergriff wieder Vvlanzetti das Wort: "Ein kompletter Ausfall ist eigentlich nicht denkbar, da alle Systeme mehrfach redundant aufgebaut sind. Trotzdem können alle Systeme - wenn auch eingeschränkt - mechanisch betrieben oder unterstützt werden. Die dazu nötigen Beschreibungen findest Du an jedem Gerät oder jeder Einrichtung. Uns stehen in erster Linie drei Energiequellen zur Verfügung. Sonnenenergie, Erdwärme und als Hauptenergiequelle haben wir einen kompakten Fusionsreaktor. Aufgrund der stationseigenen Kraftfelder und Tarnvorrichtungen wird eventuell austretende Streuenergie sofort aufgefangen und dem Energiekreislauf der Station wieder zugeführt."

Während dieses Gesprächs waren Vvlanzetti, Güllram und Xyllopph weiter durch die Station gelaufen. Anhand der Anzahl der Schlafräume hatte Xyllopph bemerkt, dass die Station für höchstens sechs Garrujaner gedacht war. Also rechnete man schon eine mögliche Mehrbelegung bei Notfällen mit ein.

Vvlanzetti sprach weiter: "Zusätzlich gibt es auf dem Jupitermond Ganymed noch neben der Relaisstation eine Notfall-Rettungskapsel. Diese kann innerhalb kürzester Zeit die Erde erreichen. Die Kapsel ist mit einer Überlebensausrüstung für die Dauer mehrerer Erdenmonate ausgerüstet. Der Standort Ganymed wurde wegen des dort herrschenden geringen Magnetfeldes gewählt. Dies erleichtert die Kommunikation. Die Funksignale können mit deutlich weniger Energie abgesetzt werden. Somit ist die Gefahr einer Entdeckung minimiert. Ein Minisatellit in der Umlaufbahn von Ganymed hält dauernden Kontakt zur Erde wie zu Garruja.

Sie gingen an der Speisenzubereitungsstation und an dem Maschinen- und Kraftwerksbereich vorbei und kamen am Ende des Ganges in die große Halle für die Flugkapseln. Es gab drei Kapseln für den Betrieb in der Atmosphäre. Kurze Flüge im nahen Bereich außerhalb der Atmosphäre wären damit auch möglich. Zusätzlich zwei Kapseln für den intergalaktischen Flug. Güllram deutete auf die Kapseln für den intergalaktischen Flug: "Diese Flugkapseln sind nur für den absoluten Notfall gedacht. Sie besitzen weder Verteidigungstechnik noch einen Antrieb für Raumkrümmungstechnologie. Der Flug nach Garruja würde mit Hilfe des konventionellen überlichtschnellen Dimensionssprungverfahrens mehrere Monate dauern. Du siehst, dies wäre nur etwas für den hoffentlich nie eintretenden absoluten Notfall."

Parallel zu den optischen Eindrücken während der Simulationsbesichtigung übertrugen Vvlanzetti und Güllram laufend weitere Informationen zu der Station an Xyllopph auf geistigem Weg. Xyllopphs Gedanken waren sehr damit beschäftigt, alles sinnvoll zu erfassen und zu sortieren. Hoffentlich konnte sein Gehirn das alles richtig verarbeiten. Eine große Beruhigung war der Gedanke, dass er auf der Mission nicht allein war. Sowohl mit Vvlanzetti als auch mit der ZI auf der Station fühlte er sich sicher. Vvlanzetti unterbrach seine Überlegungen: "Hast Du alle Informationen korrekt übertragen bekommen? Hast Du noch Fragen?" Xyllopph schüttelte den Kopf: "Die Datenfülle ist zwar enorm groß gewesen, meine Gehirnzellen scheinen dies alles aber gut verarbeitet zu haben. Spätestens auf der Erde werden wir sehen, ob alles geklappt hat. Fragen habe ich im Augenblick nicht." Vvlanzetti sprach zur ZI: "Bitte beende die Simulation der Station."

Kurz darauf standen Xyllopph, Vvlanzetti und Güllram wieder allein in dem kahlen Raum der Forschungsstation, die im All stationiert war. Xyllopph fühlte sich erschöpft und ausgelaugt. Seit gestern Abend hatte er keine Nahrung mehr zu sich genommen. Auch wenn Garrujaner sehr genügsam waren und aufgrund ihrer körpereigenen Energiereserven lange ohne Nahrung auskommen konnten, verspürte er doch jetzt den Drang nach Nahrung. In diesem Augenblick betraten Aagutti und Origollp wieder den Raum und kamen auf ihre kleine Gruppe zu.

Aagutti wandte sich direkt an Xyllopph: "Die wichtigsten Informationen hast Du jetzt erhalten." Dabei sah er Xyllopph an. „Damit wollen wir die Ausbildung zunächst beenden. Weitere Informationen wirst Du auf dem Flug zur Erde erhalten. Der Tag ist schon sehr fortgeschritten und Du musst wieder nach Garruja zurück. Origollp und ich haben euren Flug für morgen vorbereitet. Die Techniker und Logistiker benötigen aber noch die Nacht zum Abschluss ihrer Arbeiten. Morgen früh wirst Du direkt von Deiner Wohneinheit abgeholt, die ZI übernimmt für Dich die zeitliche Koordination. Möchtest Du noch etwas wissen?" Xyllopph gab nur noch ein müdes „Nein, im Augenblick nichts" von sich. "Sehr gut, dann wird euch das Kraftfeld wieder zurück zum Hangar der Flugkapseln bringen. Von dort geht es auf direktem Weg nach Garruja."

Mit diesen Worten verabschiedeten sich Vvlanzetti, Güllram, Aagutti auf der einen und Origollp und Xyllopph auf der anderen Seite. Der Rücktransport verlief ohne weitere Überraschungen oder weitere technische Neuheiten. Origollp setzte ihn bei der freien Wohneinheit, die er früh überhastet verlassen musste, wieder ab.

"Ich wünsche Dir auf deiner Mission viel Glück und Erfolg. Aagutti, Arabjan und ich werden für dich jederzeit erreichbar sein. Bei auftretenden Problemen wird Dich die ZI sofort mit uns verbinden. Falls Du heute Nacht noch etwas benötigst, die ZI wird es Dir besorgen. Bleibe gesund und glücklich."

Damit verabschiedete sich Origollp und flog mit der Flugkapsel davon. Zurück in der Wohneinheit begab sich Xyllopph als erstes in die Reinigungskabine und ließ sich mit dem vollen Programm verwöhnen. Danach ging er zu dem Nahrungsautomaten und bestellte sich eine große Portion gerösteten Proteinmix mit süßen Ballaststoffen als Beilage. Danach zog er sich um und ließ sich mit einer Flugkapsel an seinen Lieblingsort am Meer bringen. Und da saß er nun und erfreute sich vielleicht ein letztes Mal an Garruja und den Sonnenuntergängen.

Erschrocken zuckte Xyllopph zusammen, als sich plötzlich die ZI in seine Gedanken einmischte: "Sei nicht so pessimistisch und trübsinnig, Xyllopph. Ausnahmsweise werde ich ab jetzt mit Dir dauernden geistigen Kontakt halten. Dies ist nur zu unserer aller Sicherheit gedacht um mögliche Gefahren schneller erkennen zu können. Deine privaten Gedanken bleiben bei mir verschlossen und werden nach erfolgreicher Mission wieder aus meinen Speichern entfernt. Du musst Dich also nicht fürchten, dass Deine Gedanken in falsche Kanäle gelangen können."

Xyllopph fühlte sich nicht wohl bei dem Gedanken, dass die ZI ab jetzt einen kompletten Zugriff auf sein Denken und seine Erinnerungen haben würde. Auch wenn ihm bewusst war, dass ihr friedliches soziales Zusammenleben darauf beruhte, dass jeder jederzeit die Gedanken der anderen einsehen konnte, um ein ehrliches Miteinander zu ermöglichen, sträubte sich sein Innerstes doch gegen die Kontrolle durch einen Außenstehenden. Im gleichen Augenblick, wie er dies dachte, wurde ihm aber auch bewusst, dass die ZI jetzt natürlich auch diese Gedanken mitbekommen musste.

Ohne Verzögerung meldete sich auch schon die ZI in seinem Kopf: "Für Dich ist diese Situation natürlich neu und ungewohnt. Die gesamte Regierung von Garruja, alle Garrujaner in der Verwaltung des Planeten und besonders auch ich als ZI, können nach diesem System der Gedankeneinsicht von allen Garrujanern jederzeit überprüft werden. Darauf basiert das ehrliche Miteinander und unser gegenseitiges Vertrauen.

Deine Veranlagungen und Deine Fähigkeiten werden Dich irgendwann auch in eine Regierungsfunktion führen. Somit ist es gut, wenn Du Dich schon einmal daran gewöhnen kannst, dass Deine Gedanken im Sinne unserer Gemeinschaft verantwortungsvoll eingesetzt werden."

Xyllopph bekam bei dieser Ankündigung Angst. Was würde heute noch alles auf ihn zukommen? Nicht nur der plötzliche Flug zur Erde und die damit verbundenen Vorbereitungen hatte sein bisheriges, ruhiges und behütetes, Leben durcheinandergewirbelt.

Nun musste er auch noch erfahren, dass sein Leben offensichtlich schon weitgehend vorgeplant war. Er wollte eigentlich nicht in die Regierung. Er wollte forschen und andere Lebensarten mit ihren schönen Seiten kennenlernen. Bevor noch weitere unangenehme Nachrichten auf ihn zukommen würden, beschloss Xyllopph, den Tag zu beenden.

Er erhob sich von dem kleinen Felsen am Wasser auf dem er bis jetzt gesessen hatte. Xyllopph sprach die ZI an: "Bitte bringe mich wieder in die Wohneinheit zurück." Bevor er den Satz zu Ende gesprochen hatte, landete bereits eine Flugkapsel direkt neben ihm. Vor der Flugkapsel sah er, im Sand liegend, ein in der Dunkelheit bunt glitzerndes Gehäuse einer im Meer ansässigen Lebensform. Xyllopph hob es auf und betrachtete es von allen Seiten. Es war leer. Xyllopph beschloss es als Erinnerung an diesen Tag und seinen Lieblingsort mitzunehmen. Er stieg in die Flugkapsel und flog Richtung Plattform. Unter sich sah er noch einige Freizeitflugkapseln, die sich auf festen Routen durch die Vegetation Garrujas bewegten. Auch Xyllopph hatte diese Art des Freizeitvergnügens schon mehrmals genutzt. Alle Wälder von Garruja durften von normalen Garrujanern nicht betreten werden. Dies diente dem Schutz der Vegetation und der darin lebenden Tiere. Nur bestimmte, fest vorgegebene Wege waren für diese Flugkapseln freigegeben. Die Kapseln waren offen und mit unterschiedlichsten Bewegungsgeräten ausgestattet. So konnte sowohl die Natur geschützt werden, als auch dem Wunsch der Garrujaner nach Bewegung in der unberührten Natur entsprochen werden.

Kurze Zeit später war er in der Wohneinheit angekommen. Die ZI war wie immer allgegenwärtig. Trotzdem tat sie so, als würde sie sich zurückziehen: "Für heute hast Du vor mir Ruhe. Ich verabschiede mich jetzt von Dir. Morgen früh wirst Du rechtzeitig geweckt. Eine Flugkapsel wird Dich abholen. Erhole Dich ein wenig und schlafe gut. Bleibe gesund und glücklich." Mit diesen Worten ließ ihn die ZI - endlich - allein zurück. Xyllopph trank noch etwas und aß einige Früchte, die der Nahrungsautomat hergestellt hatte. Danach zog er seine Kleidung aus und begab sich in die Schlafeinheit. Er startete das Schlafprogramm und gab als Trauminhalte Natur und Charrill an. Sanft wurde er vom Kraftfeld erfasst. Sein Körper schwebte in der Mitte des Raumes, die Wärmestrahlung verursachte ein wohliges Gefühl auf seiner Haut. Sein Körper entspannte sich.

Bevor sich seine Augen schlossen, sah er noch, dass sich die Wohneinheit auf Schlafbetrieb einstellte und es dunkel wurde. Seine Gedanken wanderten noch einmal zurück zu dem Sonnenuntergang. War das noch Erinnerung oder fing bereits das Schlafprogramm an zu arbeiten? Mit diesen letzten Gedanken glitt Xyllopph in die Welt der Träume.

Seine Zukunft begann jetzt! Sein Leben würde niemals mehr so sein wie zuvor. Aber davon ahnte Xyllopph in diesem Augenblick noch nichts.

Kapitel 2 - Die Reise

„Klug wird man durch Lernen und Übung, Weise durch Reisen"

(Cammurabi, 3423-3748 nGZ *)
* nGZ : neue Galaktische Zeit

Xyllopph erwachte übergangslos. Ein Summton hatte ihn geweckt. Gleichzeitig wurde es hell. Die transparenten Wände öffneten sich und gaben den Blick nach außen wieder frei. Die kleinere Sonne zeigte sich schon am Horizont und warf noch lange Schatten zwischen den Gebäuden. Viele Garrujaner waren schon auf dem Weg zu ihren heutigen Aufgaben und Arbeitsstätten. Ruhig und geordnet bewegten sie sich mit Hilfe der Sammeltransportfelder oder eigener Transportgürtel zwischen den Gebäuden. Garrujaner konnten sich zwar auch mit Hilfe ihrer langen Beine schnell und ausdauernd fortbewegen, für lange Strecken waren die Transportfelder aber deutlich komfortabler.

Der Anblick seiner emsigen Spezies machte ihn stolz. Jeder auf seine Art und nach seinen Fähigkeiten leistete mit seiner Arbeit einen Beitrag für das Gemeinwohl und sorgte dafür, dass es allen Garrujanern sehr gut ging und sie alle in Frieden und Wohlstand leben konnten. Jeder sorgte für jeden und man teilte sich alles, sodass die Garrujaner weder Neid noch Missgunst kannten. Dies im Leben der Garrujaner absolute Selbstverständlichkeit war auf anderen Planeten anscheinend nicht immer die Regel.

Unwillkürlich musste er an seine Kindheit und Ausbildung denken. Er hatte das Gefühl, dass es noch gar nicht so lange her war, als er mit vielen, in gleicher Zeit geborenen, Aufwachsenden in der größten Aufzuchtstation des Planeten heranwuchs und ausgebildet wurde. Das harmonische Miteinander und die Geborgenheit in der Gemeinschaft bildete die Grundlage des friedlichen sozialen Zusammenlebens.

Während der Erinnerung an die Vergangenheit hatte ihn das Kraftfeld der Schlafeinheit bereits wieder am Boden abgesetzt. Er hätte gerne den sanften Druck des ihn umschließenden Kraftfeldes noch länger auf seiner Haut gespürt und genossen. Aber ihm war natürlich bewusst, für solche Annehmlichkeiten gab es jetzt keine Zeit. Zumindest spürte er unter seinen nackten Füssen noch die wohlige Wärme des Bodens. Na ja, wenigstens etwas Angenehmes, dachte er bei sich. Doch bevor er sich noch länger darüber freuen konnte, meldete sich die ZI: "Bitte mache Dich fertig. Eine Flugkapsel wird Dich in einer halben Zeiteinheit abholen."

Xyllopphs Gedanken kehrten kurz zurück zu der Zeit, bevor er eingeschlafen war. Er versuchte sich an irgendwelche Trauminhalte zu erinnern. Mit einem Mal war er über sich selbst enttäuscht. Er hatte vergessen, dem Schlafprogramm aufzutragen, dass er sich an seine Träume erinnern wollte. Dies war nun nicht mehr zu ändern. Ein vielleicht schöner Traum von Charrill und die Erinnerung daran für immer verloren.

Der Ärger darüber war jedoch nur von kurzer Dauer, er musste sich fertig machen. Er sprang schnell in die Reinigungseinheit und startete das Kurzprogramm, diesmal jedoch aus Zeitgründen ohne Entspannungs- und Massagefunktion. Mehrere kleine Schwebeautomaten verteilten die warme Reinigungsflüssigkeit auf seinem Körper, wuschen ihn mit Schallbürsten ab. Den Abschluss bildete wie immer die leicht kitzelnde Trocknungsphase. Danach ging er zum Kleidungsbehälter, holte die frische Kleidung heraus und zog sich an. Wie gewöhnlich hatte die ZI die für den Tagesablauf passende Kleidung ausgewählt. Allerdings entschied sich Xyllopph diesmal gegen die Vorauswahl und wählte eine etwas buntere Variante der üblichen Einheitskleidung. Ihm war heute einfach danach. Einige Eiweißkugeln mit leckerem Fruchtgeschmack, die alle

Nährstoffe für den Tag enthielten, aus dem Nahrungsautomaten zu sich genommen und Xyllopph war fertig.

Er hatte noch nicht ganz hinuntergeschluckt, da öffnete sich schon die Außenwand und Xyllopph sah draußen die Flugkapsel auf ihn warten. Auf dem Weg zum Ausgang fiel sein Blick auf das glitzernde Tiergehäuse, das er gestern vom Meeresstrand mitgenommen hatte. Er wusste nicht warum, aber irgendwie hatte er das Gefühl, dass er dieses Stück mitnehmen sollte. Der Eingebung folgend ging er rasch zurück und steckte es in eine Tasche seiner Kleidung.

Mit einem kurzen Gedanken gab er seiner Kommunikationseinheit den Auftrag, die automatische Steuerung der Wohneinheit über sein dauerhaftes Verlassen zu informieren, um die Wohneinheit wieder für die Allgemeinheit freizugeben. Diese Information hatte die ZI schon weitergegeben, kam die Rückmeldung. Hätte er sich denken können, aber sicher war sicher. Dann verließ er endgültig die Wohneinheit und wandte sich der Flugkapsel zu. In ihrem Inneren konnte er Vvlanzetti, in einem der Sessel sitzend, erkennen. Sie war offensichtlich zuerst abgeholt worden.

Mit einem freundlichen Lächeln blickte sie ihn an. Ihr wuscheliges Kopffell glitzerte in der aufgehenden Sonne. Für einen kurzen Augenblick vergaß Xyllopph die Schwere seiner Aufgabe und Vvlanzettis Anblick zog ihn in seinen Bann. Erst jetzt bemerkte er ihre, nicht auf den ersten Blick erkennbare, Schönheit: die klaren strahlenden braunen Augen und ihre aufreizenden Körperrundungen, die kaum von der Uniform verdeckt wurden.

Vielleicht wird die Reise doch nicht so schrecklich und einsam wie ich befürchtet hatte", dachte Xyllopph bei sich. Noch mit diesen Gedanken beschäftigt wollte Xyllopph zu einem eleganten Sprung zur Flugeinheit ansetzen. Leider - wohl abgelenkt von Vvlanzettis Erscheinung - verschätzte er sich bei der Distanz zwischen seinem Gebäude und der Flugeinheit und blieb mit seinem rechten Fuß an der Schwelle der Flugeinheitsöffnung hängen. Hals über Kopf stolperte er in die Flugeinheit, knallte an den ersten Sessel und landete bäuchlings in den Armen von Vvlanzetti.

Völlig ungerührt begrüßte sie ihn mit den üblichen Worten: "Bleibe gesund und glücklich. Nicht so stürmisch Xyllopph, lass uns doch erst einmal etwas näher kennenlernen. Auf unserer langen Reise haben wir sicher noch genügend Zeit füreinander." Dabei blitzten ihre Augen schelmisch auf.

Xyllopph ließ sich mit hochrotem Kopf neben Vvlanzetti in den Sessel fallen: "Bitte entschuldige mein Missgeschick. Bleibe auch gesund und glücklich." Mehr fiel im dazu nicht ein und so schwieg er. Sicherheitshalber schaute er auch nicht mehr zu Vvlanzetti herüber. Das Ganze war ihm überaus peinlich.

Durch die transparente Kuppel der Flugkapsel ging sein Blick noch einmal zurück zu den Garrujanern auf den Straßen und zu den Gebäuden auf dieser riesigen Wohnplattform. Wann würde er dies alles wiedersehen können? Vielleicht sah er dies alles auch nie wieder? Was würden die nächsten Tage für ihn an Aufregung und Gefahren bereithalten? Was war mit Cculler? Lebte sie noch oder was war mit ihr passiert?

Während die Flugkapsel bereits schnell an Geschwindigkeit gewann, unterbrach die ZI seine Gedankengänge "Bleibt gesund und glücklich. Einige wichtige Informationen für Euch, während wir unser Ziel ansteuern. Als erstes, ich werde Euch die ganze

Zeit über begleiten. Weiter, wir werden für den intergalaktischen Flug eine Großraumsphäre der Schllsch verwenden. Das Volk der Schllsch besitzt als eines der wenigen Völker der intergalaktischen Gemeinschaft die Technik und Fähigkeiten der Raumzeitüberbrückung durch Ausnützen wiederkehrender Raumkrümmungseffekte."

Xyllopph war verblüfft. Wenn die ZI auf dem ganzen Flug dabei war bedeutet dies, dass sie neben oder mit der ZI der Schllsch eine gemeinsame Einheit bilden würden. Also so ungefähr zwei Gehirne in einem Gehirn. Wie soll so etwas funktionieren? Xyllopph nahm sich vor, dies später einmal nachzufragen. Im Augenblick interessierte ihn aber etwas Anderes.

„Was verstehst Du unter wiederkehrenden Raumkrümmungseffekten?" unterbrach Xyllopph die ZI.

„Dieses Thema ist hochkomplex. Ich will in der Kürze der Zeit versuchen, es so einfach wie möglich zu erklären. Als vierdimensionale Wesen verfügen die Garrujaner mit ihren Sinnesorganen und der darauf basierenden Wissenschaft und Technik nur zum Erfassen eben dieser 4 Dimensionen und der darin vorkommenden Naturgesetze. Weitere Dimensionen könnt Ihr in der jetzigen Entwicklungsstufe zwar theoretisch wissenschaftlich mathematisch berechnen. Aber sie verstehen und das praktische Ausnutzen von Vorteilen weiterer Dimensionen könnt Ihr nicht. Noch nicht."

Die ZI fuhr fort: "Stellt Euch ein zweidimensionales Wesen auf einer Kugel vor. Es kennt nur die Oberfläche der Kugel. Die dritte Dimension – der Raum – bleibt ihm verborgen. Will es auf die andere Seite der Kugel gelangen, bleibt ihm nur der lange Weg auf der Oberfläche. Eine Abkürzung durch den Innenraum der

Kugel ist vorerst nicht möglich, weil dem Wesen das Wissen vom Raum und das Erfassen des Raumes fehlt. Ähnlich geht es Euch.

Das Universum, so wie Ihr es seht, ist nicht die gesamte Wahrheit. Ihr glaubt, dass das Universum aus einem Punkt entstanden ist und sich ausdehnt. Laut Euren Naturgesetzen müsste sich die Ausdehnung des Universums aufgrund der Massegesetze und der daraus folgenden Anziehung immer weiter verlangsamen. Dies ist jedoch nicht der Fall. Die Ausdehnung wird immer schneller. Naturgesetze sind auch nur an eine bestimmte Zeit und einen bestimmten Raum gebunden und es können an unterschiedlichen Orten und Zeiten auch unterschiedliche physikalische Gegebenheiten existieren. Alles im Universum ist weder fest noch endgültig, alles beeinflusst sich gegenseitig und ist in steter Veränderung begriffen.

Das Universum dehnt sich zu *einem Punkt* aus. Danach beginnt der gesamte Prozess wieder von vorne. Für Euch unvorstellbar und mit Euren derzeitigen Möglichkeiten nicht berechenbar. Ebenso läuft die Ausdehnung des Universums nicht linear in eine Richtung ab. Das Universum, bzw. der Raum pulsiert. Mit anderen Worten, der Raum zieht sich immer wieder für Bruchteile von Zeiteinheiten und an den unterschiedlichsten Stellen zusammen, ohne dass Ihr es mit Euren Sinnesorganen oder Beobachtungsinstrumenten bemerken könnt.

Denkt an eine Schaukel. Sie schwingt immer hin und her. Die Schaukel kommt immer wieder an den gleichen Punkten vorbei. Ein außenstehender Betrachter, dessen Bilderfassungsfrequenz identisch mit der Schaukelfrequenz ist, wird die Schaukel immer nur an einem Ort sehen und die Bewegung nicht wahrnehmen.

Sind die beiden Frequenzen leicht verschoben, würde der Betrachter die Schaukel entweder in einer langsamen Vorwärts- oder Rückwärtsbewegung wahrnehmen. Ähnlich und sehr grob vereinfacht seht Ihr das Universum. Das gleiche Phänomen seht ihr übrigens bei früheren bewegten Bildaufnahmesystemen, wenn sich Räder oder Rotoren plötzlich im Film rückwärts drehen.

Durch das Zusammenziehen und Pulsieren des Raum-Zeit-Gefüges entstehen immer wieder Interferenzen und kurzzeitige Zeitverschiebungen. Sensible Lebewesen verspüren dann ein Gefühl, als wären sie an bestimmten Orten bereits gewesen oder hätten gewisse Abläufe in ihrem Leben schon einmal erlebt.

Die Quantenphysik gilt nicht nur im kleinsten Elementarteilchenbereich, sondern auch bei der Bewegung großer Massekörper. So pulsieren der Raum bzw. die darin befindlichen Massekörper im Universum nicht linear, sondern der Raum *springt* während des Ausdehnens und Zusammenziehens immer wieder auf feststehende *Orte* zurück. Die für diese Vorgänge nötige Energie entsteht durch Verschmelzung dunkler Materie zu dunkler Energie. Bei solchen gewaltigen physikalischen Vorgängen entstehen kurzzeitige Deformationen und Spannungen im Raumzeitgefüge, die sich ähnlich wie bei Beben auf Planeten durch Spannungsentladungen bemerkbar machen. Erkennbar ist dies im Universum durch das Auslösen von Gammablitzen, größeren Neutrinoschwärmen oder auch Gravitationswellen.

Die Schllsch können das Zusammenziehen des Raumes intuitiv erfassen und berechnen. Deshalb können sie diese wiederkehrenden Raumkrümmungseffekte ausnützen. Sie steuern ihr Raumfluggerät genau zu der richtigen Zeit an den Ort, an dem sich der Raum so stark *zusammengezogen* oder *gekrümmt* hat, dass man dort eine vorher große Distanz einfach durch einen *kurzen Sprung* überwinden kann. Im Rahmen der intergalaktischen Gemeinschaft bieten die Schllsch deshalb ihre Fähigkeiten immer wieder für intergalaktische Flüge an."

Xyllopph war von den Ausführungen der ZI beeindruckt, aber auch etwas überfordert. So ungefähr konnte er der ZI folgen, aber ganz verstand er das alles nicht. Sein bisher klar strukturiertes Weltbild geriet mit einem Mal völlig durcheinander und er fühlte sich plötzlich verloren und unsicher.

Er drehte sich zu Vvlanzetti um und blickte sie an. Ihr ruhiger und verständnisvoller Blick gab ihm aber seine Sicherheit wieder zurück. Die fühlbare Ruhe, die von ihr ausging, berührte ihn sehr. Offensichtlich waren diese Informationen für sie nicht neu. Mit einem Mal wurde ihm klar: er musste in seinem Leben noch viel lernen. Und vor allem, die Welt um ihn herum war doch völlig anders und geheimnisvoller, als er sie mit seinen Sinnen wahrnehmen konnte. Er dachte unwillkürlich an die vielen Insekten in den Wäldern Garrujas. Deren Wahrnehmungsorgane konnten die Welt teilweise nur sehr grobgerastert und im infraroten Bereich wahrnehmen. Die Schönheit Garrujas, wie er sie sehen konnte, blieb diesen Lebewesen völlig verborgen. Und nun musste Xyllopph erkennen, dass es ihm eigentlich genauso erging. Im Gefüge des Universums war er auch nur wie ein unbedeutendes Insekt, das nur einen Ausschnitt der Welt erfassen konnte. Mit diesen Überlegungen kehrten seine Gedanken zurück in das Hier und Jetzt.

Während der Ausführungen der ZI hatte ihre Flugkapsel schon längst die Atmosphäre von Garruja verlassen und flog in die Schwärze des Universums. Xyllopph bemühte sich vergeblich auf ihrer Flugbahn irgendein Objekt zu erkennen, in das sie umsteigen konnten. Ihre Flugkapsel war zwar für kurze Flüge außerhalb der Atmosphäre ausgelegt, nicht aber für einen längeren Flug im All. Deshalb vermutete Xyllopph das Fluggerät, welches sie zur Erde bringen sollte, irgendwo in der Nähe.

Kaum hatte Xyllopph diesen Gedanken beendet, bremste ihre Flugkapsel abrupt ab und die ZI meldete sich wieder: „Wir sind am Treffpunkt angekommen, die Schllsch kommen gleich. Ihr Fluggerät gehört zur neuesten Bauklasse und sie mussten noch einige Tests durchführen. Deshalb die kleine Verzögerung. Übrigens sind alle Dinge, die Ihr braucht, bereits auf dem Fluggerät der Schllsch. Außerdem wurden extra für Euch die Räume und Bedingungen an Eure Lebensgewohnheiten und Lebensbedingungen angepasst. Da die Schllsch eine geringe Schwerkraft gewöhnt sind und diese auch auf dem Fluggerät vorherrscht, wird Euch im Fluggerät ein Schwerkraftgürtel zur Verfügung gestellt.“

Vvlanzetti sprach die ZI an: "Sind dies Garrujanische Gürtel oder die der Schllsch? Wie ist die Bedienung? Herrscht überall auf dem Fluggerät die geringe Schwerkraft oder gibt es in den uns zur Verfügung gestellten Räumlichkeiten unsere gewohnte Schwerkraft?“

„Die Schwerkraftgürtel kommen von den Schllsch. Die Bedienung wurde an Garrujanische Gewohnheiten angepasst. Einige zusätzliche Anwendungen gibt es allerdings, aber das werdet Ihr sehr schnell herausfinden. Die geringe Schwerkraft gibt es auf dem gesamten Fluggerät, auch in Euren Räumen.

Zum Schlafen gibt es die üblichen Kraftfelder, die Euch auch in Notfallsituationen vor Verletzungen schützen werden."

Xyllopph schaltete sich in das Gespräch mit ein: "Welche Atemgaszusammensetzung gibt es auf dem Fluggerät? Können wir diese problemlos einatmen? Die Schllsch leben doch auf einem Planeten mit einer anderen Atmosphärenzusammensetzung wie der auf Garruja."

„Das Atemgas ist für Garrujaner zwar nicht tödlich, würde aber aufgrund von bestimmten Stickstoff- und Kohlenwasserstoffverbindungen zu Benommenheit oder Halluzinationen führen. Die medizinische Einheit in Eurem Kommunikationsgerät würde Euch davor aber warnen. In Euren Räumen habt Ihr Garrujanisches Atemgas, außerhalb wird der Schwerkraftgürtel mit einem Kraftfeld dafür sorgen, dass um Euren Kopf immer die richtige Gasmischung vorhanden ist. Dies ist übrigens eine der besonderen Anwendungen des Schllschen Gürtels."

Plötzlich erhellte gleißendes Licht ihre Flugkapsel. Xyllopph und Vvlanzetti zuckten zusammen und erschraken gleichzeitig. Vvlanzetti stieß einen unterdrückten Schrei aus. „Tut mir leid, ich hätte Euch vorwarnen sollen. Das Fluggerät der Schllsch ist gerade angekommen, aber dies habt Ihr jetzt wohl schon selber gemerkt," war die Stimme der ZI zu vernehmen.

Xyllopph hatte das komische Gefühl, dass sich die ZI einen Spaß mit ihnen erlaubt hatte. Aber war das für eine nur auf Logik und rationales Denken ausgerichtete künstliche Intelligenz überhaupt möglich? Xyllopph überkamen immer öfter Zweifel. Entfernte sich die ZI immer mehr von den Vorgaben ihrer ursprünglichen Schöpfer und entwickelte sie ein eigenständiges Denken und Bewusstsein? Inwieweit konnte man sich auf die ZI verlassen?

Die Wirklichkeit und das Auftauchen des Schllschen Fluggeräts riss ihn aber sofort wieder aus seinen Überlegungen. Welch beeindruckender Anblick. Das gesamte Blickfeld vor ihnen war von einer hellstrahlenden weißgelblichen Wand eingenommen. Im Verhältnis zu dem Fluggerät der Schllsch wirkte ihre Flugkapsel winzig klein. Das kugelförmige Fluggerät war oben und unten leicht abgeflacht und musste wohl um die zweihundert Meter Durchmesser haben, soweit er dies aus seiner Position überhaupt richtig erkennen konnte.

Schlagartig verschwand die Erscheinung wieder und alles um sie herum wurde wieder vom Schwarz des Universums verschluckt. Fast gleichzeitig ging aber wieder vor ihnen ein kleines Licht an. Bei genauem Hinsehen erkannte Xyllopph, dass sich vor ihnen mitten im Universum ein hell erleuchtetes Loch und ein dahinter liegender Raum geöffnet hatte.

Jetzt begriff er, dass das Fluggerät der Schllsch immer noch vor ihnen lag. Durch die Schwärze der Außenhaut oder irgendeine Tarnvorrichtung war von dem Fluggerät aber absolut nichts zu sehen. Selbst die Sterne hinter der Flugeinheit sah man wieder. Nur die offene, hell erleuchtete Schleuse war nun zu erkennen. Das vorherige strahlende Leuchten des gesamten Fluggeräts diente anscheinend ebenfalls nur zu Tarnzwecken oder war ein Schutzschirm.

Die Schleuse wurde schnell größer, ihre Flugkapsel bewegte sich offensichtlich mit großer Geschwindigkeit darauf zu. Erst jetzt wurden die Dimensionen richtig klar. Xyllopph hatte angenommen, dass sie sich mit ihrer Flugkapsel unmittelbar neben dem Fluggerät der Schllsch befunden hätten. Doch sie mussten noch ein gutes Stück zur Schleuse fliegen. Und damit wurde klar, die Abmessungen dieses Fluggerätes mussten gewaltig groß sein.

Leicht abbremsend flogen sie durch die Schleuse und landeten in einem Raum, der wohl von der Größe her für fünf Flugkapseln gedacht war. Es standen bereits zwei ähnliche Kapseln in dem Raum und in der Mitte des Raumes schwebte knapp über dem Boden ein rund zwei Meter hoher grauer schlanker Quader, dessen Oberfläche völlig glatt war. Nachdem die Kapsel gelandet war, sprangen Vvlanzetti und Xyllopph fast gleichzeitig hinaus. Dies hätten sie besser nicht getan. Denn durch die geringe Schwerkraft blieben sie nicht stehen, sondern hopsten noch einige Meter durch die Halle, bevor sie sich wieder gefangen hatten. Sie schauten sich gegenseitig an und mussten beide unwillkürlich grinsen. Ab jetzt hielten sich gegenseitig an ihren Händen fest und passten auf, nicht wegen der geringen Schwerkraft weiter im Raum umher zu driften.

„Bleibt gesund und glücklich." Mit diesen Worten schwebte der graue Quader auf sie zu. „Herzlich willkommen auf unserer intergalaktischen Flugsphäre, die wir Euch gerne im Namen der intergalaktischen Gemeinschaft zur Verfügung stellen. Mein Name ist Upps und ich bin einer Eurer persönlichen Betreuer und Ansprechpartner auf dieser Flugsphäre."

In diesem Moment öffnete sich ein Durchgang in der Wand und ein weißer, ansonsten gleicher Quader schwebte in den Raum und blieb vor ihnen stehen.

„Ich heiße Opps und bin Euer zweiter Betreuer. Bitte nehmt Euch die beiden Schwerkraftgürtel und legt sie an." Gleichzeitig öffnete sich in der Außenhaut des

Quaders eine Klappe und zwei Gürtel schwebten auf Xyllopph und Vvlanzetti zu.

Sie banden sich die Gürtel um und prüften kurz die Bedienungsknöpfe und Funktionsweise. Die ZI hatte recht, die Gürtel waren auf den ersten Blick einfach zu bedienen.

Mit einem Mal sah Xyllopph, wie die äußeren Umrisse der Quader verschwammen und plötzlich bunte Schlieren auf ihrer Oberfläche entstanden. Gleichzeitig hatte er das Gefühl, dass er selbst zur Decke schwebte. An seine Ohren drang wie aus der Ferne ein feines Pfeifen und von weit her hörte er eine irgendwie vertraute Stimme, die ihm etwas zurief, das er aber nicht verstand. Er fühlte sich unwahrscheinlich entspannt und schläfrig und wollte diesen Zustand so lang wie möglich genießen. Auf der anderen Seite spürte er in den Tiefen seiner Gedanken eine Stimme, die ihn vor einer Gefahr warnen wollte und immer lauter wurde.

Und dann sah er aus den Augenwinkeln, wie Vvlanzetti zu ihm hoch starrte und dann mit Hilfe ihres Gürtels zu ihm hochgeschossen kam. Ihr verschwommenes Gesicht näherte sich seinem Gesicht und er bemerkte, wie sie sich an seinem Schwerkraftgürtel zu schaffen machte. Fast gleichzeitig war das angenehm entspannte Gefühl verschwunden und die verschwommenen Konturen in seinem Blickfeld nahmen wieder die klaren Umrisse an.

Als er wieder völlig bei Bewusstsein war, klärten ihn Vvlanzetti und der graue Quader darüber auf, was passiert war. Xyllopph hatte versehentlich den Schwerkraftgürtel falsch bedient, sodass er die falsche Atemgasmischung eingeatmet hatte. Dies führte unweigerlich zu dem von ihm als angenehm empfundenen

Rauschzustand und zu den bunten Halluzinationen. Sowohl seine Kommunikationseinheit als auch Vvlanzetti hatten dies an seinem Verhalten schnell gemerkt und versucht, ihn zu warnen. Das war also die ferne Stimme und das ferne Pfeifen.

Vvlanzetti hatte fast genauso schnell wie Xyllopphs Kommunikationseinheit reagiert und an Xyllopphs Gürtel auf das richtige Atemgas umgestellt. Kurz zuvor hatte bereits seine eigene Kommunikationseinheit bzw. der im Körper eingebundene medizinische Teil angefangen, das schädliche Gasgemisch aus seinem Blutkreislauf zu entfernen.

Xyllopph blickte in die großen braunen Augen seiner Begleiterin und murmelte etwas verlegen: "Danke, dass Du so schnell geholfen hast."

„Gerne geschehen, Du hättest es umgekehrt sicherlich genauso getan. Wir müssen eben in dieser ungewohnten Situation und Umwelt noch mehr aufeinander aufpassen, als wir dies sowieso schon getan hätten."

Upps schwebte auf sie zu: "Wenn ihr so weiter macht, werden wir noch eine aufregende und abwechslungsreiche Reise erleben. Dies entspricht jedoch nicht unserer Mentalität und Intension. Haltet Euch deshalb also möglichst fern von allen technischen Einrichtungen dieser Flugeinheit und verhaltet Euch etwas vorsichtiger, sonst erreichen wir womöglich nie unser Ziel. Bitte folgt mir jetzt zur Steuerungszentrale."

Xyllopph Nackenhaare sträubten sich ein wenig und er schämte sich für das, was ihm passiert war. Das Geschehene konnte er nun jedoch nicht mehr ändern und so folgte er mit Vvlanzetti dem grauen Quader sehr aufmerksam, um ja nicht noch einmal irgendeinen Blödsinn anzustellen.

Upps legte ein hohes Tempo vor und die beiden Garrujaner hatten Mühe, ihre Gürtel der hohen Geschwindigkeit anzupassen. Gut, dass die Gänge für Schllsch ausgelegt waren und deshalb entsprechend hoch und breit waren. Das gab genügend Raum zum Manövrieren. Sicherheitshalber hatte sich jedoch Opps an das Ende ihres kleinen Konvois begeben, um zu gewährleisten, Xyllopph und Vvlanzetti immer im Blick zu haben und bei möglichen *Notfällen* sofort eingreifen zu können.

Der rasante Flug ging vorbei an unbekannten technischen Einrichtungen, durch lange Gänge und durch Räume, deren Funktion man nur erahnen konnte. Weitere Lebewesen waren nirgends zu sehen, die beiden Garrujaner waren allein auf dieser riesigen Flugsphäre. Irgendwie unheimlich.

Xyllopph blickte zu Vvlanzetti hinüber, die in demselben Augenblick ihren Kopf zu ihm drehte und seinen Blick verständnisvoll erwiderte. Offensichtlich hatten sie beide einmal mehr die gleichen Gedanken. In diesem Augenblick durchfuhr ihn ein Gefühl tiefer Erleichterung, auf dieser Mission nicht allein sein zu müssen.

Abgelenkt von seinen Gedanken hätte er fast übersehen, dass Upps deutlich langsamer geworden war. Gerade noch rechtzeitig vor einem Zusammenstoß mit Upps konnte er mit Hilfe seines Gürtels abbremsen. Das hätte noch gefehlt, dass er schon wieder für einen Zwischenfall gesorgt hätte. Konzentriere Dich auf Deine Aufgabe, dachte er bei sich und reiße Dich zusammen. Sonst endet die Reise noch im Chaos.

Das Ende des hell erleuchteten Ganges war erreicht. Upps blieb stehen. Eine große Öffnung am Ende des Ganges starrte sie tiefschwarz an. Upps schwebte in das schwarze Loch hinein: "Bitte folgt mir, bleibt aber in meiner Nähe und am Rand des Raumes." Xyllopph und Vvlanzetti folgten Upps in die Schwärze.

Die Anweisung „am Rand des Raumes zu bleiben" war etwas verwirrend. Denn es gab keinen Rand. Zumindest konnte Xyllopph weder einen Raum mit Wänden, geschweige denn irgendwelche Ränder erkennen. Sie schwebten nämlich mitten im Universum, zumindest dies war sein Eindruck.

Als sich seine Augen nach der langen Helligkeit beim Flug durch die hellen Gänge erst einmal an die Dunkelheit gewöhnt hatten, blickte er sich genauer um. Vor ihnen hatte sich kein Raum geöffnet, sondern man hatte das Gefühl, als würde man im Universum zwischen den Galaxien schweben. Überall sah man in der Ferne unzählige Galaxien mit ihren Sternen funkeln. Selbst das helle Licht des Eingangs, durch den sie gerade gekommen waren, war verschwunden. Nur ein weißer Rahmen zeigte den Bereich des Ausgangs an. Über seinem Kopf konnte er die markante Sternenkonstellation ihrer eigenen Galaxie erkennen. Neben sich sah er Vvlanzetti, wie sie mit weit geöffneten Augen immer wieder ihren Kopf in alle Richtungen drehte und - vermutlich wie er auch selbst - fasziniert den Eindruck dieses überraschenden Anblicks auf sich wirken ließ.

Noch beeindruckender waren jedoch die zwei großen silberfarbenen Kugeln in der Mitte des offensichtlich kugelförmigen Raumes. Ihr Durchmesser musste rund doppelt so groß sein wie die Größe eines ausgewachsenen Garrujaners. Aus ihrer Oberfläche ragten dutzende tentakelartige Auswüchse. Zwischen den Tentakelenden und der nur zu vermutenden Raumwand blitzten immer wieder fluoreszierende hellweiße Lichtbahnen. Xyllopph kannte diese Lebewesen nur aus Darstellungen. Es waren Schllsch, die Piloten dieser Flugsphäre.

Plötzlich erfüllte eine tiefe, sonore und leicht vibrierende Stimme den Raum: "Ihr Jungchen, seid willkommen auf unserer intergalaktischen Flugsphäre. Wir freuen uns, Euch bei uns zu begrüßen und Euch helfen zu können. Da unsere Namen für Euch nicht aussprechbar sind, nennt mich einfach Sämmi und meinen Freund und Kollegen hier Fränk. Unser drittes Besatzungsmitglied heißt Dien und kümmert sich im Augenblick um die Technik und Flugplanung. Ihr werdet ihn später kennenlernen. Wir haben vor tausenden von Jahren mit dem Sprechen aufgehört. Deshalb haben wir dafür auch keine entsprechenden Organe mehr. Was Ihr hört, sind akustische Wellen, die wir mit Hilfe unserer Gedanken erzeugen. Je nachdem, wie ihr es wollt, könnt ihr Euch aber jederzeit mit uns akustisch oder auch geistig unterhalten. Alles auf dieser Flugeinheit kann von uns gehört oder geistig erfasst werden. Aber keine Angst, wir werden nicht in Euren Gedanken *rumschnüffeln*. Nur, sobald Ihr uns mit unseren Namen ansprecht, werden wir mit Euch Kontakt aufnehmen. Oder vielleicht auch bei absoluten Notfällen, die mit Eurer Ankunft allerdings wesentlich wahrscheinlicher geworden sind." Xyllopph fühlte sich angesprochen und meinte ein unterdrücktes Lachen gehört zu haben. Aber vermutlich hatte er sich nur getäuscht und sein schlechtes Gewissen hatte ihm einen Streich gespielt.

Sämmi fuhr fort:" Während Ihr auf dem Weg hierher zur Zentrale unterwegs gewesen seid, haben wir bereits den ersten Dimensionsflug zum Rand Eurer Galaxis vorgenommen. Als nächstes müssen wir auf die erste Raumkrümmung warten, die in Kürze stattfinden wird. Wir können unser Ziel, die Erde, nicht direkt anfliegen, da die nächste direkte Raumkrümmung zwischen Garruja und der Erde erst in einigen Monaten stattfinden wird. Somit sind wir gezwungen, verschiedene, voneinander getrennte, Raumkrümmungen auszunutzen, um in einem Zickzackkurs unser gemeinsames Ziel zu erreichen. Nach unseren Berechnungen werden wir die Erde in einigen wenigen Erdentagen erreichen."

Ohne Übergang übernahm eine etwas hellere Stimme die weiteren Erklärungen: "Auch ich, Fränk, begrüße Euch Jungchen herzlichst auf unserem Flug. Erschreckt Euch nicht an den blitzenden Lichtbahnen, die von unserer Außenhülle ausgehen. Sie sind für Euch völlig ungefährlich und dienen uns nur zur Kommunikation mit unserer ZI und der Steuerung dieser Flugsphäre."

Mit einem Mal hörte Xyllopph ungewöhnliche Geräusche. Es waren Abfolgen von unterschiedlichsten Tönen, die sich teilweise wiederholten, lauter und leiser wurden, aber in ihrer Aneinanderreihung sehr harmonisch und angenehm klangen. Xyllopph hatte so etwas noch nie gehört. Diese Abfolge der Töne löste bei Xyllopph starke positive Gefühle aus. Ähnlich schien es Vvlanzetti zu gehen, die unwillkürlich Xyllopphs Hand ergriff und damit seine Gefühle noch verstärkte.

Sämmis Stimme drang wieder in Xyllopphs Bewusstsein: "Jungchen, stört Euch nicht an unserem Gesang. Wir brauchen ihn zur Konzentration. Nur so können wir unseren Geist an die Schwingungen anderer Dimensionszustände anpassen."

Die hellere Stimme von Fränk ergriff wieder das Wort: "Wir werden in Kürze den ersten Raumkrümmungssprung einleiten. Grundsätzlich gibt es dabei keine Probleme. In Einzelfällen können jedoch durch die gewaltigen Energieverschiebungen Spannungen im Dimensionsgefüge auftreten, die evtl. auch unsere Sphäre erschüttern könnten. Unsere Absorber sind zwar für solche Fälle ausgelegt, bei den ersten beiden Sprüngen bleibt aber bitte hier bei uns in unserem Steuerungsraum. So können wir Euch bei einer zwar unwahrscheinlichen, aber dennoch nicht auszuschliessenden, Gefahr besser und schneller helfen. Außerdem könnt Ihr selbst hier vor Ort die Vorgänge beobachten und Erfahrungen für Euer weiteres Leben sammeln."

Die tiefe Stimme von Sämmi war wieder zu hören: "Ihr fragt Euch sicherlich, wie Ihr einen Raumkrümmungssprung beobachten sollt, der in einer so kurzen Zeiteinheit abläuft, die von Euch gar nicht erfasst werden kann. Die Lösung: Wir werden für Euch bei unserem ersten Sprung, für einen kurzen Zeitraum, die Zeit etwas verlangsamen. Ihr könnt zwar dann immer noch nicht den Sprung in allen Einzelheiten erfassen, erhaltet aber immerhin ein ungefähres Gefühl für die kosmischen Vorgänge." Fränk ergänzte weiter: "Beim zweiten Sprung wollen wir Euch auch auf jeden Fall in unserer Nähe haben. Wir werden nach unserem zweiten Sprung nämlich in einem Gebiet ankommen, das von einer sehr kriegerischen und aggressiven Spezies bevölkert wird. Leider besitzt diese Rasse bereits die Möglichkeit der planetennahen Raumfahrt und wir können nicht ausschließen, dass es zu einem Kontakt mit diesen Wesen kommen kann. Deshalb bleibt Ihr auch hier sicherheitshalber in unserer Nähe. Danach könnt Ihr machen, was Ihr wollt. Natürlich nur, soweit Ihr keinen Blödsinn wie bei Eurer Ankunft treibt. Ansonsten könnt Ihr Euch in unserer Sphäre frei bewegen oder Euch in den für Euch gedachten Aufenthaltsräumen aufhalten."

Xyllopphs Nackenhaare sträubten sich wieder einmal. *Probleme bei Raumkrümmungssprüngen, Spannungen im Dimensionsgefüge, Erschütterungen und Gefahren, Zeit verlangsamen, eventuell Kontakt mit einer kriegerischen Spezies....* Xyllopph schwirrten die Gedanken nur so umher. Worauf hatte er sich da eingelassen bzw. wo ist er da hineingeraten? Seine bisherige kleine heile Welt wurde mit einem Mal so völlig durcheinandergewirbelt. Er fühlte sich so klein und unbedeutend in diesem Universum.

Plötzlich bemerkte er eine Berührung. Vvlanzetti hatte seine Hand ergriffen. Er spürte ihre Wärme an seiner Seite. Wieder blickten sie sich an und er spürte auch ohne Worte die gleichen Gefühle bei Vvlanzetti und eine tiefe Verbundenheit mit ihr. Es überkam ihn ein Gefühl der Freude und Dankbarkeit, dass er in dieser Situation nicht alleine war und er Vvlanzetti an seiner Seite wusste.

Entspannt vernahm er nun wieder Sämmis Stimme: "Bitte konzentriert Euch nun auf das Bild vor Euch. In wenigen Zeiteinheiten wird der Raumkrümmungssprung ablaufen."

Xyllopph drückte Vvlanzettis Hand etwas fester und versuchte sich auf das Kommende, so weit wie er es konnte, vorzubereiten.

Noch bevor sich Xyllopph in Gedanken einigermaßen ausmalen konnte, was nun auf sie zukommen könnte bzw. wie ein Ereignis eines Raumkrümmungssprungs ablaufen könnte, war schon alles vorbei. Was in seiner Erinnerung verblieb, war wieder der anschwellende Gesang der Schllsch, das immer schneller werdende Blitzen der Lichtbahnen, die von den Tentakeln der Schllsch ausgingen, ein kurzes Flackern, begleitet von einem unscharf werden der sie umgebenden Sterne. Dann das Gefühl, dass die vor ihnen liegende Galaxis sich auf sie zuschob. Und im gleichen Augenblick aber veränderte sich das Bild und die vorher zu sehenden Sterne und Galaxien waren verschwunden. Gleichzeitig sah man völlig veränderte Sternenkonstellationen und Galaxien. Als er seinen Kopf drehte und nach hinten schaute, sah er weit entfernt eine Galaxie mit besonders ausgeprägten Spiralarmen und vielen markanten Nebelerscheinungen. Dieses Bild hatte er schon einmal in Aufzeichnungen gesehen. Es war die Heimatgalaxie von Garruja. Zum ersten Mal in seinem Leben konnte er seine Galaxie, seine Heimat, mit eigenen Augen aus weiter Ferne betrachten. Und wieder überschlugen sich seine Gefühle. Auf der einen Seite Ehrfurcht vor der Schönheit und Erhabenheit des Universums, auf der anderen Seite Angst und Unsicherheit bei der Einsicht, dass sie als Lebewesen in diesem gewaltigen Universum doch so unbedeutend und klein waren.

Am Ende des nun offensichtlich abgeschlossenen Raumkrümmungssprunges hörte er noch wie aus weiter Ferne den ausklingenden Gesang der Schllsch und er meinte, so etwas wie Worte zu vernehmen: "Eih didd id mei wäähh." Auch wenn er die Bedeutung der Worte nicht verstand, spürte er doch in seinem Körper ein seltsames Kribbeln und fühlte sich von den Tönen des Gesangs angenehm erregt. Vielleicht löste dieses Gefühl auch nur die Hand von Vvlanzetti aus, die er noch immer hielt. Wie auch immer, diese völlig neue und unwahrscheinlich beeindruckende Erfahrung der letzten Minuten würde er sicherlich nicht mehr vergessen.

Vvlanzetti erging es ähnlich. Völlig ergriffen von den letzten Ereignissen schwankten ihre Gefühle hin und her. Entweder wollte sie ihre Anspannung und gleichzeitige Begeisterung lauthals hinausschreien oder aber sich still in eine Ecke zurückziehen, um die Ereignisse in Ruhe verarbeiten zu können. Beides war ihr aber nicht möglich. Ihre Mentalität und ihre Erziehung ließen dies nicht zu. Noch nicht. Denn irgendwie ahnte sie in ihrem Inneren – und ein Blick zu Xyllopph an ihrer Seite bestätigte ihr, dass es ihm wohl ähnlich ging - dass sich ihre bisherige beherrschte, verschlossene und zurückhaltende Lebensweise mit dem heutigen Tag für immer ändern wird. Auf der einen Seite beunruhigte sie zwar diese Vorstellung, dass ihr Leben vielleicht in Zukunft nicht mehr so geordnet und vorbestimmt ablaufen würde. Auf der anderen Seite erfüllte sie die Vorstellung von den zu erwartenden Veränderungen aber mit einem, noch sehr zaghaft vorhandenen, Gefühl von Euphorie und freudiger Erregung.

Die sonore Stimme von Sämmi riss sie relativ unsanft aus ihren Gedanken: "Nun Jungchen, alles bei Euch in Ordnung? Ihr seht etwas mitgenommen aus. So schlimm war es doch nicht. Dies war noch ein völlig normaler und ereignisloser Raumkrümmungssprung. Wartet einmal ab, wenn bei einem Sprung gerade ein Schwarzes Loch in der Nähe ist. Dann werden wir ganz schön durchgeschüttelt. Und die damit verbundenen Protonenverwerfungen führen zu solch' starken optischen Verzerrungen, dass ihr nur noch bunte Schlieren und schnell kreisende unförmige Objekte seht."

„Hör doch auf, unsere Jungchen und Gäste so zu verunsichern. Hilf Ihnen lieber, Ihre Erfahrungen richtig zu verarbeiten. Du solltest in den Tausenden Jahren Deiner Entwicklung doch wenigstens ein Mindestmaß an Mitgefühl erlernt haben. Liebe Jungchen, ich entschuldige mich für das empathielose Verhalten von Sämmi. Aber er ist noch wie Ihr relativ unerfahren und manchmal etwas zu gedankenlos. Übrigens bin ich der Dritte Schllsch, wie Ihr Euch sicher schon gedacht habt." Mit diesen Worten seiner sanften, leicht vibrierenden Stimme schwebte Dien langsam durch den Eingang in die Steuerungszentrale.

„Aber ich wollte doch nur…" wollte Sämmi zu einer Erwiderung ansetzen, da fiel ihm schon Dien mit aller Autorität ins Wort:" Du wolltest Dich nur wichtig-machen. Und jetzt Schluss mit diesem Thema. Wir haben Wichtigeres zu besprechen." Man merkte am Auftreten deutlich, dass Dien von den Dreien der offen-sichtlich weiseste und erfahrenste Schllsch war und von Sämmi und Fränk ohne Vorbehalte als Leitfigur akzeptiert wurde.

Dien wandte sich an Xyllopph und Vvlanzetti: "Nun Jungchen, wie geht es Euch? Bis zum nächsten Sprung haben wir noch etwas Zeit. Wollt Ihr in der Zwischenzeit noch etwas Nahrung aufnehmen oder im Körper entstandene Abfallprodukte ausscheiden? Da wir reine Energiewesen sind, fehlt uns beim Umgang mit anderen Lebensformen manchmal das nötige Gefühl für deren Bedürfnisse. Bitte entschuldigt dies. Falls Ihr etwas benötigt, bitte sagt dies sofort und ohne Hemmungen."

Xyllopph sah kurz Vvlanzetti an und wandte sich dann an Dien: "Danke für Deine Worte und das, was Ihr für uns und unser Volk tut." Irgendwie hatte Xyllopph plötzlich gespürt, dass er so etwas sagen musste. „Ihr müsst auf uns Garrujaner nicht so viel Rücksicht nehmen. Wir sind ziemlich genügsam und sind es gewohnt, schwere Belastungen und schwierige

Anforderungen ohne Murren zu ertragen. So wurden wir erzogen. Auch die Bemerkungen von Sämmi waren für uns kein Problem. Im Gegenteil. Wir haben sie als humorvolle Aufmunterung verstanden. Sei also bitte wegen uns nicht so streng mit ihm."

Bevor einer der Schllsch noch etwas erwidern konnte, fuhr Xyllopph fort: "Eine Bitte hätten wir. Aufgrund der doch etwas ungewohnten Situation, verbunden mit einigen für uns aufregenden Momenten, benötigen wir etwas Flüssigkeit für unseren Organismus. Gleichzeitig müsste unser Körper auch etwas Flüssigkeit loswerden. Wäre dies möglich?" Sämmi und Dien antworteten fast gleichzeitig: "Natürlich, sofort."

Dien sprach dann allein weiter: "Upps wird Euch zu den betreffenden Örtlichkeiten begleiten und für Euer Wohlbefinden sorgen. Sagt ihm, was Ihr benötigt. Er wird für alles sorgen. Lasst Euch aber bitte nicht zu viel Zeit, da wir in Kürze den zweiten Sprung einleiten müssen. Dann bis gleich und danke, dass Ihr Sämmi in Schutz genommen habt. Das spricht für Eure Zivilisation und Eure Entwicklungsstufe."

Dann übernahm wieder Sämmi das Wort: "Ihr müsst Euch bei uns für nichts bedanken, auch wenn wir uns darüber natürlich sehr freuen. Wir sind alle ein Teil des Ganzen und unser gemeinsames Ziel ist, die Erforschung des Universums und die Sicherstellung eines friedlichen Zusammenlebens aller im Universum lebenden Arten. Nur wenn wir alle zusammenarbeiten und uns gegenseitig helfen, können wir dies erreichen. Und irgendwann werdet Ihr uns sicher mit Euren Fähigkeiten helfen können. Und übrigens: Wir Schllsch sind nur *ein* Wesen. Wir teilen uns nur manchmal auf, um unsere Fähigkeiten in einer getrennten Form besser einsetzen zu können. Insofern sind gewisse *Sticheleien* oder gegenseitiges Zurechtweisen nur unsere Art des emotionalen Ausgleichs."

Nun schaltete sich auch noch Upps ein: "Auch wenn ihr mich vielleicht nur als eine unbedeutende Maschine anseht, möchte ich darauf hinweisen, dass die Zeit bis zum nächsten Sprung knapp wird und die im Augenblick nicht sehr zielführenden Gespräche auch später geführt werden können."

Mit diesen Worten schwebte Upps bereits Richtung Ausgang und Vvlanzetti und Xyllopph blieb nichts weiter übrig, als zu folgen. Opps bildete wieder den Schluss des kleinen Zuges. Zurück blieben drei sprachlose Schllsch. Oder war es auch nur einer? Wie auch immer, ob einer oder drei, ungewöhnlich sprachlos blieb es auf jeden Fall.

Wieder schoss Upps mit seinem Gefolge rasant durch die Gänge und erreichte so in kürzester Zeit die für die Garrujaner vorbereiteten Räume. Schnell wurden Vvlanzetti und Xyllopph die einzelnen Einrichtungen erklärt. Dann wurden sie in den jeweiligen Bedienelemente eingewiesen. Danach entfernten sich Upps und Opps, nicht ohne noch darauf hinzuweisen, dass man sich beeilen sollte und sie in wenigen Zeiteinheiten die beiden Garrujaner wieder abholen würden.

Xyllopph und Vvlanzetti zogen sich in ihre Unterkünfte zurück. Die Räume waren sehr geräumig, allerdings noch leer. Upps hatte ihnen gesagt, dass sie nur der ZI ihre Wünsche äußern müssten. Kraftfelder und Materiewandler würden dann für die gewünschte Einrichtung sorgen. Nur die Wände zeigten im Gegensatz zu den sonst üblichen kahlen Wänden innerhalb der Flugsphäre bereits die räumlichen Darstellungen von Naturaufnahmen ihres Planeten Garruja. Mit einem Mal fiel von Xyllopph die Anspannung der letzten Stunden ab. Die Ansicht der Wälder von Garruja lösten in ihm ein Gefühl von Geborgenheit aus. Egal, wer für diese Darstellungen und Bilder verantwortlich war, Xyllopph war ihm dafür sehr verbunden.

Schnell zog er sich – wie bereits Vvlanzetti vor ihm - in den Reinigungsbereich zurück. Kraftfelder und kurze Reinigungsprogramme sorgten für Erleichterung und dafür, dass sich die beiden Garrujaner wieder wohler fühlten. Danach trafen sie sich vor den Nahrungsautomaten und bestellten nach Früchten schmeckende Getränke, die alle notwendigen Nährstoffe enthielten. Schnell führten sie diese ihren Körpern zu und verließen ohne weiteres Zögern ihre Unterkunft.

Draußen standen schon Upps und Opps bereit und im halsbrecherischen Tempo ging es zurück zur Sphärenzentrale. Mit der Zeit fiel es Xyllopph und Vvlanzetti immer leichter, die Schwerkraftgürtel zu bedienen und so konnten sie beiden Maschinenwesen problemlos folgen.

In der Zentrale angekommen bereitete Dien sie sogleich auf das Kommende vor: „Danke, dass Ihr Euch so beeilt habt. Wir hatten Euch bereits kurz von unserem nächsten Sprung berichtet und auch von der möglichen Gefahr, die uns am Zielort erwarten könnte. Zur Beobachtung der dort lebenden Spezies hatten wir vor einiger Zeit in diesem Gebiet eine Aufklärungssonde stationiert. Diese hat uns soeben wichtige Informationen übermittelt. Wir müssen leider mit schweren kriegerischen Handlungen rechnen, da sich einige schwer bewaffnete Flugeinheiten in unserem nächsten Zielgebiet befinden. Vermutlich dürfte für uns keine Gefahr bestehen. Wir werden jedoch aus taktischen und langfristig strategischen Gründen die Gefahrenzone nicht sofort wieder verlassen, sondern wissenschaftlich versuchen herauszufinden, wie weit die Technologie dieser Art vorangeschritten ist. Dazu müssen wir uns auch eventuell einem Angriff aussetzen, um erkennen zu können, über welche technischen Möglichkeiten diese Spezies inzwischen verfügt. Gleichzeitig versuchen wir, uns so passiv wie möglich zu verhalten, um dem Gegner keine Rückschlüsse auf unser technisches Potential zu geben. Dies kann jedoch unter Umständen dazu führen, dass unsere Flugsphäre bei einem vielleicht stattfindenden Beschuss, Trefferwirkungen simulieren muss. Bitte stellt Eure Schwerkraftgürtel deshalb jetzt auf Automatik und vertraut uns, dass Ihr nicht in Gefahr sein werdet."

"Können wir Euch irgendwie helfen?" fragte Xyllopph nach. Sämmi ergriff nun das Wort: "Ganz lieb von Euch Jungchen, danke. Aber wir haben alles im Griff. Verhaltet Euch wirklich am besten ganz ruhig und schaut nur zu. Wir werden versuchen, Euch immer über unser Tun am Laufenden zu halten."

Dien ergänzte: "Macht Euch wirklich keine Sorgen. Unsere Flugsphäre ist sehr sicher. Die Tarnvorrichtungen umfassen das gesamte elektromagnetische Spektrum, normalerweise dürfte man uns nicht entdecken. Allerdings verursachen Raumkrümmungen Effekte, die der anderen Spezies möglicherweise Rückschlüsse auf unsere Position zulassen könnten. Deshalb besteht eine theoretische Wahrscheinlichkeit, dass wir auch angegriffen werden könnten. Unser Problem ist nun, dass wir auf der einen Seite so viel wie möglich an Informationen über diese Spezies herausfinden wollen, andererseits sowohl uns als auch diese Art auf keinen Fall gefährden möchten. Theoretisch könnten wir mit unserer Technik diese fremden Flug-einheiten mit einem Schlag vernichten. Aber dies widerspricht unserer Ethik und der wissenschaftlichen Vernunft. Wir wissen nicht, welche Erfindungen und Entdeckungen diese Spezies zum Wohle des gesamten Universums noch machen wird. Insofern wäre es unver-antwortlich, dieses Potential auszulöschen. Aber wir müssen versuchen, dieses Volk, solange es so kriege-risch ist, an einer weiteren Ausbreitung zu hindern und unser aller Universum vor diesem Einfluss zu bewahren."

"Wir müssen jetzt das Gespräch beenden, bereitet Euch bitte auf den nächsten Raumkrüm-mungssprung vor" meldete sich Fränk zu Wort.

Wie beim ersten Sprung war kaum Zeit, das ganze Geschehen einigermaßen zu erfassen. Wieder zuckten die Blitze zwischen den Schllsch. Mit einem Mal waren die Sterne und Galaxien verschwunden und völlig neue Sternenkonstellationen eröffneten sich dem Betrachter. Und dazu hörte man wieder den ausklin-genden Gesang der Schllsch mit einem Text, der für Xyllopph klang wie „Aauf in den Kaaampf, Toohh-räro."

Diesmal war keine Zeit, die neuen Ausblicke ausgiebig zu genießen. Schon meldete sich Dien: "Wir bekommen gerade auf mehreren Funkfrequenzen die Aufforderung, sich zu erkennen zu geben. Wir sollen unsere Schleusen öffnen und zulassen, dass deren Ab-ordnungen unsere Sphäre besetzen können. Andernfalls wollen sie uns angreifen."

Sämmi beruhigte: "Jungchen macht Euch keine Sorgen. Im Augenblick vermuten uns diese *Angeber* auf einer weit entfernten Position. Unsere Tarnvorrichtung simuliert unsere Position ein ganzes Stück weg von unserer tatsächlichen Position. Wir haben auch bereits einige Sonden mit Hilfe von Dimensionssprüngen auf deren Flugeinheiten stationiert. Diese Sonden übermitteln uns nun laufend Daten über deren Technik und Bewaffnung. Zusätzlich versuchen wir, die Computer dieser Spezies *anzuzapfen*, ohne dass sie es merken. Dies gestaltet sich noch ein wenig schwierig. Wir müssen auf alle Fälle vermeiden, dass unser Eindringen zu uns zurückverfolgt werden kann. Im Augenblick gehen wir den Weg, die Inhalte von deren Computerspeicher in einer anderen Dimension zu duplizieren. Da sich diese Spezies - übrigens werden wir sie ab sofort Rammpos nennen - noch in den Anfängen der einfachen Computertechnologie befindet, also noch mit Elektronentechnologie arbeitet und nicht die Datenverarbeitung auf Quanten- oder Dimensionswechselwirkungsbasis betreibt, dürfte das Kopieren der Daten relativ einfach zu bewerkstelligen sein, wird aber etwas dauern. Übrigens werden wir in Kürze angegriffen werden, da wir auf die Aufforderungen der Rammpos bisher nicht reagiert haben. Bitte also nicht erschrecken, wenn es gleich zu einigen Lichtblitzen kommen sollte."

Sämmi hatte den Satz noch nicht vollständig ausgesprochen, schon entstanden in einiger Entfernung von ihrer Position rund ein Dutzend hell gleißende Lichtblitze, die aber schnell wieder erloschen. Gleichzeitig flackerte kurz ein Abbild – allerdings ein deutlich kleineres - ihrer Flugsphäre an dem Ort der Explosionen auf, verschwand aber gleich wieder. Der Eindruck, dass sich dort eine Flugsphäre befand, die kurzzeitig durch den Beschuss ihre Defensiveinrichtungen verloren hatte, war perfekt. Mit einem Mal vergrößerte sich ein Sternenausschnitt in ihrer Zentrale und es erschienen einige kugelförmige Flugeinheiten in ihrem Sichtfeld, die sich offensichtlich mit großer Geschwindigkeit der Position der simulierten Sphäre näherten. Wieder schossen sie in Richtung der simulierten Sphäre, diesmal jedoch mit deutlich höherer Explosionskraft. Ein riesiger Blitz und Feuerball entstand an der Sphärenposition. Doch diesmal passierte nichts. Keine Reaktion, kein Flackern irgendeiner Tarnvorrichtung oder das Entstehen des Abbildes einer Flugsphäre.

Die anfliegenden Einheiten der Rammpos stoppten abrupt. Dien schilderte, die Sonden auf den Flugeinheiten der Rammpos meldeten, dass die Besatzungen völlig verwirrt seien. Allerdings vermuteten sie, dass sich die kurzzeitig beobachtete Sphäre mit Hilfe ihrer Tarnvorrichtung fortbewegt hat, sich aber noch in der Nähe befinden müsste. Zwar war auch das anfängliche Ortungsecho verschwunden, man ging aber davon aus, dass die Tarnvorrichtung von den fremden Eindringlingen entsprechend angepasst worden war.

Die Reaktion der Rammpos auf diese Erkenntnis kam nicht überraschend, sofern man die Mentalität der Rammpos kannte. Anstatt in Ruhe die Ursachen und Möglichkeiten der beobachteten Geschehnisse zu erforschen und Erklärungen zu finden, gingen sie einen anderen Weg. Mit allen möglichen Waffen, die sie hatten, schossen sie in alle Richtungen. Wohl in der Hoffnung, die noch in der Nähe vermutete fremde Flugeinheit irgendwie - vielleicht auch durch Zufall - zu treffen.

Auf jeden Fall entstanden rund um die kugelförmigen Flugeinheiten und auch in relativer Nähe zu ihrer eigenen Flugsphäre ein Dauergewitter an Lichtblitzen, Feuerbällen und gewaltigen Explosionen. Eine Explosion entstand direkt auf der Schutzhülle der Tarnvorrichtung ihrer Flugsphäre. Da die Rammpos die

Flugbahnen ihrer Geschosse verfolgten, erkannten sie natürlich sofort, dass dort in der Schwärze des Alls ein Hindernis gewesen sein musste, was dazu geführt haben musste, dass die Rakete nicht am ursprünglich geplanten Punkt explodiert war. Dort musste also das gesuchte Objekt sein und so konzentrierten sie sofort ihre gesamte Feuerkraft auf diese Position.

Xyllopph wurde es mulmig. Von ihrer Zentrale aus konnten sie sehen, wie die Rammpos ihre Flugeinheiten in ihre Richtung beschleunigten und dabei gleichzeitig nun gezielt ihre Flugsphäre unter Beschuss nahmen. Dutzende Explosionen und Lichtblitze entstanden in unmittelbarer Umgebung um ihre Flugsphäre. Das Szenario war unwirklich und unheimlich. Alles spielte sich lautlos ab. Xyllopph hatte das Gefühl, dass es nur noch eines kurzen Zeitabschnitts bedarf und sie voll getroffen werden würden und ihre Mission damit beendet war.

Xyllopph hatte keine Angst vor dem Sterben. Die Gesetze des Universums bedeuteten nun mal, dass alles vergänglich ist. Nichts vergeht, nur die Zusammensetzung der kosmischen Bausteine verändert sich andauernd. Irgendwie werden sich die atomaren Teile seines Körpers und Geistes wieder in anderer Form zusammenfinden, sobald er aufhört, in dieser Lebensform zu existieren. Er bedauerte nur, dass er für sein Volk nicht mehr tun konnte und dass die Hilfsmission für Cculler damit gescheitert war.

Wieder einmal konnte er seine Gedankengänge nicht beenden, Fränks Stimme überlagerte seine Gedanken: "Jungchen, wie Ihr bereits gemerkt haben dürftet, hat sich unsere Situation deutlich verändert. Ich kann Euch jedoch beruhigen, es besteht keine Gefahr, zumindest noch nicht. Wir werden nun aber auf den Beschuss reagieren müssen. Allerdings müssen wir noch etwas Zeit gewinnen, da die Datenübertragung der Computerinhalte der Rammpos noch nicht vollständig abgeschlossen ist. Wir wollen auch nicht unsere kompletten technischen Fähigkeiten demonstrieren, sondern versuchen den Eindruck zu erwecken, dass wir uns technisch auf ähnlichem Niveau wie die Rammpos befinden."

Die Bildübertragungssysteme der Zentrale ihrer Flugsphäre zeigten wieder in unmittelbarer Nähe mehrere Explosionen. Kurzzeitig sah es so aus, als würden kleine Sonnen entstehen, die dann aber gleich wieder verglühten. Um ihre Flugsphäre mussten gewaltige Energiestürme toben.

Sämmi fuhr fort:" Als erstes werden wir jetzt den Beschuss erwidern. Wir werden den Beschuss so gestalten, dass wir deren außenliegende Waffensysteme so zerstören, dass niemand zu Schaden kommt. Gleichzeitig werden unsere Sonden von innen die Waffenleitsysteme so unbrauchbar machen, dass der Eindruck entsteht, der von außen stattgefundene Beschuss hätte auch diese Systeme mit zerstört. Somit geht von diesen Flugeinheiten dann keine Gefahr mehr aus. Gleichzeitig simulieren wir das Eintreffen einer gewaltigen Zahl von Flugsphären ähnlich unserer eigenen und hoffen dann auf ein Fluchtverhalten der Rammpos. Während wir unsere Sonden zurückziehen, werden wir noch versuchen, die Datenaufzeichnung der Rammpos soweit zu vernichten, damit sie wenig Informationen von unserem Zusammentreffen auswerten können. Soweit unser Plan. Sollte es unvorhergesehene Probleme geben, müssten wir kurzzeitig die Vorgehensweise ändern. Notfalls müssen wir uns selbst zur eigenen Sicherheit augenblicklich zurückziehen. Dies aber wirklich nur im äußersten Notfall, da wir in diesem Fall den nächsten Raumkrümmungssprung verpassen würden und die Mission dann gefährdet wäre. Das wollen wir auf jeden Fall verhindern. Auch wollen wir nicht zu viel von unseren technischen Möglichkeiten den Rammpos zeigen, um ihnen keine Hinweise auf technische Weiterentwicklungen zu geben."

Xyllopph unterbrach den Schllsch: "Sämmi, ist es nicht möglich, sich kurz zurückzuziehen und dann mit Hilfe der Tarnvorrichtungen unbemerkt zurückzukehren?"

"Könnten wir, wir wollen aber so viel wie möglich Informationen über die Rammpos sammeln. Insbesondere über ihr aggressives Angriffsverhalten und ihre Gegenreaktionen auf unsere *Störaktionen*. Außerdem - wie bereits gesagt - ist die Datenübertragung des gesamten Wissens der Rammpos noch nicht abgeschlossen. Wenn wir uns jetzt zurückziehen, wäre dieser Prozess unvollständig und damit wenig aussagekräftig. Habt noch etwas Geduld, Euch kann bei uns nichts passieren."

Xyllopph und Vvlanzetti schauten sich ungläubig an. Die Aufnahmen rund um ihre Flugsphäre zeigten etwas Anderes. Immer näher rückten die Explosionen und immer größer erschienen die Energieausbrüche. Für Xyllopph war es nur eine Frage der Zeit bis zu ihrer Zerstörung

Wieder einmal erklang im richtigen Augenblick die ruhige und sanfte Stimme von Dien: "Jungchen, ich fühle Eure Ungläubigkeit. Lasst Euch aber nicht durch die Bilder beeindrucken. Unsere Schutzschirme sind so gestaltet, dass sie jede Energie absorbieren können. Außerdem dient diese Energie zur Aufrechterhaltung unseres Schutzes. Mit anderen Worten: Je mehr wir beschossen werden und je mehr Energie um uns vorhanden ist, desto stärker werden die Schutzschirme. Unser Schutzsystem ist technisch so aufgebaut, dass jedwede Form von Energie zur Stärkung der Atomgitterstruktur innerhalb des Schutzschirms herangezogen werden kann. Außerdem haben wir unsere Geschwindigkeit der der Angreifer angepasst. Der Abstand zu den Rammpos bleibt somit gleich und sie können nicht näherkommen."

Während Dien sprach, veränderte sich die Situation bei den Flugeinheiten der Rammpos. Zwischen den einzelnen Kugeln der Flugkörper entstanden plötzlich, wie aus dem Nichts, riesige Feuerbälle. Allerdings verglühten diese nicht sofort wie die der Rammpos, sondern diese Feuerbälle jagten einige Sekunden zwischen den Flugkörpern scheinbar ziellos umher, bevor sie erloschen. Man konnte erkennen, wie die Flugeinheiten der Rammpos durch diese Feuerbälle hin und her geschleudert wurden. Es war ein Wunder, dass die Raumschiffe der Rammpos nicht zusammenstießen. Gleichzeitig erlosch schlagartig der Beschuss durch die Rammpos.

Die Berechnungen und die gezielte Reaktion der Schllsch hatten die gewünschte Wirkung.

Nach einer kurzen Phase der Schockstarre auf den Flugkugeln der Rammpos konnte man erkennen, wie sich die Flugeinheiten der Rammpos wieder formierten. Was hatten sie vor? Sie mussten doch erkennen, dass sie es mit einem völlig überlegenen Gegner zu tun hatten und sie keine Chance haben würden, ihre bisher verfolgten Ziele zu erreichen.

Fränk erläuterte den nächsten Schritt: "Die Zerstörung der Waffensysteme der Rammpos ist abgeschlossen. Unsere Sonden werden gerade zurückgezogen. Wir leiten jetzt die letzte Phase ein."

Die Worte waren noch nicht vollständig verklungen, da erschien eine riesige Flugsphäre der Schllsch nach der anderen zwischen ihrer Flugsphäre und den Flugeinheiten der Rammpos. Es mochten wohl an die Hundert sein. Auf allen Flugsphären sah man es kurz aufblitzen. Kurz danach entstanden Explosionen wie kleine Sonnen vor den Flugkugeln der Rammpos.

Jetzt konnte man erkennen, wie die Rammpos erwartungsgemäß die Flucht ergriffen. Nur wenige Schrecksekunden dauerte es, bis die Rammpos die Lage analysiert hatten, die Flugkugeln wendeten und mit wohl maximaler Beschleunigung das Weite suchten. Dabei handelten sie zumindest noch soweit überlegt, dass sie in ihrem Fluchtverhalten nicht direkt ihren Heimatplaneten ansteuerten. Offensichtlich wollten sie dem potentiellen Gegner nicht verraten, wo sie herkommen und damit ihre Art vor etwaigen Angriffen schützen.

Da die Rammpos sich noch im Anfangsstadium der Raumfahrt befanden und ihnen überlichtschnelle Raumflüge noch unbekannt waren, dauerte es einige Augenblicke, bis die Flugeinheiten endgültig verschwunden waren.

Die Schllsch suchten danach mit ihren empfindlichen Sensoren die nähere und weitere Umgebung auf mögliche Sonden, Überreste oder Opfer der Rammpos ab, fanden aber nichts mehr. Dann erloschen die überaus realistisch wirkenden Projektionen der zusätzlichen Flugsphären der Schllsch. Das schwarze Universum lag wieder vor ihren Augen friedlich da und nichts erinnerte mehr an die noch vor kurzem stattgefundenen Ereignisse.

Sämmi war wieder zu hören: "Na Jungchen, ich hoffe, die Aufführung hat Euch gefallen. Die komplette

Übertragung der Computerdaten der Rammpos hat auch geklappt. Wir machen uns nun auf den kurzen Weg zu unserem nächsten Raumkrümmungspunkt. Der weitere Flug sollte nun ohne größere Probleme und Zwischenfälle ablaufen. Ihr könnt gerne bei uns hier in der Zentrale bleiben. Wir raten Euch jedoch, zieht Euch in Eure Räume zurück und entspannt Euch ein wenig. Wer weiß, was Euch auf der Erde erwartet. Dann braucht Ihr alle Kraft und Energie. Wir würden uns aber freuen, wenn wir Euch später besuchen dürften und wir uns ein wenig mit Euch unterhalten könnten. Wir haben sonst wenig Kontakt mit anderen Spezies und genießen immer den Austausch mit anderen intelligenten Wesen."

Vvlanzetti und Xyllopph antworteten gleichzeitig: "Natürlich gerne. Lasst uns nur ein wenig Zeit zur Erholung und Nahrungsaufnahme. Also, dann bis gleich."

Upps stand schon wieder bereit und gemeinsam machten sie sich ohne weitere Ereignisse oder Zwischenfälle auf den Weg in ihr Quartier.

Dort angekommen verabschiedete sich Upps von Ihnen: "Solltet Ihr noch etwas benötigen, könnt Ihr mich jederzeit rufen. Ansonsten steht Euch unsere und Eure ZI immer zur Verfügung. Noch eine persönliche Bitte: Ihr wisst, dass Ihr Euch absolut frei bewegen könnt und Ihr auch alles anschauen könnt. Aber seid vorsichtig und macht keinen Blödsinn. Es wäre für uns alle überaus unangenehm, wenn uns unsere schöne Flugsphäre durch irgendein Missgeschick von Euch um Eure Ohren und meine Schalteinheiten fliegen sollte."

Xyllopph meinte am Ende von Upps kleiner Ansprache ein kurzes glucksendes Lachen vernommen zu haben. Aber vielleicht spielte ihm auch nur sein

Gehirn mal wieder nach all' diesen vergangenen und aufregenden Erlebnissen einen Streich.

Xyllopph erwiderte mit leicht errötendem Gesicht: "Wir werden natürlich außerhalb unseres Quartiers nichts anfassen und uns von allen Einrichtungen fernhalten. Versprochen."

Während er dies sagte, hielt er zu Vvlanzetti Blickkontakt und erhielt von Ihren Augen die Bestätigung seiner Worte. Das gab ihm Sicherheit.

Xyllopph fuhr fort: "Bitte entschuldigt noch einmal unser ungeschicktes Verhalten. Für uns beide ist diese ganze Situation völlig neu und wir haben noch viel zu lernen. Bitte habt dafür Verständnis."

Upps antwortete ungewohnt mitfühlend: "Jungchen, Du oder Ihr müsst Euch nicht entschuldigen. Wir verstehen Euch und passen schon auf Euch auf. Wir haben sehr wenig Kontakt zu anderen Lebewesen und genießen die Zeit mit Euch. Unsere Lebensform hat im Laufe ihrer Entwicklung über die Jahrtausende eine für Euch vielleicht ungewohnte Form des Humors entwickelt. Das Universum mit all seinen unerklärlichen Erscheinungen, mit aus unserer Sicht teilweise verrückten Lebewesen, immer wieder überraschenden Entwicklungen und auch für uns in vielen Bereichen unlogischen Abläufen, hat bei uns eben diese spezielle Art des Humors entstehen lassen. Wie auch immer das Universum entstanden ist oder wer auch immer dieses Universum erschaffen hat - irgendwie haben wir manchmal das Gefühl, dass das alles eventuell nicht ganz ernst gemeint ist und jemand sich einen Spaß erlaubt hat. Deshalb nehmen wir bei aller uns bewussten Verantwortung für jedes Leben in diesem unserem gemeinsamen Universum unsere eigene Existenz und Stellung in diesem Universum nicht so ganz ernst. Und manchmal passiert es eben, dass wir andere - wie auch in Eurem Fall - unbeabsichtigt mit unserem Humor *beglücken*. Denkt Euch dann einfach, wir sind senile Alte und nehmt uns auf keinen Fall zu ernst. So, jetzt Ende mit diesen philosophischen Betrachtungen. Ich lasse Euch jetzt allein. Sobald Ihr soweit seid, könnt Ihr die Schllsch rufen. Sie freuen sich sehr darauf, sich mit Euch unterhalten zu können. Gehabt Euch wohl, bis später." Mit diesen Worten entschwebte Upps und verschwand durch das Eingangsportal aus ihren ihnen zugewiesenen Räumen.

Vvlanzetti und Xyllopph schauten sich an. Die Ausführungen von Upps ließen die beiden Garrujaner völlig perplex zurück. Diese Ansprache eines, in ihren Augen einfachen, Maschinenwesens hatte sie völlig überrascht.

Vvlanzetti fand als erste wieder ihre Fassung: "Als mir gesagt wurde, ich solle Dich auf dieser Mission begleiten, bin ich von einer relativ einfachen Reise ausgegangen. Inzwischen habe ich aber so viel neue Eindrücke und Gedanken zu verarbeiten, dass mir ganz schwindelig geworden ist."

„Mir geht es ebenso. Auf Garruja ist alles irgendwie fest geregelt. Alles geht seinen normalen Gang, jeder hat seine Aufgabe. Unser Weltbild hat sich zwar in den letzten Jahrhunderten immer wieder ein wenig verändert. Doch die tragenden Pfeiler unseres Gemeinwesens und unseres Glaubens über das Entstehen des Universums und die damit verbundenen Abläufe waren doch bisher mehr oder wenig unverändert. Was wir beide aber in den letzten Stunden erleben und erfahren durften, löst diese Erkenntnisse weitgehend auf."

„Lass uns erst einmal zur Ruhe kommen. Was kann ich Dir zu Essen bringen? Oder möchtest Du Dir selbst etwas holen?"

"Danke Vvlanzetti, Du kannst mir gerne einige verschieden schmeckende Grundnahrungskugeln und etwas Flüssigkeit mit Fruchtgeschmack bringen. Ich werde zwischenzeitlich mit der ZI unsere Räume gestalten. Hast Du besondere Wünsche?"

„Nein, mach nur wie Du denkst. Du wirst schon meinen Geschmack treffen, da bin ich mir sicher. Und falls nicht, hast Du vermutlich ein riesengroßes Problem auf unserer weiteren gemeinsamen Reise."

Xyllopph erschrak kurz bei dieser Äußerung. Die verschmitzt lächelnden Augen Vvlanzettis zerstreuten aber sofort seine Gedanken an die Ernsthaftigkeit dieser Worte.

Während sich Vvlanzetti zum Nahrungsausgabeautomaten begab, besprach sich Xyllopph mit der ZI. Xyllopph entschied sich für die Illusion eines Meeresstrandes mit einer kleinen, aber geräumigen offenen Hütte am Rande des Sandstrandes. Einige wenige bequeme Sitzgelegenheiten am Strand und in der Hütte, dazu ein paar Tische und die Aufenthaltsmöglichkeiten für die beiden Garrujaner waren fertig. Xyllopph war von den technischen Möglichkeiten und der Schnelligkeit der Erschaffung der Gegenstände fasziniert. Wenn er irgendwann wieder auf Garruja sein sollte, nahm er sich vor, den OR über diese Technik zu informieren. Vielleicht war es möglich, diese Technik auch auf Garruja einzusetzen.

Die Hütte war um die Versorgungs- und Schlafeinrichtungen entstanden und so erschien jetzt Vvlanzetti auf der Terrasse der Hütte. Neben ihr schwebte ein Transporttablett, auf dem die Getränke und das Essen standen. Die Garrujanerin ging mit wiegendem Gang den Strand hinunter und setzte sich neben Xyllopph auf eine der Liegen.

„Gut gewählt" sagte Vvlanzetti. "Da hast Du aber noch einmal Glück gehabt." Und wieder diese verschmitzt lächelnden Augen. Xyllopph wurde es ganz warm beim Anblick dieser Augen. Mit einem Mal löste sich bei Xyllopph die gesamte Anspannung der letzten Stunden und ihn überkam ein übermächtiges Gefühl. Er stand auf und ging auf Vvlanzetti zu. Vvlanzetti blickte ihn erwartungsvoll und aufmunternd an. Sie setzte sich auf und Xyllopph nahm sie in seine Arme. Minutenlang hielten sie sich so umschlungen und genossen den Augenblick und die gegenseitige Wärme.

Vvlanzetti löste sich langsam aus seiner Umarmung. „Lass uns jetzt etwas essen. Die Schllsch wollen ja noch zu uns kommen und wir wollen sie nicht zu lang warten lassen. Wir haben die Nacht noch Zeit für uns. Es wäre schön, wenn ich heute Nacht nicht allein schlafen müsste und wir gemeinsam die Nacht verbringen könnten."

Xyllopph war überrascht: "Natürlich möchte ich auch nicht allein sein. Ich freue mich, dass Du ähnlich denkst. Essen wir jetzt in Ruhe. Genießen wir den Anblick des Meeres. Danach rufen wir die Schllsch."

Mit der einen Hand hielten sie sich fest, mit der anderen nahmen sie ihr Essen zu sich. So saßen sie für eine ganze Weile still auf ihren Liegen und blickten gedankenverloren auf die kleinen Wellen, die sich an der Grenze vom Wasser zum Sand kräuselten. Etwas fehlte aber noch. Es war absolut still.

Xyllopph rief die ZI an: "Es ist so still hier. Kannst Du bitte für eine Geräuschkulisse, ähnlich wie auf Garruja, sorgen? „Der Meister wünscht, so solle es auch geschehen," erklang die sofortige Antwort der ZI.

Gleich darauf hörte man das markante Hintergrundgeräusch Garrujanischer Wälder. Die Rufe vieler in den Wäldern lebender Tierarten und das vom Wind verursachte Rauschen der Wälder erklangen mit einem Mal in den Ohren von Vvlanzetti und Xyllopph. Wie zuhause. Jetzt war alles perfekt. „Danke" riefen die beiden zufriedenen Garrujaner der ZI zu.

Xyllopph war endlich nach den vielen aufregenden Ereignissen entspannt und zufrieden. Allerdings war er, was weibliche Garrujaner betraf, noch sehr naiv und unerfahren. Deshalb ahnte er auch nicht, was die Worte *die Nacht miteinander verbringen* für eine spätere Bedeutung für ihn haben sollte. Und deshalb konnte er jetzt noch die Zeit an der Seite von Vvlanzetti genießen und hatte keine Ahnung, welche weiteren Aufregungen und neuen Erfahrungen auf ihn zukommen sollten.

Nachdem sie ihr Essen beendet und noch einige Augenblicke die Ruhe genossen hatten, brachten sie gemeinsam das Transporttablett mit den Nahrungsaufnahmemitteln zurück zur Reinigungsstation. Von dort riefen sie nach Upps und baten ihn, die Schllsch zu rufen. Sie würden auf der Terrasse ihrer kleinen Hütte auf sie warten.

Sie hatten auf ihren Sitzgelegenheiten noch nicht richtig Platz genommen, da entstand in einiger Entfernung vor ihnen in der Luft ein unförmig waberndes Flimmern. Gleichzeitig kam aus dieser flimmernden Wolke die Stimme von Dien.

„Erschreckt nicht Jungchen, wir sind es nur. Sämmi und ich haben uns miteinander verbunden und was Ihr seht, ist unsere eigentliche Form. Die Erscheinungsform, die Ihr aus der Zentrale kennt, nehmen wir nur deshalb an, um besser mit den Steuerungselementen und der ZI der Flugsphäre kommunizieren zu können."

Xyllopph fragte gleich nach: "Wieso habt Ihr dieses Fluggerät nicht so erschaffen, dass Ihr in Eurer ursprünglichen Form bleiben könnt?"

Die *Wolke Sämmi-Dien erwiderte*: „Diese Flugsphäre wurde nicht von uns erschaffen oder erbaut. Wir können zwar Materie und Energie steuern und in die unterschiedlichsten Formen umwandeln. Die Wahrnehmung der Umwelt geschieht bei uns aber nur auf atomarer oder molekularer Ebene. Daher ist es für uns weitgehend unmöglich, Materie so zu gestalten, wie sie für andere Lebensformen lebensnotwendig ist."

Vvlanzetti hakte nach:" Aber wer hat denn dann diese Flugsphäre erbaut und wo sind die Erbauer jetzt?"

„Jungchen, wir bewundern Eure Neugierde und Euren ungeduldigen Wissensdurst. Wir waren gerade dabei, Euch alles zu erzählen."

„Entschuldigt bitte, es war nicht meine Absicht, Euch zwei zu unterbrechen."

„Ihr müsst Euch nicht für alles entschuldigen oder bedanken. Aber es ist trotzdem nett von Euch gemeint. Lasst uns fortfahren. Wenn Ihr etwas nicht versteht, könnt Ihr uns aber jederzeit unterbrechen oder fragen. Vor Jahrmillionen sind wir bei unseren Reisen als Energiewolken durch das Universum durch Zufall auf das Volk der Vaddder gestoßen. Während wir weitgehend nur aus Energie bestehen, sind die Vaddder, ähnlich wie Ihr, hauptsächlich Materieansammlungen. Wir gehen davon aus, dass Euch der Zusammenhang von Geist und Materie bekannt ist. Geist und Materie gehören immer irgendwie zusammen. Selbst Planeten verfügen in gewisser Weise auch über geistige Fähigkeiten. Manche Naturvölker auf einigen Planeten können dies spüren und verehren ihren Planeten deshalb auch als Mutter oder Gottheit. Aber dies nur am Rande bemerkt.

Nun hat es eine Laune des Universums aber so gewollt, dass diese Materieansammlungen der Vaddder, einfach gesagt, überdurchschnittlich viel Geist abbekommen haben. Es handelt sich also nicht um Spezies, die sich durch Evolution und Fortpflanzung weiterentwickeln. Sondern diese Vaddder waren vom Grunde her sehr hochentwickelt. Nachteil allerdings: sie können sich nicht durch Fortpflanzung weiterentwickeln. Daher bleibt ihnen nur die Möglichkeit, ihre bestehenden Daseinsformen durch immerwährendes Auflösen und Neugestalten zu optimieren. Darum besitzen die Vaddder auch die Fähigkeiten, Materie je nach Bedarf beliebig umzugestalten. Diese Fähigkeiten stellen sie immer wieder der galaktischen Gemeinschaft zur Verfügung.

Um nun zu Eurer Frage zu kommen. Erbauer dieser Flugsphäre sind somit die Vaddder. Und, falls Ihr es noch nicht begriffen oder bemerkt haben solltet, Vertreter der Vaddder sind Upps und Opps."

Wieder einmal mehr schauten sich Xyllopph und Vvlanzetti ungläubig an. Sie waren bisher davon ausgegangen, dass es sich bei Upps und Opps um von einer anderen Spezies erbaute Maschinenwesen handelt, die von einer gewissen Programmierung abhängig waren. Auf Garruja waren diese Maschinen schon weit verbreitet und hochentwickelt, auf der Erde gab es erst Anfänge dieser Entwicklung. In ihrer Ausbildung hatten sie gelernt, dass diese Maschinen auf der Erde Roboter genannt wurden. Und nun mussten sie erkennen, dass Upps und Opps vielleicht höher entwickelt und intelligenter als sie selber waren. Wieder mussten sie lernen: Selten ist der Anschein die Wahrheit.

Sämmi-Dien sprachen weiter: "Und damit sind wir auch schon bei unserer Bitte an Euch. Wie wir vorhin bereits dargelegt haben, können wir unsere Umwelt nur auf Ebene der Elementarteilchen wahrnehmen. Wir nehmen also auch Euch nur als Ansammlung von Atomen bzw. Molekülen wahr. Solltet Ihr also irgendwann einmal aufhören zu existieren, würden wir nur erkennen, wie sich die Moleküle aus dem ursprünglichen Verbund entfernen würden und wieder mit anderen, außerhalb des bisherigen Verbundes bestehenden, Molekülen und Atomen erneut verbinden würden. Ähnlich sehen wir den Zusammenschluss Eurer geistigen Elementarteilchen.

Auch wir wollen uns weiterentwickeln und Neues lernen. Deshalb würden wir gerne Eure Sicht der Umwelt kennen lernen. Wir bitten Euch also, dass wir in Euren Geist und Eure Gedanken eindringen dürfen. Dann können wir die Welt durch Eure Augen sehen und auch endlich erkennen, wie wir von Lebewesen gesehen werden, deren Wahrnehmung nur auf der Basis elektromagnetischer Wellen beruht. Wir wissen, dass für Euch die Gedanken sehr intim sind. Deshalb unser Versprechen und Zusicherung: wir werden nur in die Teile Eures Gehirns eindringen, die für die Steuerung des Sehens verantwortlich sind. Alle anderen Teile Eures Denkens und Fühlens werden wir nicht anrühren. Seid Ihr damit einverstanden?"

Xyllopph und Vvlanzetti antworteten fast gleichzeitig ohne groß nachdenken zu müssen: "Selbstverständlich könnt Ihr dies tun. Wir freuen uns, Euch etwas für Eure Unterstützung für unser Volk zurückgeben zu können."

Sämmi-Dien erläuterte: "Wir möchten Euer Einverständnis nicht aus Gründen der Dankbarkeit. Dies hätte für uns den Beigeschmack, dass Ihr es doch nicht ganz freiwillig machen würdet. Würdet Ihr Euer Einverständnis auch ohne Eure gedachte Verpflichtung der Dankbarkeit geben?" Vvlanzetti antwortete diesmal zuerst: "Ja!" Xyllopph bestätigte ebenso eindeutig: "Ja!"

"Danke. Bleibt völlig entspannt und seht uns und Eure Umgebung ganz normal an. Falls es zu gedanklichen Überschneidungen mit uns kommen sollte, erschreckt nicht" erwiderten Sämmi-Dien.

Xyllopph versuchte sich zu entspannen. Gleichzeitig wollte er seine Sinne schärfen, um so viel wie möglich von dem Eindringen der Schllsch in seine Gedanken mitzubekommen. Allerdings spürte er nichts. Xyllopph glaubte schon, dass er von der ganzen Aktion überhaupt nichts mitbekommen würde, als er plötzlich das Gefühl verspürte, sein Geist löse sich von seinem Körper. Er blickte die Schllsch an. Ihr Aussehen wechselte ständig zwischen dem wabernden Flimmern und dem kugelförmigen tentakelbesetzten Erscheinungsbild. Xyllopph ließ seine Augen über den Strand, das Meer und die Hütte schweifen, um den Schllsch einen umfassenden Eindruck von ihrer Welt zu ermöglichen.

Plötzlich wurde ihm schwindelig und seine Umgebung verlor ihre Konturen. Mit einem Mal nahm er seine Umwelt nicht mehr mit seinen Augen wahr, sondern offensichtlich mit den Wahrnehmungsmöglichkeiten der Schllsch. Wo sich eben noch Strand und Meer befunden hatte, war nur noch ein Flimmern und Blitzen zu erkennen. Alle gewohnten Farben waren verschwunden. Es waren keine festen Körper mehr zu erkennen.

Während der Ausbildung im Bereich der Physik und Elementarteilchen hatte man ihnen auch Nebelkammern gezeigt, die als Teilchendetektoren dienen. Im Augenblick hatte er das Gefühl, als befinde er sich selber in einer großen Nebelkammer.

Mit einem Mal verschwanden diese diffusen Bilder wieder und er sah in seinen Gedanken in rasender Abfolge die unterschiedlichsten Sterne, Planeten und Lebensformen. Unter den Lebewesen gab es Erscheinungsformen, die er noch nie gesehen hatte. Bisher hätte er sich nie und nimmer vorstellen können, dass es so etwas überhaupt geben könnte. All dies Eindrücke geschahen aber in Bruchteilen von Zeiteinheiten. Und so schnell wie dies alles in seine Gedanken gekommen war, war es auch schon wieder verschwunden. Nur ein unbestimmtes Gefühl in den hintersten Regionen seines Gehirns erinnerte ihn an das Geschehene. Das gewohnte Bild des Strandes mit dem Meer dahinter entstand wieder vor seinen Augen. Er blickte sich zu den Schllsch um. Sie schwebten nach wie vor in ihrer flimmernden Aura über ihnen. Hatte ihm sein Gehirn einen Streich gespielt und hatte er sich das alles nur eingebildet? Oder hatte er wirklich für einen Bruchteil in die Gedanken der Schllsch geschaut und ihre Sicht der Welt mitbekommen?

Xyllopph war einerseits tief verwirrt und verunsichert von dem Erlebten. Andererseits spürte er aber auch ein starkes Gefühl der Dankbarkeit und Zufriedenheit, dass er von seinem Volk für diese Aufgabe auserwählt worden war und er all diese Erfahrungen machen konnte. Für ihn bedeutete dies jedoch umso mehr: all' seine Kraft würde er dafür einsetzen, um seine Mission erfolgreich zu erfüllen und seinem Volk etwas von dem zurückgeben zu können, was Garruja in ihn investiert hat.

Aus der Ferne hörte er Sämmi-Dien sprechen. Er konzentrierte sich wieder auf die Schllsch: "Jungchen, habt Dank für Euer Entgegenkommen. Ihr habt uns wirklich einen sehr großen Gefallen getan. Damit konnten wir unser Wissen wieder erweitern. Auch wenn Eure Sicht der Welt extrem begrenzt ist, lebt Ihr doch in einer ausgesprochen schönen Umgebung und wir beneiden Euch ein wenig für Eure Wahrnehmung der Welt."

Plötzlich war wieder nur die alleinige tiefe Stimme von Sämmi zu hören: " Jungchen, Dien hat sich bereits zurückgezogen und ich verlasse Euch nun auch. Jetzt könnt Ihr Euch erholen und ausruhen. Sobald Ihr ausgeschlafen habt, meldet Euch bei uns oder Upps. Gebt uns dann Bescheid, was Ihr unternehmen, oder was Ihr von uns lernen wollt. Danke noch einmal und bis später."

Mit diesen Worten verschwand das Flimmern und Xyllopph und Vvlanzetti waren wieder allein und blickten sich in die Augen. Zum wievielten Mal auf dieser Reise schauten sich beide ungläubig von dem Erlebten an? Xyllopph wusste es nicht. Es war ihm auch inzwischen völlig egal. Hauptsache war für ihn, er war nicht allein. Und Vvlanzetti schien es ähnlich zu gehen. Allein das zählte.

Vvlanzetti ließ einen tiefen Seufzer hören: "Mehr an solchen Erlebnissen halte ich heute nicht mehr aus. Ich bin froh, dass wir jetzt allein sind und uns erholen können. Lass uns noch etwas essen und trinken und die Umgebung genießen. Dann wollen wir bald schlafen gehen."

Xyllopph war einverstanden. Sie holten sich noch etwas Nahrung und etwas Flüssigkeiten. Dann setzten sie sich Seite an Seite in den Sand und schauten den Wellen zu, wie sie den Strand mit kleinen Schaumkrönchen hinaufliefen. Oben angekommen verharrten die Wellen einen kleinen Augenblick, bevor sie sich wieder auf den Weg zurück ins Meer machten. Dabei vermischten sie sich auf halben Weg zurück mit den neuen Wellen, die sich bereits auf dem Weg den Strand hinauf befanden. Dieses ewig sich wiederholende Schauspiel sorgte bei beiden Garrujanern für eine tiefe Entspannung. Die Aufregungen der vergangenen Zeit fielen von ihnen ab. In Gedanken an ihre Heimat ergriffen sie die Hand des anderen, blickten sich an und sprachen fast gleichzeitig: "Schön, dass Du bei mir bist und ich all dies nicht allein erleben muss."

Unwillkürlich mussten Vvlanzetti und Xyllopph lachen. Wieder einmal hatten sie zur selben Zeit die gleichen Gedanken. Ein unsichtbares Band schien sie zu verbinden.

Was wird die Zukunft für uns bringen, dachte Xyllopph? Solange er Vvlanzetti an seiner Seite wusste, würde er alle Gefahren und Prüfungen meistern können. Das sagte ihm sowohl sein innerstes Gefühl als auch seine Vernunft. Ihre ruhige und überlegte Art beeindruckte Xyllopph stark. Obwohl er Vvlanzetti ja noch nicht lange kannte, meinte er schon ewig mit ihr zusammen zu sein. Er fühlte sich in ihrer Nähe geborgen und sicher.

In diesen Augenblick seiner überaus angenehmen Überlegungen drang plötzlich und völlig unerwartet die laute Stimme der ZI und riss ihn aus seinen Gedanken. „Bleibt gesund und glücklich. Tut mir leid, dass ich Eure Zweisamkeit stören muss."

Xyllopph meinte, in der Stimme der ZI bei dieser Bemerkung einen ironischen Unterton verspürt zu haben. Wahrscheinlich tat es der ZI nicht leid und sie machte sich mal wieder über ihn oder sie beide lustig. Mit seinen Erfahrungen mit der ZI aus der letzten Zeit war dies durchaus denkbar. Aber vielleicht reagierte er auch nur überempfindlich und er bildete sich das alles nur ein.

Die ZI sprach ohne Pause weiter: "Bevor Ihr Euch nach den vielen Eindrücken und aufregenden Erfahrungen zur Ruhe begebt, will ich Euch nur noch kurz einige Informationen übermitteln."

Diesmal machte die ZI eine längere Pause, bevor sie fortfuhr: "Auf Garruja ist alles in Ordnung. Der große Asteroid, der sich auf Kollisionskurs befand, konnte mit unserem nahe Garruja stationierten Kraftfeldsystem an Garruja vorbeigelenkt werden. Die beim Vorbeiflug des Asteroiden kurzzeitig vorherrschenden gravitativen Auswirkungen waren nicht so schlimm wie befürchtet. Es gab nur geringe Überschwemmungen in einigen wenigen Gebieten. Vorsorglich hatte die zuständige Verwaltung in diesen Gebieten größere Tierbestände evakuiert. Die Natur und besonders die Pflanzen werden mit den bekannten Hilfsmaßnahmen bei der Regenerierung unterstützt."

Xyllopph fühlte sich beschämt. Dieses für Garruja in den letzten Wochen und Monaten überaus wichtige Thema hatte er völlig vergessen. Zu seiner Entschuldigung konnte er nur die vielen Informationen, Ereignisse und Ablenkungen seit dem Beginn seiner Erdmission anführen. Trotzdem gab ihm dies alles sehr zu denken. Wie schnell konnten zuerst wichtig erscheinende Geschehnisse bei Auftauchen neuer Ereignisse so völlig in den Hintergrund bzw. in Vergessenheit geraten.

Bevor er sich aber weitere Gedanken machen konnte, hörte er wieder der ZI zu. „Für Euch im Augenblick wesentlich wichtiger ist sicherlich diese Information. Der OR hat zwischenzeitlich über die Notfallverbindung Kontakt zur Station in der Antarktis aufgenommen. Dabei musste man sehr vorsichtig vorgehen, um die Menschen nicht darauf aufmerksam zu machen. Deshalb wurde ein sehr stark gebündelter Peilstrahl verwendet, der mit einer geringen Datenübertragungsrate gearbeitet hat. Die Entdeckung dieser Übertragung durch menschliche Technik gilt als fast ausgeschlossen. Der OR hatte zusätzlich eine Zeit starker Sonneneruptionen ausgenützt, um den Datenaustausch für terrestrische Ortungssysteme zu verbergen. Die Station wurde in dieser Zeit angewiesen, eine kleine Sonde in die nähere Umgebung von Ccullers letztem bekannten Standort zu entsenden. Dies wurde auch sofort in die Wege geleitet."

Wieder eine kurze Pause: "Die Sonde hat mit ihren Informationen inzwischen die antarktische Station wieder erreicht. Vor kurzem erreichte den OR über den Nachrichtenkanal der quantenmechanisch verschränkten Photonen folgende Informationen. Die Sonde konnte kurzen Kontakt zur medizinischen Einheit von Cculler aufnehmen. Cculler ist am Leben und weitgehend unverletzt. Allerdings befindet sie sich nicht in Freiheit und es ist zu befürchten, dass in ihrem Gebiet in Kürze mit größeren kriegerischen Handlungen zu rechnen ist. Die Sonde hat in der Umgebung von Cculler massive Ansammlungen von Kriegsgerät und schwer bewaffneten Kämpfern festgestellt. Allerdings ist die Lage noch viel zu unübersichtlich, um Cculler ohne größeres Aufsehen befreien zu können. Die Gefahr ist zurzeit noch viel zu groß, dass terrestrische Behörden bei Eingreifen durch unsere Station von unserer Anwesenheit Kenntnis bekommen. Deshalb müsst Ihr so schnell wie möglich zu Cculler gelangen. Ihr müsst vor Ort die nötigen Entscheidungen zur Rettung von Cculler treffen."

Xyllopph war emotional hin und her gerissen. Einerseits war er natürlich froh, dass Cculler am Leben war. Andererseits war die jetzige Situation nicht einfach und barg nach wie vor das Risiko einer nicht zu beherrschenden Eskalation, die mit dem Tod von Cculler und oder auch mit dem Scheitern der Erdmission, nach dem Bekanntwerden bei den Menschen von ihrer Anwesenheit, enden könnte. Die kurze Zeit der Entspannung mit Vvlanzetti war mit einem Mal wieder dahin.

"Ich empfehle Euch, bald zur Ruhe zu gehen, damit Ihr für all' das, was noch auf Euch zukommen wird, ausgeruht seid. Die ZI der Schllsch ist parallel zu Euch, natürlich auch über den derzeitigen Stand mit den entsprechenden Daten, versorgt worden. Schlaft jetzt erst einmal, wir sprechen morgen weiter. Ich wünsche Euch eine gute Nachtruhe."

Damit verabschiedete sich die ZI. Die plötzlich eintretende Stille empfand Xyllopph mit einem Mal als nicht mehr angenehm. Selbst das ursprünglich beruhigende Plätschern der leichten Meeresdünung und die Geräusche des Waldes hatten sich für ihn zu einem unangenehmen Geräusch gewandelt.

Xyllopph blickte Vvlanzetti an: "Das war's wohl mit unserer kurzen Entspannungsphase." Vvlanzetti erwiderte seinen Blick ganz ruhig und antwortete in ihrer ruhigen und überlegten Art: "Im Augenblick können wir nichts tun. Lass uns die Probleme angehen, wenn wir direkt mit ihnen konfrontiert sind. Die ZI hat recht. Lass uns Schlafen gehen, damit wir morgen ausgeruht und frisch sind."

Vvlanzetti stand auf und ging auf die Strandhütte zu. Xyllopph blieb nichts Anderes übrig, als ihr zu folgen. Er wusste, es war die einzig richtige Entscheidung. Sie hatte absolut recht.

Sie ließen sich beide noch einmal kurz reinigen und gingen dann gemeinsam in den Schlafraum. Sie legten ihre Schwerkraftgürtel ab. Das Kraftfeld des Schlafraumes erfasste sie und hob sie vorsichtig in die Mitte des Raumes. Gleichzeitig ging das Licht aus und Xyllopph freute sich schon auf die Zeit der Ruhe und des erholsamen Schlafes. Doch daraus wurde nichts, noch nicht. Die Bemerkung von Vvlanzetti, gemeinsam mit ihm die Nacht verbringen zu wollen, hatte er bereits wieder vergessen bzw. in seiner Naivität völlig falsch aufgefasst. Als er Vvlanzettis Hände auf seinem Körper spürte, wusste er jedoch augenblicklich, was Vvlanzetti mit ihrer Bemerkung gemeint hatte. Ihre Hände strichen sanft über seinen Rücken und lösten in seinem Körper ein sanftes Zittern aus, sein Körper wurde mit einem Mal deutlich wärmer.

Schlagartig begriff er. Bruchstückhaft schossen Erinnerungsfetzen aus seiner Ausbildung über die Fortpflanzungsrituale der Garrujaner vor seinem geistigen Auge vorbei: wichtiges Ritual zur Stärkung des sozialen Zusammenhalts - Abbau von Stress - Vermeidung von Rivalität - Stärkung des körpereigenen Abwehrsystems gegen Krankheiten - Ablauf der biochemischen Prozesse - einmal im Jahr Empfängnisbereitschaft der weiblichen Garrujaner - Einlagerung der männlichen Zellen mit den Erbanlagen im weiblichen Fortpflanzungsorgan - Übertragung der Zellen mit den Erbanlagen …

Vvlanzetti zog seine Gedanken aber wieder in die Gegenwart zurück: "Bleibe entspannt. Ich spüre, es ist für Dich das erste Mal. Lass mich machen, Dein Körper wird automatisch das Richtige tun."

Mit diesen Worten intensivierte Vvlanzetti ihr sanftes Streicheln. Immer schneller fuhren ihre Hände über die oberen und unteren Bereiche seines Rückens. Gleichzeitig umklammerten ihre Beine und Arme Xyllopph. Ihm wurde immer heißer, er schwitzte. Besonders die vielen kleinen Drüsen auf seiner Bauchseite sonderten eine Flüssigkeit ab, die zwischen ihm und Vvlanzetti einen starken Film bildete. Wieder erinnerte er sich, dass dieser Flüssigkeitsfilm sowohl den Kontakt zum Partner herstellt, als auch zur Übertragung der Zellen mit den Erbanlagen dient. Weibliche Garrujaner haben auf ihrer Bauchseite statt der männlichen Drüsen viele kleine Poren, die sich im Schutze des Flüssigkeitsfilmes beim Fortpflanzungsritual für die Aufnahme der männlichen Zellen öffnen und diese dann aufnehmen.

Vvlanzetti umklammerte Xyllopph immer fester. Automatisch tat Xyllopph das gleiche. Immer schneller wirbelten Vvlanzettis Hände über seinen Rücken. Ein überaus angenehmer Schauer nach dem anderen jagte durch seinen Körper. Die Haut kribbelte immer stärker.

Nun begann Vvlanzetti damit, sich immer wieder kurz ein wenig von ihm zu lösen und dann wieder sich fest an ihn zu klammern. Durch den Flüssigkeitsfilm zwischen ihren Körpern und die deshalb bestehende Adhäsion entstanden durch ihre Bewegungen kurzzeitig wechselnde Saug- und Druckstimulationen der Bauchhautnervenenden. Diese lösten ein Ansteigen der Herzfrequenz, noch größere Flüssigkeitsausscheidung und biochemische Reaktionen im Gehirn aus.

Xyllopph fühlte sich wie in einem Rausch. Durch die immer schneller werdenden rhythmischen Bewegungen nahm Xyllopph seine Umgebung nicht mehr wahr. Er spürte nur noch Vvlanzettis Körper. Beide Körper pulsierten nun im gleichen Takt. Xyllopph blickte in Vvlanzettis Augen und er hatte das Gefühl, wie in einem spiralförmigen Fall in sie einzutauchen. Das Pulsieren und Wirbeln wurde immer schneller und plötzlich verkrampfte und schüttelte sich sein Körper und er glaubte, seine Brust explodiere. Diese Wahrnehmung geschah aber wie durch einen Nebel und ein warmes Gefühl des Glücks und der Euphorie durchströmte ihn.

Ganz langsam ließ das Pulsieren nach, sein Körper entspannte sich und Xyllopph kam zur Ruhe. Er merkte, wie sich auch Vvlanzetti entspannte und sich nun langsam von ihm löste. Ihre Augen waren nun geschlossen. Die Atmung wurde mit jedem Atemzug langsamer. Erst jetzt spürte Xyllopph das Rotieren ihrer Körper innerhalb des Kraftfeldes. Die Steuerung des Kraftfeldes hatte offensichtlich auch eine Einstellungsvariante zur Unterstützung der Fortpflanzungsrituale, dachte Xyllopph bei sich. Bin gespannt, welche Möglichkeiten sonst noch existieren. Xyllopph blickte zu Vvlanzetti. Ihre Atmung war inzwischen wieder völlig ruhig und normal, ihr Gesicht sah völlig entspannt und zufrieden aus. Sie schien zu schlafen.

Was für ein Tag, was für Erlebnisse. Mit diesem letzten Gedanken schlief auch Xyllopph endlich ein. Wieder einmal hatte er vergessen dem Schlafprogramm aufzutragen, dass er sich an seine Träume erinnern wollte. Nach den vielen vergangenen aufregenden

Ereignissen war dies jedoch sicherlich auch gut so. Die realen Erinnerungen zu verarbeiten, reichte vermutlich erst einmal aus. Die Steuerung des Kraftfeldes registrierte die beiden Garrujaner als schlafende Objekte und stoppte die Drehung ihrer Körper. So schwebten beide Körper Seite an Seite schwerelos innerhalb des Kraftfeldes und trieben schlafend durch Zeit und Raum.

In anderen Teilen der Flugsphäre nahm niemand Notiz von dem, was die mitreisenden Garrujaner taten. Die Schllsch kannten keinen Schlaf. Sie kümmerten sich inzwischen um den Weiterflug.

Die Vaddder waren damit beschäftigt, dass die Flugsphäre perfekt funktionierte.

Und die ZI? Sie wachte über allem und hielt im Hintergrund Kontakt nach Garruja und der Station auf der Erde.

Kapitel 3 - Cculler

**„Der Tor handelt,
der Kluge überlegt und handelt
und dem Weisen hilft Geduld und Zeit."**

(Odddo der Ältere, um 500 nGZ)

Das Rauschen wurde immer lauter und mit einem Mal lichtete sich der Nebel. Langsam kehrte das Bewusstsein wieder zurück. Cculler öffnete die Augen und blickte sich noch etwas orientierungslos um. Was war passiert? Wo war sie?

Sie lag in einem dunklen Raum auf einer einfachen Matte. Der Boden darunter schien gestampfter Lehm zu sein. Es roch modrig. Der Raum hatte keine eigene Beleuchtung. Ganz wenig Licht drang von außen herein. Durch die Spalten der grob gezimmerten Tür drang etwas Sonnenlicht. Es musste also Tag sein. Von draußen hörte sie das brummende Geräusch eines Motors, vermutlich ein einfacher Generator der hiesigen Lebewesen. Cculler versuchte sich zu erinnern, was geschehen war und wie sie in diese Lage gekommen war. Nur langsam kehrte die Erinnerung zurück. Ihr Kopf brummte und sie verspürte heftige Schmerzen beim Bewegen ihres Kopfes. Gleichzeitig nahm sie ein leichtes Vibrieren im oberen Teil ihres Beines war. Natürlich, die im Körper befindliche medizinische Einheit ihres Kommunikators war offensichtlich schwer damit beschäftigt, eventuelle Verletzungen in und an ihrem Körper zu beheben. Langsam verschwanden die Kopfschmerzen und Cculler konnte wieder klarer denken.

Das letzte, woran sie sich erinnern konnte, war ein heller Blitz und ein lauter Knall. Genau, das musste es gewesen sein. Sie war offensichtlich auf eine Mine getreten. Aber wie war das möglich? Ihre Ortungseinheit hätte die Mine doch registrieren müssen. Doch dann fiel ihr ein, dass nicht sie, sondern ein, von ihr, unabsichtlich aufgescheuchter Wildhund wohl auf der Flucht vor ihr auf die Mine gesprungen war und die Explosion ausgelöst hatte.

Der Hund hatte leider keine Chance und Cculler tat der Tod des unschuldigen Tieres leid. Auch wenn Cculler Wissenschaftlerin war und sie die Lebewesen dieses Planeten mit emotionalem Abstand beobachtete und erforschte, spürte sie in sich Zorn über den vielfachen sinnlosen Tod auf diesem Planeten aufkommen. Und Schuld daran war größtenteils die Spezies Mensch. Obwohl die Wissenschaftlerin in ihr sagte: auch der Mensch war nur ein wenig rational intelligent denkendes Lebewesen auf diesem Planeten, das hauptsächlich seinen Instinkten folgte. Und diese Instinkte basierten nun einmal auf biochemischen Vorgängen im Gehirn. Somit war nicht der Mensch selbst schuld, sondern die Evolution, die diese noch wenig und eventuell fehl entwickelte Art auf der Erde geschaffen hatte.

Aber jetzt war nicht der Augenblick für solche Gedanken. Sie musste erst einmal ihre eigene Lage analysieren und sich darum kümmern, dass sie wieder in ihre Station kam, Kontakt zu Garruja aufnehmen konnte und dafür sorgen, dass ihre Mission nicht gefährdet war.

Dass sie noch am Leben war, verdankte sie ihrer Schutztechnik und ihrer Schutzsphäre, die sich bei der Explosion sofort und schlagartig schützend um ihren Körper gebildet hatte. Daran konnte sie sich noch erinnern. Und jetzt fiel ihr auch ein, was vermutlich Ursache ihrer Kopfschmerzen und der Bewusstlosigkeit war. Kurz vor dem Zwischenfall hatte sie im Sand ein halb vergrabenes Schnellfeuergewehr gefunden und aus Neugier in die Hand genommen. Als die Mine explodierte, hatte sich zwar die Sphäre schützend um ihren Körper gelegt, sie konnte aber nicht verhindern, dass Cculler weggeschleudert wurde. Dabei knallte das Gewehr, das sich auch noch innerhalb der Schutzsphäre befand, gegen ihren Kopf. Gleichzeitig löste sich ein Schuss, der ihre Schläfe streifte.

Cculler vermutete, jemand musste sie gefunden und in diese Hütte transportiert haben. Ihre ganze mitgeführte Technik hätte sich somit beim Auftauchen fremder intelligenter Lebewesen und, da sie sich in einem hilflosen Zustand befunden haben muss, selbst vernichten und auflösen müssen. Zumindest hoffte dies Cculler. Die wesentlich höher entwickelte Technik Garrujas durfte unter keinen Umständen in fremde Hände fallen. Auf jeden Fall war die gesamte Ausrüstung, die sie am Körper getragen hatte, nicht mehr vorhanden. Selbst der Kommunikator fehlte. Dies sprach für die Selbstzerstörung der Geräte, da der Kommunikator normalerweise nur durch einen Gedankenbefehl des Eigentümers abgelegt werden konnte. Letztendlich könnte sie dies alles aber erst eindeutig klären, wenn sie wieder in ihrer Station angekommen sein würde und alle Aufzeichnungen über ihren Ausflug analysieren könnte. Jetzt musste sie aber erst einmal klären, wo sie sich befand und wie sie wieder ohne ihre gesamte Technik in ihre Station gelangen konnte.

Plötzlich öffnete sich die Tür und helles Sonnenlicht blendete ihre Augen. Verschwommen konnte sie eine Gestalt in der Türöffnung erkennen. Von der Bewegung her und der Gestalt nach schien es ein weiblicher Mensch zu sein.

Ein kurzes Zögern in der Bewegung verriet Cculler, dass die gerade eintretende Person offensichtlich überrascht war, sie bei Bewusstsein vorzufinden. Trotzdem näherte sich die Frau langsam und stellte einen vermutlich mit einer Flüssigkeit gefüllten Tonbecher in die Nähe von Cculler.

Trotz des diffusen Lichtes in der Hütte konnte Cculler die Frau gut erkennen. Sie musste noch relativ jung sein, war schlank und nicht sehr groß. Sie trug eine olivgrüne Uniform und hatte eine Maschinenpistole auf den Rücken gebunden. Ihr Gesicht war sonnengebräunt.

Cculler war sich völlig bewusst, dass die Menschen sie sicher als etwas Außergewöhnliches, wenn nicht gar schon als außerirdisches Wesen erkannt haben mussten. Dafür wich ihre Erscheinung zu der der Menschen einfach zu stark ab.

Zwar hatten auch Garrujaner zwei Beine und Arme. Unterschiedlich waren aber Finger und Füße. Garrujaner besaßen nur drei Finger. Diese hatten sich im Laufe der Evolution aufgrund des Lebens im Wald und teilweise auch auf den Bäumen als Greifkrallen entwickelt. Die Füße waren deutlich größer als die der Menschen. Mit diesen ausgeprägten Tellerfüssen war es Garrujanern möglich, große Strecken schnell zu überwinden. Außerdem sanken die Füße bei lockerem oder sehr weichem Untergrund nicht ein. Sogar kurze Strecken über Wasser zu überwinden, war, aufgrund der Schnelligkeit von Garrujanern und entsprechend großer Oberflächenspannung von Gewässern, für geübte Garrujaner kein Problem. Und selbst kleine Garrujaner waren deutlich größer als der durchschnittliche Mensch. Somit übertraf auch Cculler mit ihren knapp 2,5 Metern Körpergröße die überwiegende Mehrzahl der hiesigen Planetenbewohner.

Auch wenn Cculler einen, ihren Körper weitgehend bedeckenden, Overall anhatte, konnte man doch an den offenen Stellen des Overalls die für Garrujaner typische dichte Körperbehaarung sehen. Außerdem wich die Kopfform deutlich von der menschlichen ab. Zwar war der Kopf mit dem Kopf eines Alpakas aus dem

Gebiet Südamerikas vergleichbar. Aber bei Alpakas handelte es sich eben nur um Tiere auf diesem Planeten und keine hoch entwickelte intelligente Lebensform. Garrujanische Wissenschaftler rätselten immer noch darüber, wie es zu dieser Ähnlichkeit zwischen Alpakas und Garrujanern in der Evolution kommen konnte.

Insofern musste es selbst Menschen in abgelegenen Gebieten, die vom generellen Informationsfluss größtenteils abgeschnitten waren, durchaus klar sein, dass Cculler wohl nicht von dieser Welt stammte. Trotz dieser Überlegungen war es für Cculler aber noch nicht nachvollziehbar, warum sie hier in dieser Hütte lag und sie sich nicht schon längst in den Händen offizieller Behördenvertreter befand.

Während Cculler über dies alles nachgedacht hatte, hatte sich die Frau wieder aus der Hütte entfernt. Beim Heraustreten aus der Hütte fiel die Sonne auf ihr Gesicht. Cculler sah für einen Augenblick in ein für menschliche Verhältnisse überaus hübsches junges und fein geformtes Gesicht. Kein Zeichen von Angst war darin zu erkennen. Bei diesem Anblick und dem Gedanken an die Waffe auf dem Rücken der Frau musste Cculler unwillkürlich wieder an die Absurdität dieses Bildes vor ihren Augen denken.

Diese Welt war verrückt. Junge Menschen, die noch ihre ganze Zukunft vor sich hatten, brachten sich in kriegerischen Handlungen gegenseitig um. Gesteuert wurde dies in der Regel von selbst ernannten Führern, die mit diesen Kriegen nur ihren eigenen Vorteil oder den ihrer Angehörigen suchten. Zur Rechtfertigung und Begründung dieser Kriege wurden häufig glaubensmäßiges Fehlverhalten der Anderen, angebliche Bedrohungen oder einfach nur wirtschaftliche Interessen angeführt. Zumindest letztere Begründung war immerhin noch ehrlich.

Die junge Frau schloss beim Verlassen der Hütte wieder die Tür. Cculler konnte jedoch aufgrund ihres hervorragenden Gehörs hören, wie die Frau vor der Tür mit einem Mann leise sprach. Cculler hatte sich vor dem Ausflug in diese Region mit den unterschiedlichen Sprachen und Dialekten weitgehend vertraut gemacht. Deshalb konnte sie dem Gespräch sehr gut folgen. Die beiden Gesprächspartner unterhielten sich in einem kurdischen Dialekt. Für Cculler ein Anhaltspunkt, dass sich die Hütte, in der sie sich befand, noch in relativer Nähe zu ihrem Unfallort befinden musste.

Ursprünglich hatte Cculler nur die stark zerstörte Kulturstätte in Palmyra kartographieren und räumliche Bildaufnahmen für die wissenschaftliche Auswertung auf Garruja anfertigen wollen. Cculler sollte ein neu entwickeltes Masserekonstruktionsgerät ausprobieren. Palmyra war hierfür besonders geeignet, da diese historische Stätte sowohl in der Vergangenheit deutliche Zerstörungen erleiden musste, als auch in neuerer Zeit durch terroristische Sprengungen nach teilweisem Wiederaufbau, erneut massiv zerstört worden war. Das MRG analysiert die Lage und Form der gefundenen Steine und versucht mit Hilfe von mathematisch physikalischen Berechnungen (unter Einbeziehung vieler variablen Einflüsse wie Gravitation, Explosionsdruck, Verwitterung usw.), den ursprünglichen Ort der Steine im dreidimensionalen Raum zu berechnen.

Zusätzlich wurden die Berechnungen verfeinert, indem das MRG die Ausgangssituation mehrfach veränderte. Damit erreichte man ein Bündel von Berechnungen. In diesem Zusammenhang war es für Cculler überaus erstaunlich, dass die Menschen ein ähnliches

System - natürlich wesentlich einfacher - bei ihren Wetterprognosen einsetzten. Zum Schluss wurden die Abweichungen der Ergebnisse bei der Vielzahl von einzelnen Berechnungen noch einer stochastischen Analyse unterworfen. Am Ende kam dann das dreidimensionale Bild der einzelnen Gebäude und der ganzen ursprünglichen Stadt heraus. Diese hochkomplexe Rechenleistung war natürlich nur auf Grundlage von mehrdimensionalen Quantenrechnern möglich.

Cculler war vom Ergebnis und der Bilddarstellung des MKG begeistert gewesen. Die Stadt und die Gebäude waren vollständig ohne Lücken und Fehler rekonstruiert worden.

Für Garrujaner waren Gebäude im Wesentlichen Zweckbauten. Geradlinig, effizient und klar strukturiert. Bei Palmyra handelte es sich jedoch um eine Stadt mit den unterschiedlichsten Gebäudeformen. Zusätzlich waren Gebäudeelemente kunstvoll verziert und dienten teilweise keinem statischen Zweck. Sie sollten offensichtlich nur das Auge des Betrachters erfreuen. Wunderschöne Säulen, kunstvolle Mosaiken, Wandelgänge, Marmorskulpturen, kunstvoll geschmückte Innenhöfe. All dies war für Cculler eine völlig neue Erfahrung. So etwas hatte sie vorher noch nie gesehen. Diese Eindrücke hatten sie sehr stark fasziniert und innerlich berührt. Die Stadt Palmyra und gerade auch ihre Lage in der Wüste, machte sie zu einer eindrucksvollen Erscheinung. Umso verwunderlicher, dass es Menschen gab, die dieses Kunstwerk und archäologisches Erbe so rücksichtslos zerstört hatten.

Aber dies war jetzt nicht ihr Problem. Für sie war wichtig, dass der Praxistest des MRG vollständig gelungen war. Insbesondere freute es Cculler, dass sie mit ihrer Forschung einen überaus wichtigen Beitrag für die

Sicherheit auf Garruja leisten konnte. Denn das MRG sollte zukünftig eine sehr wichtige Rolle bei Unglücken oder Katastrophen spielen, die es auch auf Garruja immer wieder einmal, trotz aller umfassenden Sicherheitsvorkehrungen, gab.

Bei Gebäudeeinstürzen oder Verschüttungen in der Natur könnte das MRG zukünftig sehr schnell analysieren, welche Teile ohne Gefahr für eventuell Verschüttete bzw. die Stabilität der vorhandenen Trümmer sofort entfernt werden könnten. Rasch könnten dann die kleinen, aber sehr wendigen und, bedingt durch ihre Kraftfelder, sehr kraftvollen Schwarmflügler die Trümmer schnell und gefahrlos beseitigen. Selbst schneller Wiederaufbau wäre mit diesem System möglich und denkbar.

Aber der Einsatz des Systems war nun in weite Ferne gerückt. Denn anstatt das MRG und ihre Ergebnisse zum sicheren Stützpunkt zurück zu bringen, zog die Neugier und das Interesse an den Menschen Cculler an die Grenze von Syrien zu dem Irak. Sie wollte zum ersten Mal direkt selber Gefechte zwischen den unterschiedlichen Kriegsparteien in Augenschein nehmen und für die wissenschaftliche Auswertung auf Garruja entsprechendes Datenmaterial besorgen. Leider war dies nun völlig schief gegangen. Und nun lag sie in dieser Hütte. Wie sollte es weitergehen? Und vor allem, gab es noch irgendwo in der Nähe ihr Fluggerät mit dem MRG und den Aufzeichnungen? Oder hatte sich dies aufgrund der Gefahr vor Entdeckung selbst zerstört? Fragen über Fragen! Cculler hatte im Augenblick keine Ahnung, wie sie aus dieser Situation wieder wohlbehalten herauskommen sollte.

„Das Wesen ist bei Bewusstsein, hat mich mit seinen Augen ständig verfolgt, sonst aber nicht bewegt", hörte sie die Frau sagen. Eine angenehm tief klingende männliche Stimme antwortete: "Wir müssen herausfinden, wer oder was sich da in der Hütte befindet. Bitte verstärke noch die Sicherheitsmaßnahmen und die Wachen rund um die Hütte. Ich will keine Überraschungen erleben. Bei Gefahr müssen wir das Subjekt eliminieren. Bevor wir aber die Meldung über unseren Fund weitergeben, will ich mir erst einmal selber ein Bild verschaffen. Ich habe das Gefühl, dass wir es mit einem außergewöhnlichen Lebewesen zu tun haben, welches unser aller Leben nachhaltig verändern könnte. Gelangt die Information von diesem Lebewesen in die falschen Hände, befürchte ich große Gefahr für unser aller Leben. Deshalb absolute Geheimhaltung in unserer Gruppe."

Der Mann sprach nach einer kurzen Pause weiter: „Ich werde jetzt in die Hütte gehen und versuchen, Kontakt aufzunehmen. Wir wissen nicht, wie das Wesen reagieren wird und über welche Möglichkeiten es verfügt. Möglicherweise kann es sogar Gedanken beeinflussen. Wir müssen auf alles vorbereitet sein. Solltet ihr das Gefühl haben, dass ich nicht mehr Herr meiner eigenen Sinne bin, müsst ihr mich und das Geschöpf sofort erschießen. Sicherheitshalber nehme ich auch keine Waffe mit in die Hütte. Kann ich mich auf Dich verlassen?"

„Natürlich Habibi. Wir passen auf, Du kannst Dich auf uns verlassen, dies weißt Du. Meshud, Isar und Rizgar werden vor der Tür in Stellung gehen, um Dir bei Gefahr sofort helfen zu können. Sei bitte vorsichtig!"

Cculler musste unwillkürlich lächeln. Sicher besaß sie noch einige Fähigkeiten, die sie hoffentlich aus dieser unangenehmen Lage sicher wieder herausbringen sollte. Kampf oder Gewalt gehörten aber auf keinen Fall dazu. Doch dies konnten diese Menschen ja nicht wissen. Deren Gedanken drehten sich offensichtlich jedoch nur um diese Themen. Welch eine Fehlentwicklung der Evolution, dachte sich Cculler.

Plötzlich öffnete sich die Tür und wieder blendete das Sonnenlicht für einen kurzen Augenblick Cculler. Nach kurzer Gewöhnung der Augen an die Helligkeit erkannte sie die hochgewachsene Statur eines Mannes, der vermutlich rund 30 Erdenjahre alt war, einen kräftigen Körperbau besaß und einen in dieser Region üblichen schwarzen Vollbart trug. Überraschenderweise machte sowohl der Bart als auch der Mann selber einen äußerst gepflegten Eindruck. Gewöhnlich waren die kämpfenden Krieger und Soldaten auf diesem Planeten eher ungepflegt. Deshalb ging Cculler bei diesem Mann dagegen von einem gebildeten Offizier aus. Bekleidet war er, wie die Frau von vorhin, mit einer olivgrünen Uniform. Seine auf sie gerichteten, sie intensiv musternden blauen Augen strahlten etwas Magisches aus. Irgendwie fühlte sie sich von seinen Augen in Bann gezogen. Allerdings empfand sie dies nicht als unangenehm. Außerdem spürte sie bei aller Anspannung, die von diesem Mann ausging, ein Gefühl der Nähe und Vertrautheit zu diesem Menschen. Einen kurzen Moment verwirrte Cculler diese Erkenntnis. Es wäre einfach gewesen, in die Gedanken dieser Menschen und dieses Mannes einzudringen, um die Gedanken und Empfindungen dieses Mannes und der anderen Menschen herauszufinden. Damit hätte sie sehr schnell gewusst, wie die Menschen zu ihr standen und was sie vorhatten. Doch dies verboten die Garrujanischen Prinzipien. Ohne Einwilligung durfte kein Garrujaner die Gedanken eines anderen lesen. Man konnte sich nur an den vom Geist ausgehenden Schwingungen orientieren. Zumindest wusste man dann, ob das Gegenüber aufrichtig war.

Mit schlechtem Englisch begann der Mann das Gespräch: "Mein Name ist Ferzan. Verstehst Du mich?" Cculler überlegte, ob sie auf Kurdisch antworten sollte, um Ferzan das Gespräch in seiner Muttersprache zu erleichtern. Sie wollte aber in dieser Phase nicht - noch nicht - zeigen, über welche Fähigkeiten sie verfügte. Also antwortete sie in ebenso gebrochenem Englisch. „Ich verstehe, was Du sagst. Mein Name ist Cculler. Wo bin ich? Wer seid Ihr?" „Du befindest Dich auf kurdischem Hoheitsgebiet. Wir sind eine kleine Grenztruppe an der Grenze zu Syrien und dem Irak. Aber nun zu Dir. Wer bist Du und woher kommst Du?"

Cculler hatte zwischenzeitlich immer wieder mit sich gerungen, wie sie auf diese Frage antworten sollte. Sollte sie eine erfundene Geschichte diesen Menschen, die sie gerettet und offensichtlich gepflegt hatten, auftischen und damit deren Wohlverhalten durch Lügen heimzahlen. Oder sollte sie mit der Wahrheit riskieren, dass vielleicht ihre Mission in Gefahr geriet und Informationen über die galaktische Gemeinschaft in falsche Kanäle geraten konnte.

Letztendlich entschied ihr Gefühl - auch zu diesem Menschen - dafür, völlig offen zu sein. „Ich nehme an, dass ihr aufgrund meines Aussehens bereits erkannt habt, dass ich nicht von dieser Erde bin. Ich bin Wissenschaftler vom Planeten Garruja. Meine Aufgabe ist die Erforschung der Erde. Dabei will ich mich nicht in irgendwelche Belange von Euch einmischen. Auch will ich bzw. wollen auch weitere bewohnte Planeten des Universums Euch nicht missionieren. Weiter wollen wir auf jeden Fall verhindern, dass unsere höher entwickelte Technik in menschliche Hände gelangt. Die

Menschheit ist zu kriegerisch und gewalttätig und damit eine Gefahr für die vielen bewohnten Planeten des Universums. Wir wollen mit Euch eigentlich nichts zu tun haben. Wir wollen von Euch nur lernen, damit wir nie Eure schlechten Eigenschaften übernehmen werden."

Ferzan war für eine ganze Weile ruhig und antwortete nicht sofort. Man merkte ihm die ungeheure Wirkung von Ccullers Worten an. Ferzan musste erst einmal intellektuell verdauen, was Cculler ihm gesagt hatte. Das Weltbild der Menschen, welches über Jahrtausende von anderen Gegebenheiten geprägt war, war mit einem Mal wie weggewischt. Es war verständlich, dass Ferzan das Gefühl hatte, er verlöre den Boden unter seinen Füssen. Die braune Farbe im sonnengegerbten Gesicht von Ferzan wich einer deutlich spürbaren Blässe.

Es dauerte eine Zeit, bis sich Ferzan wieder gefangen hatte. "Ich muss Deine Geschichte erst einmal verarbeiten und mit meinen Freunden besprechen. Wir werden dann entscheiden, was weiter geschehen soll. Bitte verhalte Dich solange ruhig, damit wir Dir nichts tun müssen, was für Dich unangenehm sein könnte."

Ferzan drehte sich zur Tür und ließ Cculler wieder in der Hütte allein. Cculler nutzte die Zeit, ihren gesamten Körper noch einmal systematisch auf irgendwelche Verletzungen abzusuchen. Beruhigenderweise konnte sie nichts finden. Selbst die Wunde am Kopf, ausgelöst durch das Gewehr bzw. den Schuss, war bereits wieder völlig geheilt. Ccullers medizinische Einheit, mit deren unzähligen Helfermikroorganismen, hatte ganze Arbeit geleistet.

Cculler erhob sich langsam und ging zur Tür. Vorsichtig öffnete sie die Tür. Helles Sonnenlicht erwärmte mit einem Mal ihre Haut. Vor der Hütte standen in einiger Entfernung drei Soldaten, die ihre Gewehre auf sie gerichtet hatten. Alle drei blickten sie ausgesprochen unfreundlich an. Deshalb zog es Cculler lieber vor, sich nicht zu weit von der Tür zu entfernen.

Aus einem benachbarten Haus hörte sie eine sehr laute Diskussion. Aus den Wortfetzen, die zu ihr drangen, konnte sie schließen, dass es offensichtlich darum ging, wie man weiter mit ihr verfahren sollte. Es gab zwei Gruppen mit unterschiedlicher Meinung. Ein Teil wollte sie so schnell wie möglich loswerden. Dies Gruppe befürchtete eine von Cculler ausgehende, große Gefahr. Je eher man sie den übergeordneten Behörden übergeben könnte, desto besser für ihre kleine Einheit.

Cculler hörte noch Ferzans Stimme, der dieser Gruppe vehement widersprach, als sie plötzlich von sehr intensiven und feindlichen Gedankenfetzen abgelenkt wurde. Die Menschen, von denen sie diese Gedanken auffing, mussten sich in einiger Entfernung befinden. Aber ihre sehr feindliche Einstellung und die von diesen Menschen ausgehende unmittelbare Gefahr konnte sie deutlich spüren.

Ehe Cculler darüber nachdenken konnte, was sie mit dieser Information anfangen sollte, explodierten bereits zwischen den Hütten und Häusern mehrere Granaten. Zusätzlich schlugen Geschosse - offensichtlich von schweren Maschinengewehren abgefeuert - in die Wände der Gebäude ein. Zwei ihrer Wachen wurden sofort von einer Granate getötet, der dritte Mann lag schreiend und sichtbar am Bein blutend am Boden. Aus den Häusern stürzten viele Kämpfer, wurden jedoch durch das anhaltende Dauerfeuer wieder in die Gebäude zurückgetrieben.

Cculler sah die verletzte Wache am Boden liegen. Sie konnte sich wohl aus eigener Kraft nicht in Sicherheit bringen. Somit war es nur eine Frage der Zeit, bis ihn eine weitere Granate oder das Gewehrfeuer treffen würde und dieser Mensch sterben müsste. Ccullers Gehirn arbeitete rasend schnell und ging blitzschnell alle möglichen Rettungsalternativen durch. Parallel dazu analysierte sie die Dauer und Verteilung der Granateinschläge und Gewehrsalven. Ihr Gehirn errechnete daraus ein Geländeraster mit der systematischen Verteilung der Einschläge, das aufzeigte, wo nach Wahrscheinlichkeitsrechnung in nächster Zeit keine Gefahr bestehen sollte. Ohne weitere größeren Überlegungen sprintete Cculler los und vertraute auf ihr Glück. Normale Garrujaner können vergleichbare Geschwindigkeiten wie ein Gepard auf der Erde erreichen. Cculler war jedoch für ihre Erdmission auch körperlich trainiert worden. Deshalb konnte sie noch deutlich höhere Endgeschwindigkeiten erzielen. Ausgehend von ihren Berechnungen rannte sie im Zickzackkurs auf den verletzten Menschen zu. Rings um sie herum schlugen weitere Granaten ein. Aus dem Augenwinkel sah sie die in den Türen stehenden Frauen und Männer, deren entsetzte und ungläubige Blicke ihren Rettungsversuch verfolgten.

Cculler konzentrierte sich auf ihr Ziel. Angekommen bei dem Verletzten packte sie ihn ohne Zögern unter den Armen, warf ihn sich über ihre Schulter und rannte in einem für die immer größer werdende Zahl der Zuschauer unfassbaren Tempo zurück. Allerdings war ihr Ziel nicht mehr die Hütte, in der sie aufgewacht war, sondern ein Haus in etwas weiterer Entfernung, das weniger unter Beschuss lag.

Dort angekommen, ließ sie den laut stöhnenden Kurden sanft zu Boden gleiten und kümmerte sich umgehend um seine Verletzungen. Als erstes galt es, die

Blutung zu stoppen. Einige der verschreckten Hausinsassen halfen ihr, mit Verbandsmaterial die Wunden zu verbinden. Allerdings hatte der Kämpfer nicht nur am Bein Verletzungen durch Granatsplitter, sondern auch an anderen Körperstellen. Er musste so schnell wie möglich in professionelle medizinische Behandlung.

Inzwischen hatte auch die kurdische Grenzeinheit mit ihren Waffen das Feuer auf den unbekannten Gegner eröffnet. Da der Standort des Gegners aber nicht genau bekannt war, schoss man auf gut Glück in die Richtung des vermuteten Feindes. Dies war vollkommen wirkungslos, denn der feindliche Beschuss hielt unvermindert an. Es war ein Wunder, dass bisher nicht mehr Menschen verletzt oder getötet wurden.

Ccullers Gehirn arbeitete wieder auf Hochtouren. Wie konnte sie diesen Beschuss beenden, ohne Garrujas Prinzipien zu brechen oder auch zu viel von den Möglichkeiten eines Garrujaners preiszugeben? Letztendlich entschied sie sich für einen Kompromiss. Das Leben dieser Menschen und ihr eigenes galt es primär zu retten. Sie konzentrierte sich mit ihren Gedanken auf die Angreifer. Einige Dutzend IS-Kämpfer, eine Gruppe mit wirren und zerstörerischen Vorstellungen, hatten sich in einiger Entfernung hinter Hügeln verschanzt. Menschen bezeichneten diese Gruppen als Terroristen. Allerdings verhielten sich diese Gruppen auch nicht anders als andere militärisch gewaltbereite Staaten auf der Erde. Nur die Motive unterschieden sich.

Cculler versuchte so wenig wie möglich in die Gedanken dieser IS-Kämpfer einzudringen. Der Schutz fremder Gedanken war - wie gesagt - für Garrujaner ein überaus wichtiges Gut. Aber es blieb ihr nichts Anderes übrig. So unterbrach sie immer wieder bei den Angreifern kurzzeitig die Verarbeitung der Informationen der

Sehnerven im Gehirn durch Überlagerung mit anderen Informationen. Auch die Kontakte des Darms zum Gehirn wurden von ihr gestört, sodass die Gehirne der IS-Kämpfer von einer Vergiftung ausgehen mussten. Zusätzlich dachte sie unentwegt an einen Giftgasangriff, in der Hoffnung, dass sich ihre Gedanken auf die IS-Kämpfer übertragen würden.

Der Erfolg ließ nicht lange auf sich warten. Zuerst bemerkte man die Veränderung bei den Einschlägen. Diese waren nicht mehr zielgenau, sondern streuten plötzlich in alle Richtungen, auch außerhalb des kleinen Camps. Dann hörte der Beschuss völlig auf. Dies nutzten die Kurden jetzt ihrerseits, gezielt mit ihren Waffen den Feind unter Beschuss zu nehmen.

Auch schwärmten einige kurdischen Einheiten aus und versuchten, den Feind vor Ort zu bekämpfen. Sie berichteten später, dass sich die IS-Kämpfer fluchtartig zurückgezogen und das Weite gesucht haben. Sie erzählten von unerklärlichem Verhalten dieser Gruppe. Die flüchtenden IS-Soldaten mussten sich anscheinend dauernd übergeben und stießen auf der Flucht mit ihren Fahrzeugen immer wieder zusammen. Am Ende war man aber froh, dass man so glimpflich davongekommen war.

Diese in ihren Augen sinnlose kämpferische Auseinandersetzung war für Cculler zwar eine unwahrscheinlich wichtige Erfahrung bei der Erforschung der Erde und ihrer Lebewesen, aber um welchen Preis. Einige Tote und Verletzte hatte dieser Zwischenfall gekostet. Und wofür? Keine der Seiten hatte einen Vorteil davon, es gab nur Verlierer. Cculler war sich sicher, dass sie dieser Wahnsinn der Erdenbewohner wohl noch lange beschäftigen würde.

In diesem Augenblick betrat Ferzan mit seiner weiblichen Begleitung die Hütte, in der sich Cculler mit dem verletzten Kurden befand. Ferzan schaute Cculler erst einmal lange schweigend an, während sich die Frau im Hintergrund hielt. Dann begann er zu sprechen, wobei er ausgesprochen ruhig und gefasst wirkte. Die militärische Auseinandersetzung mit Toten und Verletzten schien ihn nicht aufzuregen. Offensichtlich ein Gewöhnungseffekt.

„Als erstes danke ich Dir für Deinen Einsatz unter Lebensgefahr zur Rettung Rizgars. Dann will ich offen mit Dir über unsere Beratungen reden. Ein großer Teil von uns möchte Dich so schnell wie möglich unseren vorgesetzten Behörden übergeben. " Ferzan machte eine lange Pause, bevor er fortfuhr: "Die traditionelle Gastfreundschaft von uns Kurden verlangt aber, dass wir unseren Gästen - also auch Dir - keinen Schaden zufügen. Insofern befinden wir uns zurzeit in einer Zwickmühle."

Cculler kannte zwar den Begriff Zwickmühle nicht, ahnte aber dessen ungefähre Bedeutung. „Unsere Dankbarkeit bezüglich Rizgar wollen wir Dir damit beweisen, dass Du Dich frei bewegen darfst. Bitte fliehe nicht. Wir wären dann gezwungen, Dich mit entsprechenden Maßnahmen von der Flucht abzuhalten. Aufgrund der Mehrheitsentscheidung innerhalb unserer Einheit mussten wir jedoch unsere vorgesetzte Behörde von den hiesigen Geschehnissen informieren. Vermutlich morgen wirst Du abgeholt und in eine sichere Region überstellt."

Für Cculler war dies eine überaus unerfreuliche Wendung. Sie überlegte fieberhaft, wie sie dieses Problem lösen könnte. Sie brauchte diese Menschen. Nur sie wussten, wo sie Cculler gefunden hatten. Cculler musste an diesen Ort zurück. Sie hoffte, dort noch ihre getarnte

Flugeinheit zu finden. Damit könnte sie zu ihrer antarktischen Station zurückkehren und von dort aus mit den technischen Möglichkeiten versuchen, ihre bereits entstandenen Spuren wieder zu verwischen. Sollte sie in die Hände von Regierungsbehörden gelangen, die sie und ihren Körper untersuchen wollten, wäre dies das Ende ihrer Mission auf der Erde. Sobald die Gefahr einer Untersuchung auf fremden Planeten bestand, würde das Selbstzerstörungsprogramm der medizinischen Einheit automatisch alle Spuren ihrer Anwesenheit vernichten. Ihr Körper würde sich dann in seine atomaren Teile auflösen. Aber noch war es hoffentlich nicht so weit.

"Ich danke Dir, Ferzan, für Deine Offenheit. Eine Überstellung zu Euren Behörden würde meinen Tod bedeuten. Entweder töten mich die Menschen, oder der Selbstzerstörungsmechanismus in mir wird ausgelöst. Das Ergebnis ist dasselbe. Ich höre auf zu existieren. Außerdem wird ein Kampf zwischen Euren Nationen um die Informationen bezüglich meiner Person entstehen. So wie ich Euch Menschen einschätze, wird dies eine Vielzahl von Konflikten und Toten fordern."

Nach einer kurzen Pause sprach sie leise weiter: "Lasst mich gehen und zeigt mir die Stelle, wo ihr mich gefunden habt. Ich verschwinde dann aus Eurem Leben. Wir Garrujaner wollen die Welt nicht erobern. Wir sind kein kriegerisches Volk, sondern ein Volk der Wissenschaft. Ich weiß, mir zu glauben und zu vertrauen ist bei Eurer Mentalität schwierig bis unmöglich. Aber ich bitte Euch inständig, gebt mich frei und vermeidet dadurch unabsehbare Verwicklungen. Ich appelliere an Euer Gefühl, Mitgefühl und Eure Dankbarkeit. Bringt mich bitte zurück an die Stelle meines Auffindens!"

Ferzan antwortete nicht sofort. Er schaute die in dem Haus versammelten Menschen an. Einige blickten verlegen zu Boden, andere taten beschäftigt. Keiner wollte Ferzan bei seiner Entscheidung helfen.

Ferzan gab sich einen Ruck und sah Cculler mit einem ernsten, aber überaus freundlichen und warmen Blick an. Cculler spürte die Verzweiflung Ferzans, dass er ihr nicht helfen konnte. Zumindest nicht offen.

„Ich kann Dir leider nicht helfen. Mir sind die Hände durch meinen Diensteid gebunden. Dein Auffindungsort liegt rund eine halbe Tagesreise westlich von uns entfernt. Wir müssen unsere Verletzten jetzt sofort zur nächsten Klinik bringen. Damit fehlen uns bis morgen Abend unsere Fahrzeuge und eine große Anzahl von Kämpfern. Ich brauche hier jeden Mann und jede Frau. Wir müssen bereits die Wachen reduzieren. Den langgezogenen schmalen See hinter unseren Hütten können wir schon nicht mehr intensiv überwachen. Allerdings dürfte von dieser Seite auch keine Gefahr drohen. Das gegenüberliegende Ufer ist voller Giftschlangen. Außerdem gibt es in dieser Gegend keine Boote. Du siehst, auch wenn ich wollte, ich kann Dir nicht helfen."

Cculler hatte alles verstanden. Zwischen den Zeilen hatte Ferzan ihr alle wichtigen Informationen gegeben. Fliehe sobald wie möglich, fliehe nicht über den See, dies ist sehr gefährlich und fast unmöglich. Halte Dich westlich. Eine halbe Tagesreise mit Fahrzeugen entsprach ungefähr einem Tag Fußmarsch, da Fahrzeuge aufgrund fehlender Straßen und unwegsamen Gelände auch nicht viel schneller waren als Menschen zu Fuß.

Ferzan ergriff wieder das Wort: "Es wird bald dunkel und es war ein anstrengender Tag. Lass' uns in unser Haus gehen. Dann können wir Dich wenigstens unserem Brauch entsprechend bewirten und damit unsere Dankbarkeit beweisen." Auch dies begriff Cculler: stärke Dich noch ausgiebig, bevor Du Dich auf den langen Weg zu dem Auffindungsort machst.

Ferzan geleitete Cculler zu einem der größeren Gebäude am Rand des Camps. Naila folgte den beiden. Naila war die Frau, die Cculler als erstes nach ihrem Aufwachen in der Hütte mit einem Getränk versorgt hatte. Aus dem Verhalten zwischen Ferzan und Naila spürte Cculler eine sehr tiefe Verbundenheit und Vertrautheit zwischen den beiden. Vermutlich waren beide ein Liebespaar, durften dies aber nicht so offen zeigen.

Während ihrer Ausbildung und Vorbereitung für den Einsatz auf der Erde hatte man Cculler auch die verschiedenen Formen des sozialen Zusammenhalts der Menschen beigebracht. Im Unterschied zu Garruja lebten viele Menschen in langfristigen Zweierbeziehungen. Garrujaner bevorzugten den gemeinschaftlichen Individualismus. Je nach Gelegenheit und vorgegebener Aufgabe bildeten sich einzelne Gruppen und Gemeinschaften, die sich nach Beendigung der Aufgabe auch wieder trennten. Die auf der Erde existierenden Begriffe der Freundschaft und der Feindschaft kannte man auf Garruja nicht. Auf Garruja lebten die meisten Individuen im gegenseitigen Respekt in Freundschaft miteinander.

In dem Gebäude angekommen waren bereits einige Frauen im Erdgeschoss mit den Essensvorbereitungen beschäftigt. Die Räume waren einfach eingerichtet, der Boden sauber und mit schlichten grauen Fliesen bedeckt. Es dauerte auch nicht lange und die Gemeinschaft setzte sich an einen großen Tisch. Die verschiedenen Speisen wurden herumgereicht. Jeder nahm sich mit der rechten Hand, was er wollte. Für Cculler war der Geschmack etwas ungewohnt. Es schien sich um irgendeinen Getreidebrei zu handeln. Dazu gab es gebratenes Fleisch, wohl von einem Tier, sowie verschiedene Gemüsesorten. Cculler vertraute auf ihr robustes Verdauungssystem und ihre implantierte medizinische Einheit. Beides sollte sicher dafür sorgen, dass die Nahrung problemlos von ihrem Körper verarbeitet werden konnte.

Nachdem alle schweigend gegessen hatten und satt waren, räumten die Frauen auf und reinigten das Geschirr. Währenddessen zogen sich Naila, Ferzan und Cculler in die oberen Wohn- und Schlafräume zurück.

Ferzan unterbrach das bisherige Schweigen. Ungewohnt laut, sodass auch die Personen im Untergeschoss seine Stimme hören mussten, sprach er Cculler an: "Bevor wir uns schlafen legen, kannst Du noch etwas von Dir erzählen. Wo kommst Du genau her, wer seid ihr, wie lebt ihr? Und im leisen Flüsterton ergänzte Ferzan: "Warte noch, bis die Frauen unten alles aufgeräumt haben. Sie verlassen dann das Gebäude und gehen zu ihren eigenen Schlafstätten. Der Weg ist dann für Dich frei." Cculler wollte nicht zu viel preisgeben. Doch wollte sie diesen beiden Menschen, die mit ihrem Verhalten viel für sie riskierten, zumindest einige für Garruja unbedenkliche Informationen nicht vorenthalten.

„Unser Planet liegt ebenso wie die Erde mehr am Rand einer Galaxie. Unsere Galaxie befindet sich noch einige Millionen Lichtjahre hinter der Andromedagalaxie. Markante Wahrzeichen für unsere Galaxie sind - ähnlich wie der Pferdekopfnebel im Sternbild des Orion - unzählige Dunkelwolken in den unterschiedlichsten Formen."

Ferzan unterbrach Cculler: "Das kann nicht wahr sein. Man kann sich doch nicht schneller als das

Licht fortbewegen. Insofern müsstest Du ja viele Millionen von Jahren unterwegs gewesen sein. Du lügst uns an!"

„Ich lüge Euch nicht an. Eure Wissenschaft befindet sich erst am Anfang. Denkt an Eure Vergangenheit. Vieles wurde immer wieder als feste und unumstößliche wissenschaftliche Wahrheit angesehen und sogar mit mathematischen Beweisen und sonstigen Erklärungen untermauert. Zum Beispiel die Erde ist der Mittelpunkt des Universums oder des Sonnensystems, Atome sind die kleinsten Bausteine der Materie usw., usw. Das Fliegen, der Flug zum Mond, die elektronische Kommunikation, Quantenphysik – all' dies und noch viel mehr wäre für Eure Vorfahren undenkbar gewesen. Eure Physik, Eure Mathematik ist nur ein kleiner unbedeutender Bruchteil des kosmischen Wissens. Nehmt nur das Periodensystem der chemischen Elemente. Ihr Menschen sucht bei allem immer nach einer gewissen göttlichen Ordnung. Doch das menschliche Periodensystem trifft nur auf die Elemente mit niedriger Ordnungszahl und Kernladung zu. Teilweise existieren Elemente mit sehr hoher Ordnungszahl, die wieder sehr stabil sind und nicht sofort zerfallen. Diese besitzen auch nach unseren Kenntnissen unerklärliche Eigenschaften." Cculler machte eine kurze Pause und schaute in vier fassungslose Augen: "Einer Eurer großen Wissenschaftler hat einmal behauptet, Gott würfelt nicht. Wie bei vielen Dingen im Universum ist diese Aussage richtig, aber auch wieder nicht. Das Universum, und somit wir alle, besteht aus Geist und Materie. Beides beeinflusst sich gegenseitig. Ein kleines einfaches Beispiel: Ein Handwerker baut irgendein Objekt. Mit anderen Worten, sein kreativer Geist hat Materie umgewandelt. Dieses Objekt löst bei einem

Betrachter nun Gedanken und vielleicht Emotionen aus. Somit hat Materie den Geist beeinflusst. Diese gegenseitige Beeinflussung geschieht andauernd und überall. Und nicht nur im kleinen Bereich, sondern auch auf kosmischer Ebene. Selbst kosmische Objekte wie Sonnen oder Planeten sind von einer Art Geist durchdrungen. Eure Naturvölker können dies offensichtlich auch spüren. Selbst ihr sprecht unbewusst auch von Mutter Erde. Ein Gedanke, ein intensiver Wunsch kann die Welt verändern. Entweder direkt oder durch Einflussnahme auf das kosmische Bewusstsein. Wir alle zusammen, das Universum und evtl. weitere Universen um unser Universum herum, bilden eine Einheit und das Ganze. Jeder Gedanke, einmal gedacht, oder jedes geschaffene Objekt, egal ob im Kleinen oder im kosmischen Bereich, verändert das Ganze, bereichert das Universum und entwickelt das Universum weiter." Nach einer kurzen Atempause: "Entschuldigt bitte meine philosophischen Ausschweifungen. Ich wollte Euch nicht langweilen. Ihr wolltet ja nur mehr von unserem Planten und von unserem Leben wissen." „Du brauchst Dich nicht zu entschuldigen" fiel ihr Naila ins Wort. "Deine Gedanken sind für uns hoch interessant und sehr wichtig."

Cculler war erstaunt, dass sich Naila auch am Gespräch beteiligte. Zum ersten Mal hörte sie ihre Stimme. Im Gegensatz zu ihrem kriegerischen Auftreten mit ihrer stets umgeschnallten Waffe hatte sie eine überaus sanfte und klare Aussprache. Was trieb eine so hübsche, intelligente und offensichtlich friedfertige Frau in diese Umgebung? Diese Welt mit ihren Bewohnern war auf der einen Seite schön und liebenswert, auf der anderen Seite abstoßend und verrückt. Für Cculler wieder eine neue und unbekannte Erfahrung.

„Um auf unseren Planeten Garruja und die Garrujaner zurückzukommen. Unser Planet ähnelt sehr Eurer Erde. Allerdings nennt Ihr die Erde den blauen Planeten wegen der Ansicht aus dem All mit den vielen Wasserflächen. Für uns ist Garruja der grüne Planet. Unsere Meere sind nicht so groß wie die der Erde. Außerdem wachsen in ihnen viele Algenarten, sodass die Meere eher grünlich erscheinen. Zusätzlich besitzt Garruja große Flächen an unberührter Vegetation, die wir auch intensiv pflegen. Diese Flächen sind sehr wichtig für unsere Atemluft und unser angenehmes Klima. Garruja kreist um zwei Sonnen.

Wir Garrujaner leben nicht mehr auf der Planetenoberfläche, sondern auf riesigen Plattformen in den höheren Atmosphärenschichten. Dies geschieht zum Schutz der Tier- und Pflanzenwelt. Das soziale Zusammenleben der Garrujaner basiert auf dem Grundsatz „Einer für alle, alle für einen". Eine Regierung wie Ihre sie kennt haben wir nicht. Da wir uns auch auf geistiger Ebene austauschen können, werden nötige Entscheidungen in der Gemeinschaft durch Mehrheitsentscheidung in relativ kurzer Zeit getroffen. Es gibt kein individuelles Eigentum, alles gehört der Gemeinschaft und alles wird je nach Bedarf geteilt. Probleme werden durch Mehrheitsbeschluss vom Problem nicht betroffener und unbeteiligter Garrujaner entschieden. Wer mit seinen Eigenschaften und Fähigkeiten eine spezielle Aufgabe am besten bewältigen kann, wird von der Gemeinschaft dafür ausgewählt. Unser Zusammenleben könnt Ihr Euch vielleicht wie das der auf der Erde lebenden Ameisen- oder Bienenvölker vorstellen. Aber natürlich auf weitaus höherem Niveau. Wir sind absolut friedfertig. Wir versuchen, alles Leben zu beschützen und zu bewahren. Wir suchen, wie Ihr, nach dem Sinn des Lebens. Wir wollen unsere Art weiterentwickeln. Dazu erforschen wir uns und unsere Umgebung. Wir halten Kontakt zu anderen Lebewesen im Universum und versuchen, von ihnen zu lernen.

So, ich glaube, jetzt habe ich genug erzählt. Ihr beide seht müde aus. Ich muss mich außerdem jetzt bald auf den Weg machen, solange der Mond noch nicht aufgegangen ist und ich im Schutz der Dunkelheit ungesehen verschwinden kann."

Ferzan erhob sich von seinem Stuhl und ging auf Cculler zu: "Du hast mit Deinem Eindringen in unser Leben und mit dem, was Du uns sagst, unser Leben mit einem Mal völlig auf den Kopf gestellt, aber auch sehr bereichert. Naila und ich danken Dir für Deine Offenheit. Ich gehe davon aus, dass wir uns nie wiedersehen werden. Wir wollen Dir und Deinem Volk aber alles Gute wünschen. Vielleicht entwickelt sich unsere Erde doch noch in eine Richtung, die auch uns Menschen so ein Leben, wie Ihr es lebt, erlaubt."

Ferzan streckte Cculler seine Hand entgegen. Cculler kannte dieses Ritual der Menschen. Sie erwiderte seinen Händedruck, wobei sie bemüht war, mit ihrer Kraft nicht zu stark zuzudrücken. Darauf trat Naila zu Cculler und umarmte sie völlig unerwartet. Das Ganze wirkte etwas komisch. Die kleine Naila und die deutlich größere Garrujanerin in einer Umarmung. Naila umarmte den Bauch von Cculler, Cculler tätschelte mehr den Kopf von Naila. Cculler löste sich vorsichtig von Naila: "Bleibt gesund und glücklich." Sie wandte sich zur Tür. Kurz davor drehte sie sich noch einmal um und winkte den beiden zaghaft zu. Naila und Ferzan hatten Tränen in den Augen.

Mit diesem letzten Eindruck von den beiden Menschen verließ Cculler den Raum. Sie ging zur Treppe und schlich sie leise hinunter. Die kurzzeitig zusammengeführten Lebenswege dieser sehr unterschiedlichen Lebewesen trennten sich wieder für immer. Cculler sollte nie erfahren, wie das Leben von Naila und Ferzan weitergehen sollte. Sie würde nie erfahren, dass beide ihren Kampf mit der Waffe beenden würden, auf mühsamem Weg und langer Zeit der Flucht, in Schweden ein neues Leben beginnen würden. Naila und Ferzan heirateten, bekamen zwei Kinder, eine Tochter und einen Sohn. Naila studierte Psychologie und wurde eine angesehene Friedensforscherin. Ferzan studierte Astrophysik und suchte bis ans Ende seines langen Lebens vergeblich die hinter Andromeda liegende Galaxie mit dem Doppelsternsystem, das die Heimat der Garrujanerin Cculler sein sollte.

Cculler hatte das Ende der Treppe erreicht und spähte vorsichtig in die Nacht hinein. Für menschliche Augen war die Nacht stockdunkel. Ähnlich wie bei Katzen wird bei Garrujanern das Licht im Auge mehrfach reflektiert. Somit können sie, ähnlich einem Restlichtverstärker, auch im Dunkeln sehr gut sehen. So konnte Cculler in einiger Entfernung zwei sitzende, leicht vor sich hindösende Wachen erkennen.

Ohne ein Geräusch zu verursachen verließ Cculler das Haus und schlich zur Rückseite. Vor sich sah sie den schmalen See. Mehr als 30 Meter breit schien der See nicht zu sein. Das dürfte für sie kein Problem darstellen. Dahinter ein kleines Wäldchen und nicht sehr hohe Bodenerhebungen. Sie sollten aber ausreichen, um Ccullers Flucht abzudecken. Zumindest erschien Cculler dieser Fluchtweg als der geeignetste. Wenn sie erst einmal den See überquert hatte, war sie vorerst vor Verfolgern sicher. Etwas Sorge machten ihr aber noch die Schlangen. Sicher ruhten sie jetzt. Aber man wusste ja nie.

Cculler ging einige Schritte zurück um ihren Anlauf zu vergrößern. Sie zog ihren elastischen Fußschutz aus und steckte ihn in eine Tasche ihres Overalls. Dann rannte sie los und beschleunigte auf wenigen Metern auf ihre Höchstgeschwindigkeit. Ihre Muskulatur arbeitete jetzt auf Höchstleistung. Im Laufen spreizte sie ihre Zehen, um die Fläche ihrer Füße noch zu vergrößern. Ähnlich wie ein irdischer Gecko schlug die Garrujanerin in schneller Folge mit ihren Füssen auf das Wasser und erzeugte dadurch eine tragende Luftschicht unter ihren Füssen.

Wie ein flacher geworfener Stein, zusätzlich die Oberflächenspannung des Wassers ausnutzend, flitzte Cculler mit rasender Schrittfolge über das Wasser. Schnell hatte sie das andere Ufer erreicht.

Dann passierte etwas, was Cculler unbedingt vermeiden wollte. Sie übersah eine große Schlange am Ufer und trat auf deren Schwanz. Diese erschrak, bäumte sich auf und schnappte zischend nach dem Störenfried. Noch im Sprung trat Cculler mit einem Bein gegen den Kopf der Schlange und wehrte damit den Angriff ab. Allerdings kam sie durch dieses Manöver mit nur einem Bein am Boden auf und stürzte unglücklich in einen Dornenstrauch. Wegen der Erschütterung des Untergrunds durch den harten Aufprall der Garrujanerin am Boden, wurden einige Schlangen aufgescheucht. Cculler hatte Mühe, sich durch das entstandene Gewimmel von Schlangenleibern ohne weiteren Kontakt mit den Reptilien durchzuschlängeln. Aufgrund ihrer hohen Geschwindigkeit und ihres Sprungvermögens gelang die Flucht dennoch unverletzt bis zum Wäldchen. Ohne ihre Geschwindigkeit zu verlangsamen, sprintete sie durch die Vegetation. Sie nahm keine Rücksicht auf kleinere Verletzungen durch den Weg versperrende größere Äste. Ihr eng am Körper anliegender und undurchlässiger Overall konnte zwar das Eindringen von Gegenständen - sogar von Projektilen - durch das mehrlagige Schichtmaterial verhindern. Nicht verhindern konnte er aber die durch den Aufprall entstehenden Dellen auf der Haut und die Verletzung der unter der Haut liegenden kleineren Blutgefäße. Doch darum würde sich schon ihre medizinische Einheit in ihrem Körper kümmern. Wichtig war jetzt erst einmal, so schnell und so weit wie möglich vom Lager weg zu kommen. Dies gelang auch. Nach rund einem Kilometer verlangsamte Cculler ihr Tempo und blieb stehen. Schnell streifte sie wieder ihren elastischen, aber festen Fußüberzug über.

Sie sah und horchte in die Richtung, aus der sie gekommen war. Nichts war zu hören und zu sehen. Die Flucht war anscheinend geglückt. Cculler atmete auf. Sie war sich sicher, dass, sofern sie nicht noch einmal das Pech mit einer Mine haben sollte, sie ab jetzt in Sicherheit sein sollte. Sie würde sich nach Westen orientieren und hoffentlich dann zu einem Gelände kommen, welches ihr bekannt vorkam.

Soweit so gut. Was Cculler jedoch nicht ahnte, waren Ereignisse an anderen Orten, deren Ziel es war, Cculler habhaft zu werden. Ferzans Meldung von Ccullers Auftauchen war über den Weg der kurdischen Behörden und ausländischer Geheimdienste auch zu den obersten Militärs der im Nahen Osten beteiligten Kriegsparteien und Großmächte gelangt. Natürlich hatte dies sofort heftige Aktivitäten ausgelöst. Auch wenn niemand genau wissen konnte, was sich hinter der Meldung tatsächlich verbergen sollte, hatten die bisherigen Informationen jedoch das Interesse geweckt. Jeder wollte sich die Trophäe und den damit möglicherweise verbundenen Wissensvorsprung für sein Land sichern. So wurden also Drohnen und Spezialeinheiten in das betreffende Gebiet geschickt. Sie sollten die Fakten klären, das fremde Objekt - sofern es überhaupt vorhanden war und nicht auf einer Falschmeldung beruhte - in Gewahrsam nehmen und so schnell wie möglich zu einem sicheren Ort bringen.

Davon ahnte Cculler nichts und so machte sie sich noch guter Dinge auf den Weg zu dem Ort, wo sie aufgefunden worden war und wo in relativer Nähe ihre endgültige Rettung und Sicherheit in Form ihrer zurückgelassenen Flugeinheit warten sollte. So der Plan. Würde er aufgehen?

Ein kurzer Blick zurück, dann machte sich Cculler auf den beschwerlichen Weg. Die Landschaft war durch relativ flache Hügel und wenig Vegetation geprägt. Ab und zu ein Gebüsch, vereinzelt ein größerer Baum. Also kaum Deckung oder Möglichkeiten, sich zu verstecken. Gut, dass es noch dunkel war. Allerdings schob sich der Mond schon langsam über den Horizont und begann, die Umgebung zu beleuchten.

Cculler musste sich beeilen. Mit weit ausgreifenden Schritten verließ sie die Stelle ihrer kurzen Pause. In einem großen Bogen umrundete sie das Lager und rannte mit schnellem Tempo Richtung Westen. Immer wieder hielt sie kurz an. Ihre Augen und Ohren suchten das Gelände nach auffälligen Geräuschen und Bewegungen ab. Sie war davon überzeugt, dass Ihre physikalischen und geistigen Wahrnehmungen sie sicher vor jeder Gefahr frühzeitig warnen würde.

Allerdings hatte sie keine Ahnung von der wirklichen Gefahr. Woher sollte sie es auch wissen. An Drohnen, die bei Tag und Nacht aus dem Himmel die

Erdoberfläche scannen und aus der Luft auch Angriffe fliegen können, daran dachte sie überhaupt nicht. So lief Cculler völlig ahnungslos zügig durch die Landschaft. Die Anspannung löste sich mit jedem Meter, den sie sich weiter vom Lager entfernte und ihrem Ziel näherbrachte. Langsam brach die Dämmerung ein und es wurde schnell heller. Jetzt musste sich Cculler noch vorsichtiger bewegen. Weit entfernte und versteckte Menschen konnten sie sicherlich in dem sehr offenen Gelände mit guten Ferngläsern sehen. Desto vorsichtiger verhielt sie sich nun. Sie nutzte jede natürliche Deckung aus. Außerdem versuchte sie ihre Umgebung geistig noch intensiver abzusuchen, um Menschen in der Nähe rechtzeitig aufspüren zu können. Cculler rechnete aber nicht mit den Sensoren einer Drohne, die sie aus großer Höhe bereits ins Visier genommen hatte.

Die Garrujanerin merkte, wie sich langsam Müdigkeit in ihrem Körper ausbreitete. Die Aufregungen und Anspannungen der letzten Stunden machten sich bemerkbar. In einiger Entfernung sah sie eine kleine Bodensenke, Vier größere Bäume spendeten dort ein wenig Schatten. Sie suchte noch einmal die Umgebung ab und machte sich vorsichtig auf den Weg zu dieser Senke. Ein kurzer Augenblick der Ruhe sollte ihr und ihrem Körper guttun.

Sie hatte noch keine zwei Schritte getan, da hörte sie von oben eine gebieterische Stimme: "Halt. Sofort stehen bleiben und nicht bewegen!" Automatisch und abrupt blieb Cculler wie vom Schlag gerührt stehen. Gleichzeitig entstand um ihren Körper ein flimmerndes Feld, was die Sicht etwas einschränkte. Trotzdem konnte sie einen Moment später in einiger Entfernung vor sich den Einschlag zweier Geschosse sehen. Sie spürte eine leichte Druckwelle, allerdings zog sie der Sog eher in

Richtung der Explosionsstelle. Der aufgewirbelte Sand wurde wie von einem Staubsauger zum Einschlagsort gezogen. Wäre sie nicht stehen geblieben, hätte sie sich direkt an der Einschlagsstelle befunden.

Cculler blickte nach oben und suchte den Ursprung der Stimme. Sie sah über sich in einiger Entfernung einen in der Luft stehenden schwarzen Vogel. Bei näherem Hinsehen erkannte Cculler mit ihren geschulten Augen eine typische Garrujanische Aufklärungssonde, getarnt als Vogel.

Die Stimme ertönte wieder: "Bleibe gesund und glücklich. Da bin ich ja gerade zur rechten Zeit gekommen. Du wurdest eben von einer russischen Drohne mit einer neuartigen Waffe beschossen. Diese Implosionsbombe entzieht der Umgebung die Luft und macht die Opfer bewusstlos. Ich konnte gerade noch rechtzeitig die Schutzsphäre um Deinen Körper aufbauen." Cculler war erschrocken und erleichtert zugleich. Sie war froh, die Stimme ihrer aus der antarktischen Station stammenden ZI zu hören. Deshalb war sie auch ohne Zögern der Aufforderung der Stimme gefolgt. Denn die Stimme hatte Garrujanisch gesprochen. Und Cculler hatte sofort gemerkt, dass es sich nur um die ZI handeln konnte.

"Ich muss Dich noch einmal alleine lassen. Bitte suche Schutz dort vorne in der mit Bäumen bewachsenen Senke. Ich muss mich um die Drohne kümmern. Sie muss unschädlich gemacht werden. Vor allem muss ich auch sämtliche Daten Deines Standortes aus den Speichern der Drohne und vor allem aus den Computern der steuernden Station löschen. Ansonsten wird es hier bald von Soldaten wimmeln. Einige Hubschrauber sind bereits auf den Weg hierher. Verhalte Dich ruhig und unauffällig, ich bin gleich wieder da."

Sofort war die Sonde nicht mehr zu sehen. Zur gleichen Zeit erlosch die Schutzsphäre und die Garrujanerin war wieder auf sich alleine gestellt. Cculler rannte ohne zu zögern auf die Bodensenke zu. Im Schatten eines größeren Baumes grub sie sich schnell mit ihren großen Greiforganen im lockeren Sand eine kleine Grube, legte sich hinein, schaufelte wieder Sand über ihren Körper und wartete die Rückkehr der Sonde ab. Nur ihre Augen und ihre Nase ragten noch aus dem Sand.

Es sollte doch länger dauern, als Cculler gedachte hatte. Sie befürchtete schon, dass die Aktion gescheitert sei und die Sonde beschädigt oder gar vernichtet worden war.

Cculler überlegte, wie lange sie noch warten wollte und was sie, wenn die Sonde bis dahin nicht wiederauftauchen sollte, unternehmen würde.

Auf einmal hörte sie in der Ferne ein leises Motorengeräusch, das aber schnell näherkam und immer lauter wurde. Aus den Augenwinkeln sah sie einen Hubschrauber auf sich zukommen. Sie wagte sich nicht mehr zu bewegen. Der Hubschrauber setzte in einem großen Bogen zur Landung an. Noch bevor seine Kufen den Boden berührten, sprangen einige schwarz gekleidete, mit Schnellfeuergewehren schwer bewaffnete und mit dunklen Visierhelmen ausgerüstete Soldaten heraus und schwärmten zielgerichtet aus. Das war es jetzt, dachte sich Cculler. Zwar hatte der Wind der Rotorblätter ihre Fußspuren im Sand verwischt. Doch es konnte nur eine Frage der Zeit sein, bis man sie entdecken würde.

Plötzlich hörte sie die Stimme der ZI in ihrem Kopf und sah den schwarzen Vogel wieder über sich. Die Sonde war zurückgekehrt und die ZI hatte den

Kontakt auf geistigem Weg aufgenommen: "Tut mir leid, hat doch etwas länger gedauert als gedacht. Es hat sich um zwei Drohnen gehandelt. Bei beiden habe ich einen Virus eingepflanzt, der alle Daten in den Drohnen, im Steuerungszentrum und im Hauptquartier gelöscht hat. Danach hat sich das Virus selbst und unwiederherstellbar gelöscht. Die erste Drohne habe ich abstürzen lassen. Dazu werden sich sicher in Kürze einige der Kriegsparteien melden, um den Abschuss für sich zu reklamieren. Die zweite Drohne wurde mit neuen Daten versehen zu einer weit entfernten Position geschickt. Damit dürften wir von dieser Seite in nächster Zeit etwas Ruhe haben. Es besteht zwar noch die Gefahr, dass die Menschen, die die Drohne gesteuert und die Bildübertragung gesehen haben, erneut Drohnen in diese Gegend schicken werden. Sicherheitshalber haben wir in deren Systeme einige gefälschte Bilder eingeschmuggelt. Damit erzeugen wir Unsicherheit über die Richtigkeit der Beobachtungen."

„Ich baue jetzt wieder um Dich die Schutzsphäre mit der Tarnvorrichtung auf. Du bist gleich wieder für Deine Umgebung unsichtbar. Pass beim Aufstehen auf, dass der abrieselnde Sand nicht Deinen Standort verrät. Gehe dann vorsichtig, möglichst auf Steinen, um keine Spuren zu hinterlassen, Richtung Süden." Cculler stand vorsichtig auf und ging dann zügig, den einzelnen Soldaten im sicheren Abstand ausweichend, in die genannte Richtung. Als sie genügend Abstand zwischen sich und den Spähtrupp gebracht hatte, bliebe sie hinter einer kleinen Bodenerhebung kurz stehen.

Das ist ja gerade noch einmal gut gegangen, dachte sich Cculler. „Stimmt" meldete sich die ZI wieder in ihrem Kopf. "Alles sonst in Ordnung?" „Bei mir ist soweit alles in Ordnung. Leicht erschöpft und müde, aber es geht. Ich sollte mich so schnell wie möglich zu dem Ort aufmachen, an dem ich meine Flugsphäre verlassen habe. Die Flugsphäre müsste noch dort im Tarnmodus stehen. Ich kann dann schnell zu unserer Station zurückkehren."

„Daraus wird wohl nichts. Viele militärische Einheiten befinden sich bereits in dieser Gegend und durchkämmen systematisch das Gelände. Aus Sicherheitsgründen ist die Flugsphäre vor Eintreffen der Soldaten zur antarktischen Station zurückgekehrt und nun in Sicherheit. Der neuerliche Start der Flugsphären zu Deiner Rettung muss derzeit unterbleiben. Alle Ortungssysteme der Menschen arbeiten im Augenblick auf Höchstleistung. Auch wenn unsere Tarnvorrichtungen sehr gut sind, wollen wir die Gefahr einer Ortung nicht eingehen. Das Risiko, dass die Menschen wirklich Kenntnis von unserer Anwesenheit bekommen, wäre dann sehr groß. Im Augenblick gibt es von uns bzw. von Dir ja noch sehr diffuse Meldungen. Sie kann man später durch gezielte Falschmeldungen wieder bereinigen. Das Risiko der Entdeckung der kleinen Sonde ist sehr gering. Deshalb können wir gegenwärtig nur Sonden zu Deinem Schutz einsetzen. Diese können jedoch keine technischen Ausrüstungsgegenstände für Dich transportieren, dafür sind sie zu klein." „Aber wie soll es nun mit mir weitergehen? Zu Fuß kann ich unsere Station nicht erreichen."

„Da hast Du sicherlich recht. Es müsste gleich eine zweite Sonde bei Dir eintreffen. Diese wurde in aller Eile mit einigen technischen Zusatzeinbauten ausgestattet. Beide Sonden werden Dich auf Deinem Weg begleiten und auf Dich aufpassen. Unser Plan: Du wirst im Schutz einer Tarnvorrichtung der zweiten Sonde Richtung Mittelmeer geleitet. Dort werden wir ein Schiff aussuchen, welches Dich auf das offene Meer bringen sollte. Dorthin könnten wir auch unter Wasser eine Flugsphäre schicken. Da die Ortungsmöglichkeiten der Menschen unter Wasser nicht sehr ausgeprägt sind, haben wir bei Abwägung aller Möglichkeiten diese Lösung als die sicherste ausgewählt. Allerdings bedeutet das auch für Dich eine gewaltige Anstrengung und einen langen Marsch."

„Dies ist kein Problem. Wenn das die einzige sichere Lösung ist, dann ist es nun mal so. Du musst nur dafür sorgen, dass ich auf meinem Weg genügend Nahrung und Flüssigkeit zu mir nehmen kann. Alles andere wird sich schon ergeben. Übrigens, wie habt ihr mich eigentlich gefunden?"

"Dies war relativ einfach. Die Sensoren der Sonde sind vom letzten Standort der Flugsphäre Deiner Duftspur gefolgt. Zusätzlich konnten wir uns am Signal Deiner medizinischen Einheit in Deinem Körper orientieren. Von ihr geht in großen Abständen ein markanter kurzer Infraschallimpuls aus. Dieses Signal sollte von irdischer Technik nicht geortet werden können. Nun zurück zu dem weiteren Vorgehen. Die erste Sonde wird Deinen Weg nach vorne absichern und eine Strecke mit genügend Stellen zur Nahrungsaufnahme erkunden. Im Schutz der Tarnsphäre müsstest Du Dir dann die Nahrung selbst besorgen. Unterwegs müssen wir uns aber trotz aller Überwachung durch die Sonden sehr vorsichtig und wachsam verhalten. Eine aktive Ortung mit Hilfe gebündelter elektromagnetischer Strahlung muss wegen der Gefahr einer Rückverfolgung unseres Senders unterbleiben. Wir können also zurzeit nur passiv die nähere und fernere Umgebung nach Verdächtigem absuchen. Dazu greifen wir auf die irdischen Funksignale und die im Erdorbit stationierten Positionsbestimmungssatelliten zurück. Zusätzlich versuchen wir, Schallwellen von uns gefährlich werdenden Objekten frühzeitig zu orten. Allerdings bedeutet dies alles eine deutliche Zeitverzögerung bei der Ortung von Gefahren. Damit ist unsere Reaktionszeit zwangsläufig stark eingeschränkt. Eventuell müssen wir und dann vor allem Du, deshalb manchmal sehr schnell reagieren, um Gefahren abzuwenden. Bleib also wachsam und folge unseren Anweisungen sofort. Übrigens ist ein Rettungsteam von Garruja aus unterwegs. Es wird aber bis zu deren Ankunft noch etwas dauern. Eventuell ergeben sich dann bessere Alternativen zu Deiner Rettung. Bis dahin sind wir jedoch auf uns allein angewiesen."

Wie aus dem Nichts, tauchte plötzlich ein zweiter schwarzer Vogel neben der ersten Sonde auf. Die zweite Sonde war angekommen. Es konnte losgehen.

Der erste schwarze Vogel bzw. die erste Sonde flog in Richtung Westen davon. Cculler wartete eine Weile und folgte dann am Boden. Da sie nicht mehr selbst auf Gefahren achten musste, bewegte sich Cculler nun sehr schnell durch die karge Landschaft. Nur wenig Vegetation bot Deckung. Einzig die hügelige Topographie schützte vor direkter Sicht.

Die kleine Karawane, bestehend aus zwei Vogelsonden und einer auf der Flucht befindlichen Garrujanerin, zog nun durch das unwegsame Gelände eines fremden Planeten. So hatte sich Cculler ihren Aufenthalt auf der Erde sicherlich nicht vorgestellt. Die ZI meldete sich mit Hilfe des schwarzen Vogels wieder und gab wichtige Informationen an Cculler weiter: "Du musst Dich doch wieder nach Süden wenden. In einiger Entfernung vor uns fährt eine größere militärische Kolonne, die wir umgehen müssen. Die erste Sonde versucht gerade, eines der Fahrzeuge so still zu legen, dass es die Soldaten nicht mehr starten können und das Fahrzeug zurücklassen müssen."

„Wäre es nicht sinnvoller, wenn ich weiter die Richtung beibehalte und direkt zu dem liegen gebliebenen Fahrzeug gehe? Ich könnte mit dem Fahrzeug wesentlich schneller vorankommen, sobald es die erste Sonde wieder fahrtauglich gemacht hat."

„Leider zerstört das Militär solche Fahrzeuge, damit sie dem Feind nicht in die Hände fallen können und von ihm weitergenutzt werden. Zumindest wird auf jeden Fall der Tank zerschossen. Wir hoffen, dass nur letzteres gemacht wird, da es am einfachsten und schnellsten für die Truppe geht. Deshalb musst Du Dich nach Süden wenden, um in einem nicht sehr weit entfernten Ort einigen Treibstoff zu besorgen. Dort kannst Du auch gleich Nahrung zu Dir nehmen. Die erste Sonde wird in der Zwischenzeit den Tank wieder abdichten und das Auto in Gang setzen. Dann steht einer bequemeren Reise für Dich nichts mehr im Wege." „Verstehe, einverstanden." Mit diesen wenigen Worten schloss Cculler das Gespräch ab und wandte sich nach Süden.

Die nächsten Stunden verliefen ohne weitere Unterbrechungen und relativ ereignislos. Nur die Sonneneinstrahlung machte Cculler langsam zu schaffen. Die Sonne schien schon den ganzen Tag ohne Unterbrechung. Ccullers körpereigene Flüssigkeitsreserven gingen langsam zur Neige. Cculler fühlte sich schlapp und müde. Sie ließ sich jedoch nichts anmerken. Ohne ihre Geschwindigkeit zu reduzieren lief sie weiter.

Plötzlich meldete sich die ZI: "Uns nähert sich in großer Höhe eine Drohne. Bitte gehe schnell dort rechts zu dem kleinen Gehölz und lege Dich flach darunter. Da wir nicht genau wissen, über welche

Ortungstechnik diese Drohne verfügt, werden wir Dich mit der Tarnvorrichtung im gesamten Spektrum der elektromagnetischen Strahlung nach oben absichern, insbesondere im Bereich der sichtbaren und infraroten Strahlung."

Ohne lange zu Zögern befolgte Cculler die Anweisung. Sie legte sich flach in das sandige Geröll. Der Boden war sehr aufgeheizt und das Liegen darauf sehr unangenehm. Trotzdem blieb sie ruhig liegen. Es gab keine Alternative, das wusste sie. Sie blickte nach oben, sah aber keine Drohne, sondern nur das leichte Flimmern der Schutzsphäre um sich herum.

„Wie lange soll ich noch hier liegen? Es wird langsam unangenehm." „Die Drohne fliegt bereits weg von uns. Habe noch ein wenig Geduld. Du kannst gleich wieder aufstehen und weitergehen. Offensichtlich hat sie uns nicht bemerkt und alles ist in Ordnung."

Nach einer kurzen Zeit konnte sich Cculler wieder erheben. Sie klopfte den Sand aus ihrem Fell und ihrer Kleidung und machte sich wieder auf den Weg in Richtung der kleinen Ortschaft. So langsam näherte sich auch die Sonne dem Horizont. Es war nicht mehr so heiß und die kurze Phase der Abenddämmerung hatte begonnen. Die ersten Gebäude waren, auch wenn noch ein gutes Stück entfernt, bereits zu erkennen. Cculler bewegte sich nun wieder etwas vorsichtiger. Sie konnte sich sicher auf die sensiblen Ortungseinrichtungen der Sonde verlassen. Trotzdem benutzte sie jetzt verstärkt wieder ihre eigenen Sinne. Sie suchte mit ihrem Geist die Umgebung nach Menschen ab. Außerhalb des Ortes gab es zu dieser Abendzeit anscheinend keine Menschen mehr. In dieser Gegend war es aufgrund der kriegerischen Handlungen sicherlich ratsam, bei Einbruch der Dunkelheit den Schutz der Gebäude innerhalb der

Ortschaften nicht mehr zu verlassen. In ihrer augenblicklichen Situation war dies für Cculler sicherlich von Vorteil. Das Risiko einer Entdeckung, verminderte sich dadurch erheblich.

Ganz vorsichtig näherte sie sich den ersten Häusern. Es war fast dunkel geworden. Das feine Flimmern um ihren Körper signalisierte das Bestehen der Schutzsphäre. Von außen sollte sie nun nicht mehr zu sehen sein. In der Dunkelheit musste sie auch nicht mehr darauf aufpassen, dass sie eventuell verräterische Fußspuren im Sand hinterließ. Trotzdem ging sie mit etwas schlurfendem Schritt, um ihre Spuren zu verwischen. Von weitem hatte sie auf einigen Dächern Wachen mit Ferngläsern gesehen. Von diesen Wachposten versuchte sie sich so weit wie möglich entfernt zu halten. So schlich Cculler durch den kleinen Ort auf der Suche nach Nahrung und Treibstoff.

Die Straßen waren kaum beleuchtet und menschenleer. Nur einige Katzen streiften durch die Dunkelheit, beachteten Cculler aber immer nur kurz. Cculler bewegte sich sehr langsam und vorsichtig. Ihre optischen und geistigen Sinne waren auf das äußerste angespannt. Kurze Pausen einlegend, sondierte sie immer wieder ihre Umgebung. In den Häusern spürte sie Menschen, die ihrer gewohnten Tätigkeit nachgingen. Von dort war keine Gefahr zu erwarten. Gefährlicher waren sicherlich verborgene und auf Lauer liegende Wachposten, die mit Nachtsichtgeräten, auch über große Entfernungen, die Stadt und die Straßen bewachten. Cculler hoffte jedoch, dass die Wachen sich mehr auf den Schutz nach außen konzentrierten. Je näher sich Cculler also dem Zentrum annäherte, desto geringer die Wahrscheinlichkeit einer Entdeckung. So hoffte sie.

Plötzlich hörte Cculler leises Motorengeräusch, das rasch näherkam. Gleichzeitig schoss die Garrujanische Sonde in Vogelgestalt zu ihr hinunter und flüsterte ihr leise ins Ohr: "Eine motorisierte Patrouille ist auf dem Weg in Deine Richtung. Ich empfehle Dir, Dich aus Sicherheitsgründen von der Straße zu entfernen und Dich zwischen die Häuser zu begeben."

Cculler musste innerlich schmunzeln. Auf der einen Seite war sie um die Fürsorglichkeit der Sonde bzw. der ZI natürlich froh. Andererseits sollte die ZI sich doch eigentlich denken können, dass Cculler auch schon allein auf den Gedanken kommen sollte, sich zu verstecken. Naja, lieber einmal zu viel gewarnt als zu wenig.

Schnell schlüpfte die Garrujanerin durch eine schmale Gasse zwischen zwei Wohnhäusern hindurch und verbarg sich im Hinterhof zwischen Bauschutt. Durch die Gasse beobachtete sie die Straße. Das Fahrzeug fuhr zügig vorbei. Kurz konnte sie auf dem offenen Wagen mehrere schwer bewaffnete Soldaten erkennen. Sie unterhielten sich und beachteten ihre Umgebung kaum. Offensichtlich befürchteten sie keine Gefahr und machten nur routinemäßig ihre Runde.

Nachdem das Motorengeräusch nicht mehr zu hören war, verließ Cculler wieder ihr Versteck und begab sich weiter auf die Suche. Bald sollte sie fündig werden. An der nächsten Straßenkreuzung konnte sie in der Seitenstraße mehrere Läden erkennen. Zwar waren die Geschäfte durch Metallgitter oder schwere Metalltore verschlossen, doch lag vor den Läden noch viel nicht aufgeräumter Unrat, aus dem man den Zweck der Läden erahnen konnte.

Als erstes musste sich Cculler um Nahrung und Flüssigkeit kümmern. Schon seit geraumer Zeit musste sie von ihren körpereigenen Reserven zehren, die zur Neige gingen. So langsam fühlte sie eine leichte Schwäche in ihren Muskeln. Es war also höchste Zeit, dem Körper wieder Energie über die Nahrung zuzufügen.

Da die Vordereingänge der Läden gut gesichert waren, schlich sich Cculler zu der Rückseite. Während sie noch überlegte, wie sie in das, ihr am besten geeignete, Geschäft eindringen könnte, kam ihr der Zufall zur Hilfe. Über die zum Nachbargebäude angrenzende Mauer sprang eine Katze auf das flache Dach des Gebäudes und verschwand. Cculler wartete eine Weile. Die Katze tauchte nicht mehr auf. Vielleicht gab es über das Dach eine Möglichkeit, in das Gebäude zu gelangen. Mit einem großen Satz sprang Cculler auf die Mauer und schwang sich von dort auf das Dach. Sie hatte Glück. Das Flachdach hatte eine Klappe, die zur Belüftung des Ladens halb geöffnet war. Cculler winkte die Sonde zu sich: "Ich gehe jetzt hinein. Es ist vermutlich sinnvoller, wenn Du hier draußen bleibst und die Umgebung absicherst. Du kannst mich zwar von außen nicht mit der Schutzsphäre und Tarnvorrichtung im Inneren des Gebäudes schützen. Dies dürfte jedoch auch nicht nötig sein, da der Laden jetzt leer sein sollte." Die Sonde bestätigte ihr Einverständnis und stieg wieder in die Höhe.

Die Garrujanerin begab sich zu der Dachklappe und öffnete sie geräuschlos. Nach unten führte eine schmale Holzleiter. Einige Sprossen fehlten. Auch sonst machte die Leiter keinen sicheren Eindruck. Cculler blieb jedoch nichts Anderes übrig, als den Weg über die Leiter zu nehmen. Vorsichtig kletterte sie hinunter. Kurz bevor sie den Boden erreichte und schon im sicheren Gefühl, dass alles gut gegangen war, brach die vorletzte

Sprosse. Cculler kam zwar mit den Füßen am Boden auf, knickte aber so unglücklich mit beiden Füßen um, dass sie sich nicht mehr halten konnte und rückwärts auf einen Stapel von Mehlsäcken fiel. Das Mehl explodierte förmlich und verteilte sich über die Garrujanerin und den angrenzenden Raum. Cculler war erst einmal geschockt und blieb liegen. Sie horchte nach allen Seiten, ob ihr Eindringen und ihr Missgeschick irgendjemanden in der Nachbarschaft aufgeweckt und auf sie aufmerksam gemacht hat. Aber alles blieb still. Cculler beschloss aufzustehen. Als sie wieder stand, schaute sie sich um. Nur wenig Licht beleuchtete den Raum von oben durch die Klappe. Es handelte sich um einen typischen Gemischtwarenladen. Neben Haushaltsgeräten waren viele Nahrungsmittel und Getränke vorhanden. Außer Treibstoff sollte sie hier alles, was sie benötigte, bekommen können.

Plötzlich hörte sie hinter sich ein leises Geräusch. Ihr erster Gedanke war die Katze. Deshalb drehte sich Cculler langsam und ohne eine Gefahr vermutend um. Mit dem, was sie sah, hatte sie nicht gerechnet. Ein kleiner, vielleicht fünfzehnjähriger Junge mit zerlumpter Kleidung stand vor ihr und schaute sie mit großen Augen ängstlich an: "Wer bist Du? Was bist Du? Bist Du ein Gespenst oder ein Alien?"

Cculler war beim Anblick dieser kleinen Gestalt gleichwohl entsetzt, dass man sie entdeckt hatte, wie auch von dieser bizarren Situation, in der sie sich befand, amüsiert. Das Kind sprach Arabisch. Also antwortete Cculler gleichfalls auf Arabisch. „Jetzt hast Du mich aber erschreckt. Wo kommst Du denn her? Wie heißt Du?" Der Junge schaute Cculler mit großen Augen unerschrocken an: "Ich heiße Yassin und habe da hinten zwischen den Töpfen geschlafen. Bist Du nun ein Alien?"

Beim Anblick des vor ihr stehenden Yassin mit seinen klugen und forschenden Augen war Cculler sofort klar, dass sie diesen kleinen Menschen nicht beschwindeln konnte und wollte.

„Euer irdischer Begriff für Alien hat einen negativen Beigeschmack. Deshalb würde ich mich nicht als Alien bezeichnen. Aber Du hast recht, ich komme nicht von der Erde. Ich komme von sehr weit hinter der Andromeda Galaxis her. Mein Name ist Cculler und ich bin auf wissenschaftlicher Mission auf der Erde. Leider bin ich mit meinem Raumschiff - diesen irdischen Begriff benutzte Cculler bewusst - verunglückt und fast alle meine technischen Geräte gingen verloren. Ich möchte nicht von den irdischen Behörden entdeckt werden, da die Gefahr besteht, dass unser Wissen in falsche Hände gerät und ich auch eventuell getötet werden könnte. Ich will versuchen, die Mittelmeerküste zu erreichen. Dort habe ich eine Chance, von einer Rettungsmission meines Volkes aufgelesen zu werden. Wohnst Du hier, Yassin?" „Nein. Meine Mutter und ich stammen aus Mossul. Unser Haus wurde im Krieg zerstört, mein Vater getötet. Wir sind schon seit Monaten auf der Flucht und wollen zu Verwandten nach Jordanien."

Cculler war von dieser Erzählung und diesem Schicksal erschüttert. Was dieses Kind in seinem jungen Leben schon alles erlebt haben musste. Trotzdem sprach es völlig sachlich und emotionslos, sich nur auf die wesentlichen Fakten beschränkend. Cculler war tief beeindruckt.

„Wo ist Deine Mutter? Wie wollt ihr weiterkommen?" „Meine Mutter schläft im Haus des Ladenbesitzers

Murat. Als Gegenleistung für unsere Aufnahme in seinem Haus muss meine Mutter sich um dessen Haushalt kümmern. Ich muss den Laden sauber halten. Murat ist nicht gut zu uns. Wir bekommen kaum Essen. Und meine Mutter wird oft von Murat geschlagen. Für eine Weiterreise fehlt uns das Geld und eine Beförderungsmöglichkeit."

Cculler überlegte kurz. Der aufgeweckte und offensichtlich sehr intelligente Junge, konnte mit seinem Wissen von dieser Gegend und den menschlichen Gepflogenheiten vielleicht noch sehr hilfreich sein. Auch eine Anlaufstation in Jordanien auf ihrem Weg zum Mittelmeer könnte sich als nützlich erweisen. Somit stand ihr Entschluss schnell fest. Sie würde versuchen, Yassin und seine Mutter zu überreden, sie auf ihrer Reise zu begleiten.

„Yassin, was hältst Du davon, wenn wir uns zusammentun? Wir können gemeinsam nach Jordanien fahren. Ich kann vielleicht ein Auto organisieren. Wir müssten uns nur mit Proviant und Treibstoff eindecken. Nahrung, Getränke und Decken können wir von hier mitnehmen. Uns fehlt dann nur noch das Benzin. Wäre Deine Mutter damit einverstanden?"

Yassin überlegte nicht lange. Nach den vielen Schicksalsschlägen und Entbehrungen war die Aussicht auf ein Abenteuer mit einer Außerirdischen für einen Jugendlichen mehr als verlockend. Voller Euphorie antwortete er: "Natürlich tun wir uns zusammen. Mutter wird froh sein, von dem fiesen Murat endlich wegzukommen. Hinter Murats Haus gibt es auch mehrere Holzkarren. Einen davon können wir uns ausborgen. Am Rande vom Ort gibt es ein größeres Treibstofflager mit vielen Kanistern. Wann können wir los? Ich hole sofort meine Mutter." Cculler war vom Elan und der

Zielstrebigkeit des Jungen völlig überrumpelt. Doch erkannte sie sofort die sich für sie eröffnenden Möglichkeiten. „Na schön, dann sind wir uns einig. Hole Deine Mutter und den Karren. Bis dahin transportiere ich unseren Proviant hinaus, hinter den Laden."

Cculler hatte noch nicht zu Ende gesprochen, da kletterte Yassin bereits über die Leiter nach draußen und verschwand hinter der Luke. Ganz wohl war Cculler zwar nicht. Aber irgendwie spürte sie, dass sie Yassin vertrauen konnte. Er schien clever genug, die Mutter zu überzeugen und ohne Aufsehen von Murat loszueisen. Sicherheitshalber konzentrierte sich aber Cculler während des Proviannttransportes nach draußen auch mit ihrem Geist auf die Umgebung. Sie wollte vor bösen Überraschungen gewappnet sein.

Als sie fertig war, informierte sie kurz die Sonde über die geänderte Situation. Es wurde vereinbart, dass sich die Sonden im Hintergrund hielten und nur im Notfall eingriffen. Verständigung ab sofort nur auf geistigem Weg. Yassin und seine Mutter sollten vorläufig nichts von den Garrujanischen technischen Möglichkeiten mitbekommen.

Cculler wollte den Proviant natürlich nicht stehlen. Sie hatte aber kein entsprechendes Geld. So blieb ihr nichts weiter übrig, als etwas von ihrer Notreserve anzugreifen. In ihrem Overall befand sich eine gut versteckte kleine Tasche im Futter. Darin befanden sich künstlich erzeugte Kohlenstoffkristalle in Form eines Oktaeders. Diese entsprachen im Aussehen und Eigenschaft den auf der Erde vorkommenden natürlichen Diamanten. Auf Garruja kannte man kein Geld oder andere Zahlungsmittel. Die Voraberkundung der Erde hatte aber ergeben, dass es sinnvoll sei, für eventuelle nicht vorhersehbare Fälle auch ein neutrales

Zahlungsmittel zu besitzen. Gut, dass man sie so akribisch auf alles vorbereitet hatte.

Auf der Verkaufstheke lagen Papier und Schreibstift. Cculler schrieb eine kurze Entschuldigung für die Unordnung im Laden. Dann legte sie einen Diamanten dazu, der für den mitgenommenen Proviant als Ausgleich dienen sollte. Die Bezahlung war mehr als reichlich. Murat sollte damit gut entschädigt sein.

Danach kletterte sie vorsichtig die Leiter hoch und verließ den Laden. Draußen wartete sie, nach allen Richtungen lauschend, auf Yassins Rückkehr. Es dauerte eine ganze Weile, bevor sie das leicht quietschende Geräusch eines Karrens vernahm. Dann sah sie aus der Dunkelheit kommend Yassin, den Karren ziehend, gefolgt von einer schmächtigen und gebeugt gehenden Frau. Die Frau mochte so etwas über dreißig Erdenjahre alt sein. Sie war in einen schwarzen Umhang eingehüllt, der Körper und Kopf verbarg. Nur das traurige und müde wirkende Gesicht war zu erkennen. Yassin stellte sie als seine Mutter Rana vor. Cculler und Yassin beluden schnell den Karren, während Rana mehr oder weniger teilnahmslos danebenstand. Später sollte Cculler von Rana auch den Grund erfahren. Murat hatte Rana immer wieder geschlagen und vergewaltigt. Auch kurz, bevor ihr Sohn sie geholt hatte, hatte Murat wieder zugeschlagen. Deshalb war sie verständlicherweise stark traumatisiert. Aber das war auch der Grund, dass Rana ohne Zögern ihrem Sohn gefolgt war. Sie wollte nur weg von hier. Eine völlig unbekannte Außerirdische und die Reise mit ihr, bei all den unabsehbaren Konsequenzen war für sie im Augenblick das geringere Übel. Und die Hoffnung darauf, dass eine weibliche Außerirdische sie besser als Murat behandeln würde. Nur weg, nur weg.

Nachdem die Karre beladen war, machte sich der kleine Zug im Schutz der Dunkelheit still auf den Weg zum Treibstofflager. Cculler bemerkte das schützende Flimmern um ihre kleine Gruppe. Die Sonde schützte nun die beiden Menschen mit. Rana und Yassin schienen davon nichts zu merken.

Yassin erwies sich wirklich als Glücksfall. Sicher und ohne Umwege führte er den kleinen Zug zum Treibstoffdepot. Dort zeigte sich allerdings die nächste Schwierigkeit. Das Lager war mit einem sehr hohen und mit Stacheldraht bewehrten Zaun gesichert. Das schwere Eingangstor war mit mehreren Schlössern gesichert. Ccullers Sprungkraft reichte sicherlich aus, den Zaun zu überspringen. Zusammen mit den schweren Kanistern war es aber unmöglich. Die Kanister über den Zaun zu werfen ging auch nicht. Wer sollte die schweren Kanister geräuschlos auffangen? Auf welchem Weg sollten sie die Kanister, ohne viel Lärm zu machen, herausbekommen?

Da sah Cculler eine der Vogelsonden zum Eingangstor fliegen. Sie schwebte jeweils kurz vor den Schlössern. Kaum wahrnehmbare elektrische Entladungen zeigten Cculler, was die Sonde beabsichtigte. Sie öffnete die Schließmechanismen. Cculler blickte versteckt Rana und Yassin an. Beide hatten davon offensichtlich nichts bemerkt.

Sie flüsterte leise zu Yassin und Rana: "Wir versuchen es am Tor. Vielleicht hat man vergessen, das Tor abzuschließen." Leise schlichen sie mit ihrem Karren zum Tor. Cculler drückte gegen das Tor. Mit leichtem Quietschen schwang einer der Torflügel zurück. Ohne zu zögern zog Cculler den Karren in das Lager und fing sofort damit an, Kanister aufzuladen. Neben sich bemerkte sie Yassin, der ihrem Beispiel folgte. In Kürze hatten sie genügend Kanister aufgeladen. Schnell verließen sie den umzäunten Hof.

Draußen hatte Rana auf sie gewartet. Da es sich offensichtlich um ein militärisches Lager gehandelt hatte, hinterließ Cculler diesmal aus verständlichen Gründen keinen Diamanten.

Cculler gab Yassin die Richtung vor. Gemeinsam zogen sie den Karren, wobei natürlich Cculler die Hauptlast zog. Dann machten sich die Drei vorsichtig, aber zügig auf den Weg. Schnell hatten sie den Ort verlassen und ließen die letzten Häuser in der Dunkelheit zurück.

Die Garrujanerin hatte etwas Bedenken gehabt, ob die beiden schwachen Menschen nicht für sie eine Behinderung darstellen würden. Aber sie hatte insbesondere Rana unterschätzt. Offensichtlich geprägt durch ihr bisheriges Leben war die zierliche, aber zähe und ausdauernde Frau immer da, wenn man sie brauchte und hielt jedes Tempo ohne Murren mit. Im Laufe der Zeit beteiligte sie sich auch immer mehr am Gespräch und ab und zu huschte ein kleines Lächeln über ihr Gesicht.

Als der Morgen dämmerte und sich die Sonne langsam über den Horizont schob, war die kleine Gruppe bereits außer Sichtweise des Ortes. Cculler hatte nicht den direkten Weg zu dem Fahrzeug eingeschlagen. Sie gingen zunächst in eine andere Richtung. Als sie auf felsigem Untergrund angekommen waren, änderten sie die Richtung und gingen ab jetzt direkt zu dem verlassenen und hoffentlich wieder fahrbereiten Auto. Ab diesem Zeitpunkt musste Rana mit einem größeren Zweig hinter dem Karren die Spuren verwischen. Zusätzlich sollte der mäßig vorherrschende Wüstenwind alle Spuren von ihnen in Kürze beseitigt haben.

Die Garrujanerin war im Augenblick zufrieden. Die Sonde flog konstant vor ihnen und zeigte keine Gefahren an. Rana und Yassin machten keine Probleme. Im Gegenteil, beide unterstützten auf ihre Weise das zügige Fortkommen. Alles lief bis jetzt nach Plan. Und Cculler war froh, etwas Gesellschaft zu haben. Wer hätte das gedacht. Zwei so unterschiedliche Spezies, von Natur aus durch Millionen von Lichtjahren getrennt, hatten sich durch Zufall zusammengefunden und halfen sich ohne Ressentiments gegenseitig. Man konnte das Gefühl haben, als würden sich die beiden Menschen und die Garrujanerin bereits seit langer Zeit kennen. Für Cculler eine emotional bewegende Erkenntnis.

Als die Sonne den höchsten Punkt ihrer Laufbahn am Himmel erreicht hatte und die Mittagshitze am größten war, suchte sich die kleine Gruppe einen schattigen Platz unter einigen spärlich belaubten Bäumen. Alle drei nahmen etwas Obst und Wasser zu sich.

Yassin fragte Cculler plötzlich: "Gehört der schwarze Vogel zu Dir? Er fliegt schon eine ganze Weile vor uns, immer in gleicher Entfernung. Ich hatte ihn auch bereits in der Ortschaft heute Nacht gesehen."

Cculler hätte es sich denken können. Dem aufgeweckten und seine Umgebung genau beobachtenden Jungen, musste die Sonde ja irgendwann einmal auffallen. Sie spürte den ungeduldigen Wissensdurst des kleinen Menschen. Die Garrujanerin fühlte sich an ihre eigene Jugend und Ausbildung erinnert. Sie entschied sich dafür, Yassin so viel wie möglich Informationen zu geben, ohne ihre eigene Sicherheit oder die ihres Heimatplaneten zu gefährden.

„Yassin, Du bist ein guter Beobachter und ziehst aus Deinen Beobachtungen die richtigen Erkenntnisse. Du wirst bestimmt einmal wie ich ein guter Wissenschaftler. Du hast recht. Der Vogel gehört zu mir. Allerdings handelt es sich nicht um einen Vogel, sondern um eine getarnte Sonde. Sie überwacht unseren Weg und wird uns bei Gefahren versuchen zu beschützen." Cculler winkte die Sonde zu sich heran und erklärte, dass die beiden Menschen über ihre Funktion Bescheid wüssten.

Sogleich meldete sich die ZI: "Ich begrüße Euch Erdenmenschen. Bleibt gesund und glücklich. Ich schlage vor, dass wir uns wieder auf den Weg machen. Je schneller wir unser Ziel erreichen, desto besser für uns alle."

Yassin und Rana schauten die Sonde mit großen Augen an. Einen sprechenden Vogel hatte keiner von ihnen bisher gesehen. Dass es sich um ein technisches Gerät handeln sollte, konnten sie noch nicht so ganz begreifen.

Bei Yassin kam aber sofort die Neugier durch: "Wenn Du tatsächlich ein fliegender Apparat bist, wer spricht aus Dir und wie kannst Du fliegen? Deine Flügel schlagen ja kaum und damit kannst Du Dich sicher nicht in der Luft halten."

„Du scheinst ein schlaues Kerlchen zu sein. Vereinfacht gesagt, bin ich so etwas wie ein sprechender Computer. Nur im Vergleich zu irdischen Computern wesentlich komplizierter aufgebaut und mit einem riesigen Speichervolumen. Zum Thema Fliegen und Fortbewegung: Es gibt in der Natur verschiedene Kräfte. Ihr Menschen kennt bis jetzt nur einen Teil davon. Zum Beispiel Gravitation, schwache und starke Kraft oder die elektromagnetische Kraft. Wahrscheinlich sagt Dir das in Deinem Alter noch nicht sehr viel, aber in der Schule wirst Du davon irgendwann hören. Auf jeden Fall nutze ich eine Kombination von verschiedenen, in der Physik vorkommenden, Kräften, hauptsächlich die elektromagnetische Kraft. Diese sorgt übrigens auch dafür, dass Du auf der Erde laufen kannst und nicht in die Atome des Bodens einsinkst."

Die ZI fuhr fort: "Ich empfehle noch einmal, sich so schnell wie möglich wieder auf den Weg zu machen. Das Fahrzeug ist nicht weit entfernt. Auf der Fahrt können wir uns dann später ausführlicher und in Ruhe unterhalten." Cculler bestätigte schnell: "Du hast recht. Lasst uns weitergehen."

Sie packten ihre Sachen zusammen, luden alles auf den Karren, verwischten ihre Spuren und machten sich wieder auf den Weg. Wie von der ZI vorausgesagt, erreichte die kleine Gruppe in kürzester Zeit das in der Wüste liegen gebliebene Fahrzeug. Es handelte sich um einen kleinen Geländewagen mit Ladefläche. Für ihre Zwecke also ein optimales Transportmittel. Der Tank hatte offensichtlich beim Beschuss durch die Soldaten Feuer gefangen. Die Brandspuren waren noch deutlich zu sehen. Die zweite Sonde hatte die Löcher im Tank aber zwischenzeitlich notdürftig geflickt. Dazu hatte sie die von der Sonne ausgehenden elektromagnetischen Strahlen der unterschiedlichsten Wellenlängen derart künstlich gebündelt und verstärkt, dass sie die Löcher des Tanks provisorisch zuschweißen konnte. Viel mehr war im Augenblick mit der vorhandenen technischen Ausrüstung der Sonde nicht möglich. Aber das Fahrzeug war wieder einsatzbereit. Und nur dies zählte. Die ZI hatte in allen Belangen einmal wieder ganze Arbeit geleistet.

Cculler und Yassin schütteten den Treibstoff in den Tank und beluden den Jeep mit ihren Vorräten. Rana kümmerte sich auf der Ladefläche um die richtige Lagerung und Befestigung. Dann legten sie zum Abschluss noch den Karren umgedreht darauf. Er diente noch ein wenig zur Stabilisierung. Außerdem könnte er unterwegs vielleicht noch einmal nützliche Dienste erweisen, wenn sie sich wieder etwas Proviant organisieren mussten.

Ein kleines Problem ergab sich jedoch, als Cculler versuchte, sich auf den Fahrersitz zu setzen. Sie war einfach zu groß für dieses Auto. Die irdischen Autos waren nun einmal für durchschnittlich große Menschen gedacht und nicht für außergewöhnliche Außerirdische. Wie auch immer sie versuchte, sich hinter das Lenkrad zu zwängen, es funktionierte nicht. Entweder hing ihr Oberkörper mit dem Kopf halb aus dem Fahrzeug, oder die Beine schafften es nicht mehr hinein.

Als selbst Rana über Ccullers vergebliche Verrenkungen lachen musste, gab Cculler ihre Bemühungen auf. Jetzt erwies es sich als glückliche Fügung, dass Cculler auf die beiden Menschen gestoßen war. Yassin konnte nämlich Auto fahren.

So übernahm Yassin das Steuer, seine Mutter setzte sich auf den Beifahrersitz und Cculler blieb nichts Anderes übrig, als sich auf die Ladefläche zu begeben.

Sie stimmten sich über ihren Weg mit der ZI ab. Die erste Sonde würde aus großer Höhe die Komplettüberwachung übernehmen. Zusätzlich sorgte sie für die Wegbestimmung und Wegabsicherung. Die Verwandten der beiden Menschen wohnten in Jordanien nahe der antiken Felsenstadt Petra. Man kam überein, soweit möglich, den direkten Weg und das vorhandene Straßennetz zu benutzen. Sie mussten also Syrien Richtung Süden durchqueren. An der nordöstlichen Grenze von Jordanien wollten sie auf jordanisches Gebiet gelangen. Im großen Bogen die Hauptstadt Amman umgehend, sollte der Weg nach Süden, über größtenteils unbewohntes Gebiet, weiter bis nach Petra gehen. Die zweite Sonde sollte in Sichtweite vor dem Jeep fliegen und den Weg weisen. Soweit die Planung.

Die kleine Gruppe machte sich auf den Weg. Das heißt, wollte sich auf den Weg machen. Denn erst einmal versuchte Yassin den Motor des Jeeps wieder zum Laufen zu bringen. Er benötigte einige Startversuche, bis der Motor wieder lief und die Reise endgültig beginnen konnte.

Endlich schnurrte der Motor und sie konnten sich auf die Landschaft konzentrieren. Die erste Zeit fuhren sie noch in unwegsamem Gelände und Cculler hielt sicherheitshalber die Karre auf der Ladefläche fest. Nach einiger Zeit kamen sie zu einer befestigten Straße und die Fahrt konnte zügiger weitergehen. Jetzt erwies es sich sogar als weiterer Vorteil, dass Cculler hinten auf der Ladefläche saß. So konnte die Sonde beim Auftauchen von fremden Fahrzeugen oder Menschen sich sofort über der Ladefläche positionieren und Cculler mit der Tarnvorrichtung unsichtbar machen. Rana und Yassin mussten sich allerdings erst einmal an das dauernde Verschwinden von Cculler gewöhnen und erschraken am Anfang immer wieder, wenn Cculler scheinbar wie aus dem Nichts wiederauftauchte.

Ansonsten war diese Methode überaus effektiv. Ein beschädigtes Auto mit einem Jugendlichen am Steuer, einer verschleierten Frau und einigem Hausrat auf der Ladefläche war in dieser Region nichts Ungewöhnliches. Somit fielen sie nirgends auf und kamen gut und schnell voran.

Nur bei den vom Militär häufig durchgeführten Verkehrskontrollen begab sich Cculler sicherheitshalber auf das Dach der Fahrzeugkabine. Die Soldaten stocherten doch gerne einmal zwischen den Kanistern und dem

Proviant auf der Ladefläche herum. Die Tarnsphäre ließ Cculler zwar optisch verschwinden, nicht aber physisch. Und selbst ein nicht so gebildeter Soldat wäre sicher stutzig geworden, wenn sein Gewehr mitten in der Luft auf Widerstand gestoßen wäre. Also setzte sich Cculler wie eine Gallionsfigur auf das Autodach und musste nur aufpassen, bei Yassins schnellen Starts nicht vom Dach zu fallen.

Bei einer dieser Kontrollen gab es jedoch größere Probleme. Die Soldaten wollten sie nicht weiterfahren lassen, da angebliche Passierscheine fehlten. Hier erwies sich die Mitnahme von Rana und Yassin wiederum als überaus nützlich. Sie jammerten und diskutierten solange mit den Kotrollposten, bis diese sie - zwar nach Beschlagnahme von einigen Kanistern - dann doch weiterfahren ließen. Während der ganzen Zeit musste Cculler untätig, wenn auch leicht amüsiert über diese Vorstellung, auf dem von der Sonne aufgeheizten Autodach ausharren. Letztendlich schützte sie vor Verbrennungen durch das heiße Autoblech nur ihr stark isolierender Overall.

Nach einer Kurve außerhalb der Sichtweite der Kontrollposten ließ Cculler Yassin anhalten. Sie konnten es sich nicht erlauben, auf die Kanister zu verzichten. Man wusste ja nie, wann wieder Gelegenheit für ein Nachtanken bestand. Also schlich Cculler im Schutz der Tarnvorrichtung zurück und lud die Kanister auf den Karren. Als Ablenkung der Soldaten organisierte die erste Sonde in entgegengesetzter Richtung einen kleinen Brand mit größerer Rauchentwicklung, indem sie den Fahrbahnbelag in Brand setzte.

Unbemerkt kehrte Cculler mit den Kanistern zum Jeep zurück. Es konnte weitergehen. Als Lehre aus diesem Ereignis beschlossen sie aber, zukünftig alle Kontrollen zu umgehen.

Die weitere Fahrt verlief relativ ereignislos. Sie überquerten, ohne Probleme und ungesehen, die syrisch-jordanische Grenze. Da sie rasch vorankamen, mussten sie nicht einmal mehr Proviant organisieren. Das Mitgenommene genügte vorläufig. Nur, wenn sie an unbeobachteten Plantagen vorbeikamen, pflückten sie sich frisches Obst.

Während der Fahrt und bei Pausen musste Cculler den beiden Menschen von ihr und ihrer Welt erzählen. Sie berichtete mit Stolz von Garruja, den Schönheiten ihrer Welt und dem friedlichen Zusammenleben der dortigen Lebewesen.

Besondere Freude bereiteten ihr Yassins Fragen zum Universum, die sie gerne ausführlich beantwortete. Cculler erzählte von schwarzen Löchern, Dunkelwolken, dunkler Materie und Antimaterie, Quasaren, Neutronensternen, roten Riesen, weißen Zwergen und vielen, vielen weiteren Erscheinungen im Universum. Selbst Rana hörte fasziniert zu.

So verging die Zeit und sie erreichten in wenigen Erdentagen das Gebiet um Petra. Die Verwandten von Rana und Yassin lebten als Fremdenführer nahe Petra. Man beschloss, dass Yassin sich in die Stadt begeben sollte und nach ihren Verwandten suchen sollte. Währenddessen sollten Rana und Cculler in der Nähe der antiken Felsentempel an einem geschützten Ort abwarten.

Sie parkten den Jeep in der Nähe des Weges, der zur Felsenstadt Petra führt. Yassin verabschiedete sich kurz von seiner Mutter und Cculler und machte sich auf den Weg, um die Verwandten zu suchen. Rana und

Cculler setzten sich auf einen größeren Felsbrocken und warteten schweigend auf Yassins Rückkehr.

Es war noch früher Morgen und weder Einwohner noch Touristen waren unterwegs. Sicherheitshalber war Cculler aber durch das Tarnfeld geschützt und unsichtbar. Ein Beobachter hätte nur eine Frau mit schwarzer Kleidung neben einem Auto sitzen gesehen. Auch wenn sie von unterschiedlichen Planeten abstammten, genossen beide, Rana und Cculler, die Stille des Morgens. Trotz vieler Unterschiede hatten Garrujaner und Menschen offensichtlich doch einiges gemeinsam.

Rana unterbrach für Cculler überraschend das Schweigen: "Yassin wird sicher nicht so schnell zurückkehren. Ich habe schon so viel von Petra gehört. Wollen wir uns deshalb nicht in der Zeit des Wartens die Felsenstadt Petra anschauen. Auf dem Weg könntest Du mir auch noch mehr von Deiner Heimat erzählen. Wie leben die Frauen bei Euch? Welche Rechte haben sie?"
Cculler war über diesen Vorschlag hoch erfreut: "Natürlich, gerne. Auch ich möchte viel von Eurer Kultur kennenlernen. Und die Ruinen von Petra gehören mit ihren monumentalen Grabtempeln zu den außerordentlichsten Bauwerken der antiken Geschichte der Menschheit. Dann lass' uns gleich aufbrechen, bevor Yassin zurückkehrt und uns vielleicht vermisst."

Schnell brachen sie auf und gingen auf dem gut beschilderten Weg Richtung der Felsenstadt. Der abschüssige Weg führte sie durch eine anfangs noch breite Schlucht. Je weiter sie voranschritten, desto enger wurde die Schlucht. Die felsigen Wände der Schlucht rückten immer näher zusammen. Am Ende waren die Felswände so hoch und der Weg dazwischen so schmal, dass von oben nur sehr wenig Sonnenlicht nach unten drang. Da aufgrund der frühen Morgenstunde noch keine Menschen oder Touristen unterwegs waren, konnte Cculler auf ihr Tarnfeld verzichten.

Während der Wanderung erzählte Cculler von Garruja: "Auf unserem Planeten gibt es im Zusammenleben zwischen weiblichen und männlichen Garrujanern keine Unterschiede. Jeder ist gleich wichtig, jeder hat die gleichen Rechte und Pflichten."

"Aber wie sieht es mit dem Führen des Haushalts, dem Kinderkriegen und der Kindererziehung aus?" „In den Anfängen unserer Geschichte und Entwicklung führten wir den Haushalt gemeinsam. Auch das Besorgen von Nahrung wurde immer in der Gemeinschaft gemacht. Heute kümmern sich darum künstlich erschaffene technische Wesen, die von einer zentralen Intelligenz gesteuert werden."

Cculler fuhr nach einer kurzen Pause fort: "Nachwuchs können - wie bei Euch Menschen - auch nur weibliche Garrujaner bekommen. Allerdings leben wir nicht wie Ihr Menschen in kleinen Zweierbeziehungen. Wir Garrujaner finden uns anhand der zu erledigenden Aufgaben zusammen. Dann bleiben wir in kleinen oder größeren Gruppen für eine gewisse Zeit beieinander. Danach trennen sich wieder die Wege. Die Kinder werden nach der Geburt in zentrale Aufzuchtstationen gegeben. Dort werden sie von speziell dafür ausgebildeten Betreuern geschult und für ihre zukünftigen Aufgaben in der Gemeinschaft ausgebildet."

Rana unterbrach erneut: "Aber dann habt Ihr ja keine emotionalen Bindungen zu Euren Kindern und auch nicht untereinander?" „Im Gegenteil. Da wir immer wieder in wechselnden sozialen Gruppen eingebunden sind, kümmert sich jeder um jeden und alle tragen gemeinsam Verantwortung füreinander. Im Grunde sind wir Garrujaner EINE große Familie. Da wir auch wesentlich länger als Ihr Menschen leben, hat fast jeder Garrujaner irgendwann einmal Kontakt zu all den anderen Garrujanern. Zumindest über Umwege. Für uns sind alle Kinder wie die eigenen Kinder." „Wer wählt denn aus, wer welche Aufgaben in der Gemeinschaft übernehmen muss?" „Immer die Gemeinschaft. Existiert in einer Gruppe kein Garrujaner, egal ob weiblich oder männlich, der nicht die Fähigkeiten zum Lösen einer bestehenden Aufgabe besitzt, geht man auf eine andere Gruppe zu. Irgendwann findet man immer den passenden Garrujaner. Und sei es, dass man den Obersten Rat (OR) einschalten muss. Der OR ist aber nicht zu vergleichen mit einer irdischen Regierungsform. Auch der OR kann keinem Garrujaner vorschreiben oder vorgeben, was er tun darf oder muss. Es wird immer in Gemeinschaft und zum Wohl der Gemeinschaft entschieden. Unsere, von allen akzeptierten Grundsätze sind das allgemeine Streben zum Wohl des Einzelnen in Verbindung mit dem Gemeinwohl. Alle kümmern sich in erster Linie darum, dass allen genügend Wohnraum zur Verfügung steht, dass alle Zugang zu genügend Nahrung und Flüssigkeit haben, dass jeweils genügend Kleidung vorhanden ist und ganz wichtig, dass für den richtigen Nachwuchs gesorgt wird. Richtig bedeutet, sowohl qualitativ als auch quantitativ."

„Aber wie stellt Ihr das sicher? Darf nicht jeder allein entscheiden, wieviel Kinder er bekommen kann?" „Wie gesagt, dass Wohl der Gemeinschaft steht bei uns auch ganz an vorderer Stelle. Ist die Gemeinschaft nicht stabil und sicher, kann sich auch das Individuum darin nicht sicher entfalten. Deshalb haben wir uns vor Jahrtausenden gemeinschaftlich dafür entschieden, dass unsere Fortpflanzung auf zwei Wegen geschieht.

Als erstes gibt es die normale evolutionäre Methode. Zwei Garrujaner kommen zusammen und zeugen ein Kind. Hier überlässt man es dem Zufall bzw. der Evolution, welche Kinder mit welchen Fähigkeiten geboren werden.

Als zweite Methode sucht unsere zentrale Intelligenz anhand der bestehenden Fähigkeiten von allen Garrujanern zwei Garrujaner heraus, die ein Kind zeugen können, das dann aufgrund hoher Wahrscheinlichkeit die Fähigkeiten besitzen wird, die zum Lösen zukünftiger Probleme oder Aufgaben benötigt werden.

Dieses System hat sich in der Vergangenheit sehr bewährt und wird von uns allen unterstützt. Da weibliche Garrujaner auch nur einmal in einem Garrujanischen Jahr empfängnisfähig sind, hält sich unser Bevölkerungswachstum in engen Grenzen und kann mit dieser Methode gut gesteuert werden."

„Das klingt ja wie unser Paradies. Habt Ihr denn keine Probleme oder individuellen Wünsche? Habt Ihr alle das gleiche an, die gleichen Wohnungen? Gibt es keine Unterschiede im Lebensstil?" „Natürlich gibt es auch bei uns immer wieder Probleme. Sei es durch nicht vermeidbare Katastrophen in der Natur oder durch unsere Technik. Aber ähnlich wie bei Euch Menschen, halten dann alle zusammen und helfen sich gegenseitig. Unser Lebensstil ist recht einfach und wir benötigen wenig, um glücklich zu sein. Das Streben der Menschen nach Macht und Geld ist uns völlig fremd. Es gibt kein individuelles Eigentum, alles gehört uns allen bzw. der Gemeinschaft. Unsere Wohnungen sind einfach und auf die notwendigsten Bedürfnisse ausgerichtet. Der Wohnraum wird immer flexibel konzipiert. Dann können bei Bedarf die Anforderungen nach Größe und Nutzung jederzeit angepasst werden. Benutzen wir eine Wohnung gerade einmal nicht, dies kann auch kurzzeitig sein, kann der Wohnraum sofort von anderen Garrujanern genutzt werden."

Während ihres Gesprächs waren sie zum Ende der Schlucht gekommen. Die Felswände waren bis auf einen engen Spalt zusammengerückt. Am Ende des schmalen Durchgangs konnte man einen größeren Platz vermuten. Plötzlich und völlig unerwartet fiel der Blick durch den Spalt am Ende der Felsenschlucht auf eine, in den Fels gehauene Fassade am gegenüberliegenden Ende des Platzes. Rana und Cculler blieben gleichzeitig spontan stehen. Dieser Anblick hielt sie für eine ganze Weile gefesselt. Wie schon Millionen von Menschen vor ihnen waren auch Rana und Cculler fasziniert.

Cculler staunte über sich selbst. Diese Kombination von natürlichen und beeindruckenden Felsen mit einer von Menschen vor langer Zeit kunstvoll bearbeiteten Fassade berührte auch sie emotional. Die von Menschenhand erschaffenen Bauwerke fügten sich beeindruckend harmonisch in die natürliche Felsenlandschaft ein. War es die Schönheit der wundervoll aus den Fels herausgearbeiteten Säulen, Reliefs und Vorsprünge des von den Erdenbewohnern genannten Schatzhauses, was sie innerlich bewegte. Oder war es vielleicht eine von dem Bauwerk ausgehende Verbundenheit mit den damaligen Erbauern. Auf jeden Fall war es für die Garrujanerin eine neue und für sie überaus wichtige emotionale Erfahrung, die sie auf keinen Fall hätte missen wollen.

Rana ginge es offensichtlich ebenso. Beide so unterschiedliche Frauen schauten sich an. In diesem Augenblick des gemeinsamen Erlebens und Fühlens spürten sie eine tiefe Verbundenheit. Auch wenn Garrujaner und Menschen so völlig verschieden sind und

Millionen von Lichtjahren getrennt auseinanderleben, diese gemeinsame Erfahrung hatte sie einander näher gebracht, als sie es je für möglich gehalten hätten.

Schweigend schritten sie aus der Schlucht und betraten den Platz. Sie genossen den Anblick, das Spiel von Sonne und Schatten auf den Felsen und der Fassade. Die ca. 45 Meter hohe und halb so breite Fassade bildete mit der Felswand eine geschlossene Einheit und sah fast wie eine Theaterkulisse aus.

Rechterhand von dem Schatzhaus führte ein Weg weiter in die ursprüngliche antike Stadt der damaligen Bewohner. Die gesamte Stadt mit ihren Bauwerken und Grabdenkmälern lag in einem mehrere Kilometer langen Talkessel. Rana und Cculler gingen jetzt Hand in Hand weiter. Sie kamen an vielen, ähnlich dem Schatzhaus, in die Felswand gehauenen Gebäuden und Fassaden vorbei. Auch ein großes offenes Theater war zu erkennen. Teilweise waren diese Bauwerke schon stark zerstört. Trotzdem konnte man einen sehr guten Eindruck vom damaligen Leben dieser frühen Hochkultur gewinnen. Die Harmonie dieser Felsenlandschaft des Talkessels mit den von Menschenhand kunstvoll in die Natur eingefügten Bauwerken war einfach nur beeindruckend. Sowohl Rana als auch Cculler waren vom Anblick begeistert.

Plötzlich hörte Cculler die Stimme der ZI und sah die Vogelsonde heftig vor ihren Augen herumflattern. Die Eindrücke hatten Cculler ihre Umgebung völlig vergessen lassen.

„Entschuldigt, dass ich Euch bei Eurer Sightseeingtour stören muss. Es sind aber bereits einige Einheimische und Touristen auf dem Weg hierher. Ich errichte jetzt wieder das Tarnfeld. Begebt Euch bitte zügig zum Ausgang und zum Fahrzeug zurück. Cculler pass auf, dass Du nicht in der engen Felsenschlucht mit entgegenkommenden Besuchern, Eseln oder Kutschen zusammenstößt. Denke daran, sie können Dich nicht sehen." Den letzten Satz hätte sich die ZI sparen können, dachte sich die Garrujanerin.

Gemeinsam machten sie sich nun aber mit schnellen Schritten wieder auf den Rückweg. Tatsächlich kamen ihnen jetzt Menschenmengen entgegen. Rana ging voran. Cculler versuchte in ihrem Windschatten zu bleiben. Die Garrujanerin musste wirklich sehr vorsichtig sein. Denn die vielen Menschen hatten nur Augen für die Schönheit der Felsenlandschaft und blickten nicht auf den Weg. So liefen nach allen Seiten schauende und fotografierende Touristen kreuz und quer auf dem schmalen Pfad herum. Nur die schnellen Ausweichbewegungen von Cculler bewahrte sie vor möglichen Zusammenstößen. Einmal hätte sie fast ein scheuender Esel überrannt. Im letzten Augenblick gelang es ihr noch, mit einem gewagten Sprung über den Esel hinweg, den Zusammenstoß zu vermeiden.

Ihr Ausflug hatte doch etwas länger gedauert als geplant. So kamen sie mit großer Verspätung wieder zurück zu dem Fahrzeug. Von weitem konnten sie schon Yassin erkennen, der unruhig immer wieder um den Jeep ging und nach ihnen Ausschau hielt. Angelehnt an die Fahrertür sah Cculler einen hoch gewachsenen, bärtigen Mann stehen. Es musste sich um Ranas und Yassins Verwandten handeln.

Als Yassin seine Mutter entdeckt hatte, rannte er die letzten Meter auf sie zu und umarmte sie fest. Offensichtlich war er froh, sie wieder in seiner Nähe zu haben. Dann blickte er sich suchend um. „Ist Cculler auch in der Nähe?" fragte er Rana.

„Ja, ich bin hier" antwortete die Garrujanerin: "Hast Du Eurem Verwandten schon von mir erzählt?" „Ich habe meinem Onkel Fahid alles von Dir berichtet. Auch von unserer Reise mit Dir hierher. Er ist Dir sehr dankbar, dass Du uns geholfen hast. Er möchte sich dafür erkenntlich zeigen und Dir auch helfen." „Bevor hier noch jemand etwas von meiner Anwesenheit bemerkt, schlage ich vor, dass wir mit dem Auto zu einem ruhigeren Ort fahren. Dort können wir dann alles Weitere besprechen." Gemeinsam gingen sie zu dem Fahrzeug. Fahid blickte ihnen entgegen. Seine dunklen klugen Augen suchten vergeblich nach Cculler. Yassin klärte Fahid kurz über die Tarnvorrichtung und das weitere Vorgehen auf.

Die drei Menschen zwängten sich vorne in die Fahrerkabine. Cculler sprang - wie bereits gewohnt - hinten auf die Ladefläche. Diesmal fuhr Fahid. Es dauerte nicht lange und sie erreichten außerhalb des bewohnten Gebietes eine absolut ruhige und abgelegene Stelle in einem Wadi.

Alle stiegen aus dem bzw. vom Fahrzeug. Auf Anweisung von Cculler ließ die Sonde die Tarnvorrichtung erlöschen. Man sah Fahid an, dass er durch das plötzliche Auftauchen der außerirdischen Gestalt etwas erschrak. Schnell hatte er sich aber wieder gefasst. Cculler und Fahid musterten sich gegenseitig sehr ausgiebig. Fahid musste wohl etwas älter als seine Schwester Rana sein. Wie bei dem Kurden Ferzan faszinierten Cculler bei Fahid besonders die Augen. Sie strahlten trotz ihres jugendlichen Glanzes eine unendliche Ruhe und Klugheit aus. Auch der bereits grau werdende Bart unterstrich den Eindruck einer großen Lebensweisheit. Plötzlich war sie von ihren eigenen Gedanken überrascht. Die unerklärliche Anziehung dieses fremden Menschen hätte sie fast dazu verleitet, auf Fahid zuzugehen und ihn in die Arme zu schließen. Garruja sei Dank hatte sie sich aber gleich wieder unter Kontrolle.

Doch auch Fahid empfand spontan für diese Außerirdische ein Gefühl der Zuneigung. War so etwas überhaupt möglich? Auf jeden Fall wollte er die einzigartige Gelegenheit nutzen, um mehr über dieses fremde Wesen, das ihm eigentlich gar nicht so fremd erschien, herauszufinden.

Nach ausgiebiger gegenseitiger Betrachtung ergriff Fahid das Wort: "Wie soll es weitergehen? Was hast Du, Cculler, vor?" „Ich muss irgendwie ans Meer, ans Mittelmeer kommen. Gibt es nach dort einen relativ gefahrlosen Weg?"

„Grundsätzlich kann ich Dir schon helfen. Allerdings ist der Weg von hier zum Mittelmeer sehr beschwerlich und gefahrvoll. Es gäbe zwei Möglichkeiten. Einmal über Palästinensergebiete und Israel oder durch den Libanon. Beide Alternativen führen durch sehr unsichere Regionen. Überall bestehen sehr ausgeklügelte Überwachungssysteme, die vor Anschlägen schützen sollen. Dies birgt natürlich eine große Gefahr entdeckt zu werden. Zusätzlich besteht ein hohes Risiko, versprengten militärischen oder terroristischen Gruppierungen in die Arme zu laufen. Muss es denn ausgerechnet das Mittelmeer sein? Wäre eventuell auch das Rote Meer eine Lösung? Immerhin befinden wir uns nicht weit vom Golf von Akaba entfernt. Und auf dem Weg dorthin könnten wir in Jordanien bleiben. Wir müssten uns nur vor den israelischen Überwachungssystemen in Acht nehmen, die weit in unser Land reichen."

„Klingt nach einer sehr guten Idee. Lass mich das kurz mit meiner ZI besprechen. Entschuldige, das muss ich

Dir natürlich noch erklären. Der über uns kreisende schwarze Vogel ist eine technische Sonde. Darin enthalten ist eine Art Computer, mit dem ich mich jetzt besprechen werde."

Schon näherte sich die Vogelsonde, die das Gespräch natürlich aus der Ferne ununterbrochen verfolgt hatte. Die ZI meldete sich zustimmend: "Die Idee ist ausgesprochen gut. Zwar werden der Golf von Akaba und die angrenzenden Seegebiete aufgrund ihrer geopolitisch wichtigen Lage sehr intensiv militärisch überwacht. Deshalb hatte ich diese Alternative ursprünglich weniger favorisiert. Allerdings ist der Landweg von hier zum Roten Meer tatsächlich im Augenblick die sicherste Variante. Insofern stimme ich Fahids Vorschlag zu."

Fahid starrte die Sonde ungläubig an. Langsam löste sich sein Blick wieder und er schaute Cculler an: "Wie ist das möglich? Wie kann ein so kleines Gerät so mit uns sprechen?" Cculler antwortete, wobei sie versuchte, so wenig wie möglich von den technischen Prinzipien zu offenbaren. Die Sonde allein konnte natürlich nicht ohne ständige geistige Verbindung mit der großen ZI in der antarktischen Station diese ganzen Informationen verarbeiten. Aber von dieser Station sollten und durften die Menschen ja auf keinen Fall etwas wissen. Insofern war es für Cculler schwierig, den Mittelweg zwischen Wahrheit und Verschwiegenheit zu finden.

„Wie ich schon sagte, handelt es sich bei der Sonde um eine Art Computer. Die Rechenleistung ist natürlich durch mehrdimensionale Quantentechnik um ein Vielfaches größer als bei irdischen Großrechenanlagen. Denk an die schnelle Entwicklung Eurer Computer in den letzten Jahren. Die heutigen Taschencomputer von Euch haben inzwischen auch eine deutlich höhere Rechenleistung als zum Beispiel die ersten einfachen Computer, die bei der Mondlandung verwendet wurden. Wir Garrujaner und unsere Entwicklung sind wesentlich älter als die von Euch Menschen. Somit ist unsere Technik auch weiter fortgeschritten.

Lass uns jetzt aber darüber sprechen, wie ich nach Akaba kommen kann und was mit Rana und Yassin geschehen soll." „Rana und Yassin können bei uns, also bei mir und meiner Familie wohnen. Meine Eltern, meine Tante und mein Onkel mit Cousin und zwei Cousinen freuen sich bestimmt auf die beiden. Eine meiner Cousinen hat Yassin gerade kennengelernt. Zurzeit sind nur wenige Touristen in Petra. Deshalb habe ich als Reiseleiter auch wenig zu tun. Mein Cousin kann mich vertreten. Somit hätte ich Zeit, Dich nach Akaba zu begleiten. Selbstverständlich nur, wenn Du damit einverstanden bist. Auch würde ich Dich gerne meiner Familie vorstellen. Du kannst Dich solange Du willst bei uns aufhalten."

Cculler war von diesem Vorschlag der Reisebegleitung durch Fahid hoch erfreut: "Natürlich bin ich einverstanden, wenn Du mich begleitest. Doch so gerne ich auch Deine Familie kennenlernen würde. Habe bitte Verständnis dafür, dass ich so schnell wie machbar weg möchte. Für Eure und meine Sicherheit ist es am besten, wenn ich so wenig wie möglich Kontakt zu anderen Menschen habe. Lass uns also Rana und Yassin bei Dir zuhause absetzen. Danach würde ich mich gerne gleich weiter auf den Weg machen."

In diesem Augenblick konnte Cculler noch nicht wissen, dass ihr Drängen auf Eile durchaus angebracht war. Das Ablenkungsmanöver der Sonde bei einem der Kontrollposten, als der Fahrbahnbelag in Brand gesetzt wurde, hatte die Soldaten dort stutzig gemacht und sie hatten den Brandherd untersucht. Da die Ursache unerklärlich war, wurde der Vorfall gemeldet. Über Umwege gelangten die Informationen zu den Geheimdiensten. Schnell brachte man das Ereignis in Zusammenhang mit den noch nebulösen Schilderungen vom Auftauchen eines etwaigen Außerirdischen. Deshalb wurde auch das Auto, dass sich zum Zeitpunkt des Brandes in der Nähe des Kontrollpostens befunden hatte, zur Fahndung ausgeschrieben. Letzten Meldungen nach, wurde das Fahrzeug auf dem Weg Richtung Süden in Jordanien gesichtet. Deshalb wurde das Suchgebiet nach dem oder den Außerirdischen auf den Süden Jordaniens ausgeweitet. Einige Einheiten unterschiedlichster Geheimdienste machten sich auf den Weg Richtung Golf von Akaba. Zusätzlich wurden alle Polizeieinheiten im Süden Jordaniens zu verstärkter Aufmerksamkeit aufgefordert.

Von all dem bekam die kleine Gruppe um Cculler jedoch nichts mit. Man hatte sich dazu entschlossen, dass sich Cculler bereits jetzt von Rana und Yassin verabschieden sollte. Dann würde man zu Fahids Familie fahren und Rana und Yassin dort absetzen. Fahid würde etwas Proviant besorgen und den Jeep beladen. Cculler sollte sich während dieser Zeit im Schutze der Tarnvorrichtung auf der Ladefläche aufhalten.

Und so wurde es gemacht. Der Abschied fiel allen schwer. Die gemeinsam verbrachte Zeit hatte die beiden Menschen und die Garrujanerin doch sehr eng miteinander verbunden. Besonders Yassin konnte sich kaum von Cculler lösen. Mit Tränen in den Augen und weinerlicher Stimme wollte er immer wieder Cculler zum Dableiben überreden. Doch letztlich sahen alle die

Notwendigkeit der Trennung ein. Emotional aufgewühlt bestiegen schließlich alle das Fahrzeug und Fahid fuhr in Richtung seines Wohnhauses.

Dort angekommen, brachte Fahid Rana und Yassin ins Haus. Er stellte sie seiner Familie vor und erklärte kurz das vorher Besprochene. Seine Familie nahmen Mutter und Sohn - wie erwartet - mit Freude auf. Fahid besprach noch mit seinem Cousin die Reiseleitervertretung. Seine Abwesenheit und Fahrt nach Akaba erklärte er nur kurz und begründete die Fahrt mit einer touristischen Infoveranstaltung.

Dann belud er den Jeep und machte sich auf den Weg. Cculler hatte wie besprochen die ganze Zeit ruhig auf der Ladefläche gesessen. Beim Zurückschauen sah sie noch einmal Rana und Yassin, wie sie dem Fahrzeug nachwinkten. Auch sie würde Cculler nie wiedersehen. Yassins erfolgreiche Entwicklung zum Lehrer und späteren Politiker bekam sie somit nicht mit. Yassin setzte sich sein Leben lang für ein friedliches Zusammenleben aller Völker ein.

Fahid hatte vorgeschlagen, den direkten Weg nach Akaba über die Schnellstraße zu nehmen. Ihr in dieser Region nicht ungewöhnliches Fahrzeug, mit ihm als einheimischem Fahrer, sollte nicht auffallen und so war es in seinen Augen die beste und schnellste Lösung, nach Akaba zu kommen. Cculler war einverstanden und so fuhren sie ohne Probleme zwischen all den anderen Fahrzeugen auf der Schnellstraße Richtung Golf von Akaba. Sie kamen zügig voran. Cculler sah sich schon am Ufer des Golfes von Akaba sitzen und auf ihre endgültige Rettung warten.

Cculler genoss die Fahrt auf der Ladefläche. So hatte sie einen grandiosen Rundumblick auf die Landschaft. Garruja war ein grüner Planet. Fast überall war das Land von Pflanzen bewachsen. Größere Wüstengebiete kannte Cculler nicht. So war die kaum bewachsene und karge Natur dieser Gegend für die Garrujanerin eine neue Erfahrung. Die unterschiedlichsten, je nach Beleuchtung wechselnden, Farbtöne der Berge und der dazwischen liegenden Wüstenebenen gefielen ihr sehr. Sie hätte sich nie vorstellen können, dass eine Landschaft ohne dichten Pflanzenbewuchs so schön sein konnte.

Auf halber Strecke, ungefähr in Höhe des bei Touristen beliebten Wadi Rum, meldete sich jedoch die ZI mit Hilfe der zweiten Sonde bei Cculler. Die erste Sonde, die zur Absicherung weit vor ihnen flog, hatte eine größere Straßensperre durch die Polizei gemeldet. Beim Abhören des irdischen Funkverkehrs bekam die ZI mit, dass der Grund die Suche nach einem Außerirdischen sei. Auch suchte die Polizei gezielt nach ihrem Fahrzeug mit ihrem Kennzeichen. Die ZI empfahl, die Fahrt über Seitenstraßen fortzusetzen.

Cculler klopfte an das Fenster zu Fahid und rief ihm zu, stehen zu bleiben. Nach dem Anhalten und Aussteigen von Fahid erklärte sie ihm die veränderte Situation. Sie überlegten noch, wie es weitergehen sollte, da hielt hinter ihnen eine schwarze Limousine mit dunkel getönten Scheiben. Bevor sie sich versahen, sprangen zwei mit Maschinenpistolen bewaffnete offensichtliche Zivilpolizisten aus dem Wagen und riefen Fahid zu, die Hände zu heben und sich nicht zu bewegen. Fahid war so überrascht, dass er nicht reagierte. Die beiden Beamten legten die Nichtreaktion offenbar als Gefahr aus und begannen sofort, den Jeep und Fahid zu beschießen. Fahid wurde in beide Beine getroffen. Er sackte nach hinten weg und fiel auf den Asphalt. Auch der Jeep bekam einige Treffer ab. Cculler wurde zwar auch getroffen, ihr schussundurchlässiger Overall verhinderte jedoch größere Verletzungen.

Jetzt griff die Sonde ein. Mit genau gezielten und gebündelten Mikrowellenstrahlen, ähnlich den irdischen Laserstrahlen, machte sie die Waffen der Polizisten unbrauchbar, indem sie die Pistolenmündung leicht im Innenrohr krümmte. Dies reichte aus, dass das Projektil im Lauf stecken blieb. Gleichzeitig sendete sie sehr starke gepulste Magnetfelder in Richtung der Zivilstreife. Diese bewirkten in den Gehirnen der Polizisten die kurzzeitige Ausschaltung der normalen elektrischen Prozesse. Die beiden Beamten brachen mit zuckenden Gliedern sofort bewusstlos zusammen und blieben am Boden liegen.

Währenddessen hatte sich Cculler bereits von der Ladefläche geschwungen und kümmerte sich um Fahid. Ihr war klar, sie mussten hier sofort weg. Die Polizisten würden bald wieder bei Bewusstsein sein. Sie könnten sich zwar nicht mehr an das Geschehene erinnern, trotzdem würde der abgebrochene Kontakt zur Zentrale dafür sorgen, dass weitere Polizeibeamte sich zur Untersuchung auf den Weg hierher machen würden. Außerdem sollte es hier bald aufgrund der Schießerei vor Soldaten nur so wimmeln. Ohne lange Überlegung hob sie Fahid auf die Ladefläche, klemmte sich mehr recht als schlecht hinter das Lenkrad, wobei der Kopf aus dem Fahrerfenster ragte, und raste los. Auf der Schnellstraße konnten sie nicht bleiben. Sie sah die Abzweigung Richtung Wadi Rum, steuerte darauf zu und das Fahrzeug schoss mit Höchstgeschwindigkeit in Richtung der Touristenattraktion.

Nachdem sie unbehelligt ein gutes Stück vorangekommen waren, fing plötzlich der Motor an zu stottern. Offensichtlich war der Tank getroffen worden. Es dauerte auch nicht lange und der Jeep blieb liegen.

Die Garrujanerin packte sich etwas Proviant ein, hob Fahid vorsichtig auf ihre Schulter und rannte Richtung Berge los. Die erste Sonde verwischte mit ihrem Flügelschlag soweit es ging die Spuren. Die zweite Sonde war zwischenzeitlich zu ihnen gestoßen. Sie berichtete von größeren Militärkolonnen, die sich in ihrer Richtung bewegten. Dann flog sie vorweg, um einen sichern Zufluchtsort zu finden. Am Fuße der Berge angekommen sah sich Cculler um. Wohin sollte sie gehen? Nirgends sah sie ein passendes Versteck.

Die zweite Sonde kehrte zurück, sie hatte eine versteckte Höhle gefunden. Die Sonde leitete die Garrujanerin in ein kleines, immer enger werdendes Tal. In der Mitte der Schlucht wies die Sonde den Berg hinauf. Cculler sah nichts, was irgendwie auf ein Versteck oder eine Höhle hindeutete. Auf halber Höhe lag ein gewaltiger Felsbrocken. Cculler hatte Mühe, sich durch den losen Schotter auf der Bergflanke nach oben zu bewegen. Inzwischen merkte sie auch deutlich, dass durch Fahids Gewicht auf ihren Schultern ihre Kräfte langsam schwanden.

Oberhalb des Felsens angekommen, sah sie einen schmalen Spalt zwischen dem Geröll. Sie ging darauf zu. Es war tatsächlich der Eingang zu einer Höhle, der von unten absolut nicht zu sehen war. Ein ideales Versteck. Cculler zwängte sich durch den Spalt. Hinter der Öffnung wurde eine geräumige Höhle sichtbar. Vorsichtig legte sie Fahid am Boden ab.

Die Sonde folgte ihr in die Höhle. Beide schauten sich die Verletzungen Fahids an. Fahid hatte zwar - Garruja sei Dank - nicht sehr viel Blut verloren. Doch durch die Tortur des Transportes, in Verbindung mit dem Blutverlust, war er bewusstlos geworden. Es handelte sich zwar nur um zwei Einschussverletzungen, aber als erstes musste die Blutung gestoppt werden.

Die Sonde versiegelte mit einem starken Hitzestrahl die Wunden und stoppte damit die Blutungen. Es roch kurzzeitig unangenehm nach verbranntem Fleisch. Cculler zerriss einen Teil von Fahids Kleidung und benutzte sie als Verband. Mehr konnten sie im Augenblick nicht tun. Für Cculler stand jedoch fest, diesen Menschen konnte sie hier nicht allein lassen und seinem Schicksal überlassen. Auch wenn ihre eigene Sicherheit gefährdet war, sie musste sich um Fahid kümmern. Im Augenblick bestand keine Lebensgefahr. Über kurz oder lang war jedoch eine fachmännische medizinische Behandlung bei Fahid notwendig.

Wie sollte es aber nun weitergehen? Es dürfte nur eine Frage der Zeit sein, bis die Suchtrupps sie finden würden. Und was dann? Cculler schaute sich in der Höhle um. Im hinteren Teil konnte sie ein spärlich fließendes Rinnsal erkennen. Zumindest für Flüssigkeit war gesorgt.

Prinzipiell könnten sie die Sonden durch ihre Tarnsphären natürlich vor Entdeckung bewahren. Aber wie sollte sie jetzt an den Golf von Akaba kommen.

Cculler sprach die Sonde bzw. die ZI an: "Wie geht es weiter? Hast Du eine Idee?" „Wir analysieren im Augenblick noch die Alternativen. Die zweite Sonde überwacht den Truppenaufmarsch. Im Augenblick besteht von dort keine Gefahr, da sich die Soldaten noch unsicher sind, in welcher Richtung sie suchen sollen. Einen Suchhubschrauber hat die Sonde durch Störung der Elektrik zum Notlanden gezwungen. Der Helikopter wird so schnell nicht wieder starten und abheben können. Ich schlage vor, sich ruhig zu verhalten. Wir sondieren permanent die Lage. Sollte sich eine sichere Fluchtmöglichkeit ergeben, geben wir sofort Bescheid. Jetzt müssen wir erst einmal abwarten. Vielleicht gelingt es uns, durch ein Täuschungsmanöver das Militär von hier abzulenken."

„Wie willst Du das anstellen?" „Die zweite Sonde wird in entgegengesetzter Richtung, in sicherer Entfernung von hier, mit einer immer wieder auftauchenden Projektion von Dir die Soldaten verwirren. Wir müssen nur aufpassen, dass diese Projektion immer nur ein Soldat zu sehen bekommt. Damit sollte der Eindruck einer Halluzination bei einzelnen Truppenteilen verstärkt werden. Eventuell gelingt es dadurch, die Militärführung zu der Überzeugung zu bringen, dass sich das Ganze nur um so etwas wie eine Massenhysterie handelt. Vielleicht ziehen sie dann die Soldaten bald aus diesem Gebiet ab. Warten wir einmal ab, was diese Täuschung bringt."

Cculler war zumindest froh darüber, dass etwas unternommen wurde. So schnell konnte es gehen. Noch vor kurzer Zeit hatte sie entspannt und vergnügt auf der Ladefläche des Jeeps gesessen und die schöne Landschaft genossen. Und mit einem Mal war alles vorbei. Auf der Flucht, eingesperrt in einer muffigen Höhle und mit wenig Aussicht auf baldige Rettung.

Plötzlich hörte sie Fahid stöhnen. Er war aufgewacht. „Wie fühlst Du Dich, Fahid?" „Die Beine tun weh. Wo sind wir? Ich sehe nichts." Cculler fiel wieder ein, dass Menschen im Dunkeln ja nicht so gut sehen konnten wie Garrujaner: "Wir sind in einer Höhle im Wadi Rum. Im Augenblick sind wir in Sicherheit. Mein Computer arbeitet fieberhaft an einer Rettungslösung. Jetzt gilt es erst einmal abzuwarten und sich ruhig zu verhalten. Willst Du etwas essen oder trinken?"

Fahid verneinte. Dann erzählte Cculler ihm ausführlich von den letzten Ereignissen und ihrer schwierigen Situation. Das Ende der Schilderung bekam Fahid schon nicht mehr mit. Er war wieder aufgrund der Schwächung des Körpers eingeschlafen.

Cculler begab sich zur Höhlenöffnung und schaute sich um. Aus Angst vor der Entdeckung durch Spionagesatelliten wagte sie sich nicht weit aus der Höhle hinaus. Über ihr kreiste die Vogelsonde. Dies gab ihr zumindest ein kleines Gefühl der Sicherheit. Langsam verschwand die Sonne. Es wurde schnell dunkel. Die verschiedenen rötlichen Töne der Umgebung wichen einem eintönigen Grau, bevor die Dunkelheit dann alle Farben verschluckte.

Da stand sie nun. Verloren und einsam auf einem fremden Planeten. Nicht wissend, wie es weitergehen sollte. Gebunden an einen verletzten Menschen, für den sie sich verantwortlich fühlte. Und ganz in der Ferne sah sie kleine Lichter, die sich in ihre Richtung bewegten.

Garrujaner waren von Natur aus optimistisch. Im Augenblick musste sie sich aber sehr zum Optimismus zwingen. Was würde die Nacht oder der nächste Tag bringen?

Kapitel 4 - Das Rettungsteam

**„Führst Du *Krieg* gegen das *Böse*,
bekämpfst Du die *Grundsätze* des *Guten***

(Alte Garrujanische Weisheit - unbekannter Verfasser)

Vvlanzetti erwachte übergangslos. Erst langsam kehrten die Erinnerungen an die Erlebnisse des vergangenen Tages wieder in ihr Bewusstsein zurück. Der Tag hatte sie mit unwahrscheinlich vielen neuen, schönen und aufregenden Erfahrungen überrascht und damit ihr noch kurzes Leben spürbar reicher gemacht.

Sie blickte zu Xyllopph hinüber. Seine Lippen bewegten sich, seine Arme zuckten leicht. Er schien noch zu träumen. Das Kraftfeld hielt ihn jedoch sicher in seiner Schlafposition.

Sie dachte kurz an das Aufstehen. Sofort wurde sie von dem Kraftfeld, das sie in ihrer Schlafposition schweben ließ, wieder am Boden abgesetzt. Sie begab sich in die Reinigungskabine und verwöhnte sich mit einem ausgiebigen Reinigungs-, Pflege- und Entspannungsprogramm.

Da sie ihren Schwerkraftgürtel noch nicht angelegt hatte, bewegte sie sich achtsam, leicht schwebend, zum Nahrungsautomaten. Dort belud sie ein Tablett mit einigen Speisen und Getränken und schwebte, das Tablett vorsichtig balancierend, zum Strand. Mit Blick auf das Wasser setzte sie sich auf eine Liege und genoss ihre morgendliche Nahrung. Die künstlich erzeugte Illusion einer Sonne erwärmte ihr seidiges Fell. Vvlanzetti genoss den Augenblick. Sie war glücklich.

Was würde der neue Tag bringen? Würden sie unbeschädigt die Erde erreichen? Könnten sie Cculler retten? Könnten sie dafür sorgen, dass die Mission auf der Erde, ungeachtet der bisherigen Ereignisse, weiter sicher fortgeführt werden könnte? Fragen über Fragen, die Vvlanzetti durch den Kopf gingen. Sie mussten es einfach schaffen, diese Probleme zu lösen. Dafür waren sie gut ausgebildet worden und Garruja vertraute auf sie.

Aus dem kleinen Gebäude kommende Geräusche unterbrachen Vvlanzettis Gedankengänge. Xyllopph schien auch inzwischen aufgewacht und aufgestanden zu sein. Sie drehte sich zum Haus um. Xyllopph kam leicht schwankend und hüpfend, beladen wie sie vorhin, den Strand hinunter und setzte sich an ihre Seite.

Er lächelte sie an: "Gut geschlafen? Was wollen wir heute tun? Machen wir uns einen schönen Tag und lassen die Erde Erde sein?"

Vvlanzetti lächelte zurück: "Einverstanden. Wir dürften uns zwar dann nie mehr auf Garruja blicken lassen, aber was solls? Die Rettung der Galaxie können wir auch anderen überlassen. Hier ist es so schön, genießen wir es, solange wir können. Geschlafen habe ich übrigens sehr gut. Und Du?"

„Ich auch. Dank Deiner für mich überraschenden Fortbildung in zwischengarrujanischem Sozialverhalten war der Schlaf für mich überaus erholsam. Vielen Dank dafür."

Wie so oft in den vergangenen Tagen meldete sich die ZI wieder im unpassenden Moment: "Bleibt gesund und glücklich. Upps wartet schon auf Euch. Er will Euch ein wenig von den technischen Einrichtungen der Raumsphäre zeigen. Aber natürlich nur, wenn Ihr zufällig ein wenig Zeit für ihn übrighabt." Xyllopph hatte erneut das Gefühl, die ZI würde sich über die beiden Garrujaner lustig machen.

Vvlanzetti antwortete leicht ironisch: "Wir wollten zwar heute den Tag mit Freizeit und schwimmen verbringen. Da Du uns jedoch so nett gefragt hast, sind wir mit einer Führung selbstverständlich einverstanden. Gib uns nur noch ein wenig Zeit zur Verrichtung einiger notwendiger Tätigkeiten."

Damit meinte sie wohl das Anziehen einer standesgemäßen Kleidung und das Anlegen ihrer technischen Ausrüstung. Zusätzlich mussten noch die Tabletts versorgt werden. Als alles erledigt war, waren sie zu allem bereit und harrten der Dinge.

Upps ließ auch nicht lange auf sich warten. Gegenseitig begrüßten sie sich mit „Bleibt gesund und glücklich."

"Ich glaube, die meisten technischen Einrichtungen auf Eurer Flugsphäre sind für mich oder vielleicht auch für Vvlanzetti neu", begann Xyllopph das Gespräch. Dabei schaute er zu Vvlanzetti hinüber, die mit einem leichten Nicken seine Aussage bestätigte. Dann fuhr er fort: "Also könntest Du uns vermutlich jedes Gerät zeigen und wir würden etwas lernen können. Dies dürfte aber vermutlich den Zeitrahmen, der uns zur Verfügung steht, sprengen. Falls Du einverstanden bist, schlage ich daher vor, dass wir bei dem Antrieb und der Energiegewinnung beginnen."

„Wie Ihr wünscht. Diese Vorgehensweise hätte ich aber auch vorgeschlagen. Dann folgt mir bitte." Upps schwebte aus ihrem Aufenthaltsbereich. Vvlanzetti und Xyllopph folgten dicht auf. Diesmal bewegte sich Upps deutlich langsamer durch die Gänge. Er wollte offensichtlich nicht erneut Gefahr laufen, dass die Garrujanischen Besucher durch Unachtsamkeit wieder einmal für unnötige Komplikationen sorgen würden.

So erreichte der kleine Trupp problemlos den Bereich, in dem der Antrieb untergebracht war. Sie hielten am Eingang zu einer gewaltigen Halle an. Im Innern konnte man verschieden große quaderförmige Bauteile erkennen. Die Konturen der Quader waren aber nicht fest, sondern sie waberten mal mehr oder weniger stark auseinander und wirkten seltsam transparent.

Zusätzlich glühten zwischen den Quadern offensichtliche Energieverbindungen, die sehr schnell und stetig ihre Intensität wechselten.

Upps begann mit der Erklärung: "Was Ihr hier seht, ist unser Aggregat für den konventionellen Flug durch das All wie auch für den Dimensionsflug. Ich gehe davon aus, dass Ihr ungefähr die Prinzipien der Quantenphysik bzw. Quantenmechanik kennt."

Vvlanzetti unterbrach: "Grundsätzlich ja. Vielleicht kannst Du uns aber noch einmal ein wenig nachhelfen?"

„Nun gut. Wo fange ich am besten an? Feste Materie, Moleküle oder Atome können unter bestimmten Voraussetzungen in Raum und Zeit mathematisch und physikalisch genau vorherbestimmt und berechnet werden. Je kleiner die Bausteine der Materie werden, desto weniger genau kann ihr Zustand oder Standort im Raum erfasst bzw. berechnet werden. Sofern man sich in einem vierdimensionalen Raum - also drei Raumdimensionen und eine Zeitdimension - befindet, kann der Ort eines Teilchens nur noch mit einer gewissen Wahrscheinlichkeit angegeben werden. Dabei existieren selbst Wechselwirkungen zwischen Betrachter und Teilchen. Verlässt man allerdings den vierdimensionalen Raum und bewegt sich in weiteren Dimensionen, erkennt man, dass sich auch die kleinen Bausteine der Materie über mehr als die von Euch erkennbaren Dimensionen bewegen. Dann ist es auch möglich, Zustände und Verlaufsbahnen dieser Teilchen geistig zu erfassen und vorauszubestimmen." Nach einer kurzen Pause fuhr Upps fort: "Alles im Universum hängt miteinander zusammen. Auch die einzelnen Dimensionen existieren nicht absolut getrennt voneinander, sondern sie überlappen sich und zwischen den Dimensionen findet ein reger Austausch von Geist, Energie und Materie bzw. den Massen statt. Dabei sind Geist und Energie eigentlich dasselbe. Wobei die eine Bezeichnung mehr den aktiven Teil, die andere eher den passiven Teil ein und derselben Sache meint."

"Wie können wir uns das vorstellen?" fragte Xyllopph nach. "Schwierig. Gegenfrage: Wie kann man einem Elefanten einen Fahrkartenautomaten erklären?" "Was ist ein Fahrkartenautomat?" "Siehst Du! Es geht nicht." Xyllopph war durch diese Antwort wie vor den Kopf geschlagen und fühlte sich ungehörig behandelt.

"Tut mir leid, aber manche Dinge kann ich Euch nicht, noch nicht genauer erklären. Dazu fehlen Euch jetzt noch die intelligenzmäßigen Voraussetzungen. Aber bitte fasst dies nicht falsch auf. Nicht nur Ihr habt intellektuelle Defizite. Auch wir wissen nicht alles, falls Euch diese Erkenntnis beruhigt."

Vvlanzetti versuchte abzulenken: "Du hast von weiteren Dimensionen gesprochen. Welche Dimensionen gibt es denn noch? Wir kennen theoretisch und rein mathematisch berechenbar auch weitere Dimensionen. Aber wie wirken sich diese praktisch aus?"

"Ähnlich wie bei den räumlichen Dimensionen, also Punkt als eindimensionale, Fläche als zweidimensionale und Raum als dreidimensionale Projektion, gibt es ähnliche Dimensionszustände bei der Zeit. Also Zeit, die immer gleich ist, Zeit, die gleichmäßig linear verläuft oder Zeit, die in alle Richtungen ablaufen kann. Darüber hinaus existieren unzählige weitere Dimensionszustände wie zum Beispiel bei Ursache und Wirkung, um nur eine weitere zu nennen." „Aber wie kann man denn in die anderen Dimensionen wechseln?" fragte Xyllopph nach. „Die Phänomene der Quantenmechanik oder Quantenphysik sind durch die dauernden Dimensionswechsel der

Elementarteilchen erklärbar. Durch die Übergänge von einer zur anderen Dimension verändern sich minimal die Eigenschaften und die Wege der Teilchen. Vor allem ersteres machen wir uns zunutze.

Zwischen den Dimensionen findet ein andauernder Austausch von Elementarteilchen statt. Hier greifen wir ein. Wir bündeln den Strom der Teilchen. Gleichzeitig verschränken bzw. verbinden wir diese Teilchen mit der Materie unserer Flugsphäre. So ziehen uns diese Teilchen mit unserer Flugsphäre in die andere Dimension. Danach wird alles wieder voneinander entkoppelt. Ähnlich verfahren wir bei Bewegungswechseln innerhalb von Dimensionen. Vorteil dieser Dimensionswechsel sind die Umgehung von unumstößlichen Gesetzmäßigkeiten in einzelnen Dimensionen, wie etwa die Kopplung der Zeit an die Lichtgeschwindigkeit in dem Euch bekannten Dimensionsgefüge.

Klingt einfach, bedarf aber einer gewaltigen Rechenleistung und eines enormen Energiebedarfs. Allerdings wird die Energie nur am Anfang benötigt. Aufgrund des Energieerhaltungsgesetzes im Universum wird die Energie wieder frei, sobald der Vorgang beendet ist. Der große Quader in der Mitte des Raumes bündelt die Teilchen und strahlt sie in die betreffende gewünschte Dimension ab. Die kleineren Quader auf der rechten Seite stellen die Verbindung zwischen der Materie bzw. Masse der Flugsphäre und den dimensionswechselnden Elementarteilchen her. Da wir uns in diesem Raum bereits an der Schwelle zu anderen Dimensionszuständen befinden, sieht man die Maschinen auch bereits sehr unscharf. Einen ähnlichen Zustand kann man manchmal auch bei sogenannten Geistererscheinungen erleben."

Nun schaltete sich Vvlanzetti ein: "Auch wenn ich nicht alles verstehe, so ungefähr kann ich mir die Vorgänge vorstellen. Aber vernunftmäßig begreifen kann ich das alles nicht." „Dies ist auch nicht nötig oder möglich. Denn die Vernunft ist nicht der maßgebende Faktor zum Verständnis."

Vvlanzetti hakte nach: "Wie meinst Du das, Upps?" „Wie Ihr bereits wisst, besteht das Universum - grob gesagt - aus Geist und Materie. Beide Bausteine des Universums beeinflussen sich gegenseitig, sorgen für Veränderung und Weiterentwicklung. Bei Lebewesen wie bei Euch Garrujanern oder den Menschen, hat der Geist, die Natur bzw. die Evolution - je nachdem, wie Ihr es nennen wollt - ein Bewusstsein entwickelt. Dies dient jedoch weniger dem eigenständigen Denken oder eigengesteuerten Handeln. Garrujanische Wissenschaftler, übrigens sogar auch irdische Wissenschaft haben bereits herausgefunden, dass die elektrochemischen Abläufe im Gehirn, also mehr die Materie oder der universelle Geist, die Handlungen steuern. Man konnte feststellen, dass das Gehirn, also der vorgegebene Ablauf innerhalb der Materie, wesentlich früher über zukünftige Handlungen entscheidet. Erst danach erfasst das Bewusstsein die Vorgänge. Das Bewusstsein dient somit nur als eine Art Kontrollinstrument bzw. Selbstreflexionsorgan für den Geist oder die Materie. Ob dies als Verbesserung oder Lebensvorteil dienen wird, muss die Evolution zeigen."

Völlig perplex unterbrach Xyllopph: "Aber das würde ja bedeuten, dass wir überhaupt nicht selbstbestimmt handeln können. Somit wären wir nur Ausführende des universellen Geistes oder der Materie. Habe ich das richtig verstanden?"

„Grundsätzlich ja, wenn Ihr Euer Leben nur mit dem Bewusstsein lebt. Denkt daran. Auch Ihr seid Teil des Ganzen. Damit steckt in Euch der Geist des Universums, Wir alle zusammen bilden den Geist des Universums, Ihr allein seid auch der Geist des Universums. Horcht in Euch hinein, spürt und fühlt die Energie des Kosmos. Seid Eins mit Eurer Umgebung. Verlasst Euch nicht zu sehr auf Eure Vernunft. Sie ist nur - wie gesagt - ein ungefähres Abbild der Wirklichkeit, ein Zerrspiegel der Realität. Denkt immer daran, der universelle Geist oder die Natur, wie ihr sie nennt, besitzt ein unendliches Wissen und viel mehr Weisheit als alle Lebewesen zusammen. Wie sonst könnten einzelne Lebensformen ohne eigenes Bewusstsein und Gehirn unglaubliche Dinge vollbringen. Spinnen, die ihre Netzfäden elektrostatisch aufladen. Bäume, die ihre Konkurrenten im Wald in Notzeiten mit eigener Nahrung versorgen, weil sie nur gemeinsam die schlechten Zeiten überstehen können. Schmetterlinge, die Tausende von Kilometern in mehreren Generationen zurücklegen, nur um an gesicherten Orten überwintern zu können. Danach kehren sie wieder bzw. ihre Nachkommen zum Ausgangsort zurück. Ihr wisst selbst, es gibt unendlich viele Beispiele."

Upps spürte die wachsende Unsicherheit bei den beiden immer mehr verwirrten Garrujanern: "Eigentlich wollte ich nicht so weit ausholen. Damit habe ich Euch beide wohl etwas überfordert. Lasst uns hier Schluss machen. Ich zeige Euch noch den Ort, der die Energie für unsere Flugsphäre liefert."

Vvlanzetti und Xyllopph waren einverstanden. Verwirrt von all den unglaublichen Dingen, die sie hier erfahren mussten, waren sie über den Wechsel froh. Der kleine Konvoi schwebte einige Räume weiter und Upps stoppte vor einem etwas kleineren, als es der vorhergehende Raum war.

Xyllopph sah durch das flimmernde Schutzfeld des Eingangs in den spärlich beleuchteten Raum hinein. Darin standen kreisförmig angeordnet vielleicht an die Hundert Upps. Das heißt, aufgrund des quaderförmigen Aussehens musste es sich wohl um Vaddder handeln. Allerdings waren sie mehr als viermal so groß wie Upps oder Opps. Diese Aufstellung erinnerte Xyllopph an etwas. Aber was? Plötzlich fiel es ihm wieder ein. Es erinnerte ihn an einen Ort auf der Erde, der ihm während der gewaltigen Informationsübertragung in sein Gedächtnis, aufgrund seiner für ihn außergewöhnlichen Bauweise, schon damals aufgefallen war. Dieses Bild hatte sich in sein Bewusstsein tief eingeprägt. Xyllopph glaubte sich auch erinnern zu können, dass die Menschen diesen Ort Stonehenge nannten.

Upps hatte bereits wieder angefangen zu sprechen: "Neben einigen Fusionsreaktoren unterschiedlicher Bauweise und mit unterschiedlichen Energielieferanten als sekundäre Energiequellen seht Ihr hier unsere, erst seit kurzem entwickelte und benutzte Hauptenergiequelle. Schwarze Löcher, insbesondere supermassereiche schwarze Löcher kennt Ihr ja wohl?"

Vvlanzetti: "Gehört haben wir schon einmal davon. Allerdings nicht genau, was sich dahinter verbirgt."

Xyllopph war froh, dass Vvlanzetti in der Mehrzahl gesprochen und ihn somit mit einbezogen hatte. Er hatte zwar absolut keine Ahnung, doch wollte er gegenüber Upps nicht schon wieder als wenig intelligent und gebildet erscheinen. Die Zurechtweisung von vorhin nagte immer noch an seinem Selbstbewusstsein.

"Na dann, ich will es mit einer hoffentlich auch für Euch verständlichen Kurzzusammenfassung erklären. Die Entstehung eines schwarzen Lochs muss ich vermutlich nicht näher erläutern. Also, dass galaktische Objekte unter bestimmten Umständen ihre Masse auf ein minimal kleines Volumen konzentrieren. Häufig geschieht dies bei Sonnen, bei denen nach Ablauf ihrer Brenndauer der innere Kern durch den Schweredruck zu einem überaus kompakten Kern zusammenfällt.

Daneben gibt es aber weitaus größere schwarze Löcher, nämlich die sogenannten supermassereichen schwarzen Löcher. Diese können die milliardenfache Masse einer Sonne besitzen. Die Entstehung dieser galaktischen Erscheinungen ist noch nicht endgültig geklärt. Ähnlich wie Klumpen in einem Teig befinden sich diese Gebilde noch in einem Urzustand. Zumindest ist das die Vorstellung der Verfechter der Urknalltheorie. Fakt ist aber, dass diese schwarzen Löcher sehr verbreitet sind. Sie kommen überall, fast in allen Galaxien und auch im galaxiefreien Raum vor. Somit sind sie ideal als Energiereservoir.

Allerdings machen wir uns nicht die Masseenergie zunutze, sondern gehen gleich den Weg über die Geistenergie."

Xyllopph hatte sich nach den vergangenen Erfahrungen vorgenommen, er wolle sich nur noch alles still und schweigend anhören. Doch jetzt musste er noch einmal nachfragen: "Kannst Du bitte den Begriff Geistenergie noch einmal etwas verdeutlichen? Ich befürchte, ich verstehe bald nichts mehr."

„Nun gut, versuchen wir es mit einem Beispiel. Nehmt einen Müller. Er will sein Mehl mahlen. Er denkt sich also eine Mühle aus, baut sich ein Haus, ein Mühlrad und einen Mühlstein. Dann legt er das Getreide unter den Mühlstein, lässt Wasser über das Mühlrad laufen. Damit wird über Umwege der Stein angetrieben und das Mehl gemahlen. Ein langwieriger und komplizierter Vorgang. Aber unter Berücksichtigung des Energieerhaltungssatzes wechseln sich nur verschiedene Energieformen ab. Also Bewegungsenergie, Reibungs- oder Wärmeenergie. Immer wieder wird Arbeit verrichtet, also Masse bzw. Elementarteilchen bewegt. Zustände ändern sich, dem Gesamtsystem wird aber nichts zugefügt oder weggenommen. Kurz und sehr einfach gesagt, die Energie wird nur weitergereicht."

"Aber was hat das mit schwarzen Löchern und Geistenergie zu tun?" „Abwarten Jungchen, sei nicht immer so ungeduldig. Also, was ist oder war passiert? Der Müller hatte gedacht. Bewusst oder unbewusst, lassen wir jetzt einmal dahingestellt. Mit anderen Worten, ein Vorgang innerhalb der Geistenergie hat stattgefunden. Wie geht es nun weiter? Der Müller baut ein Haus mit seinen Händen. Aber was sind Hände? Sie sind eine Zusammenballung von Kleinstteilchen. Ob ihr diese Teilchen nun Atome, Moleküle, Quarks, Hadronen oder sonst wie nennen wollt, überlasse ich Euch. Auch wie weit Ihr in die Kleinstteilchenstruktur eindringen wollt, spielt für das Gedankenexperiment keine Rolle.

Stellt Euch einfach statt der Hände, kleinste Materieteilchen vor, aus denen die Hände bestehen. Diese Teilchen beeinflussen nun energetisch andere Teilchen, wie zum Beispiel die eines Baumstammes, aus denen das Mühlrad entsteht. Anders ausgedrückt: Der gesamte Vorgang, den Ihr im Spektrum elektromagnetischer Strahlen wahrnehmt, sieht auf atomarer Ebene ganz anders aus.

Also, was passiert? Geistenergie - also Denken - löst über die einzelnen Umwege eigentlich nur die

Bewegung von Teilchen und den Energieaustausch aus. Also erst bewegen sich die Teilchen der Hand, diese geben die Energie zur Verformung der Teilchen des Holzes, sprich des Mühlrades weiter, die Teilchenenergie des Mühlrades bzw. des Wassers wird auf die Teilchen des Mühlsteines übertragen usw. Am Ende gibt es gemahlenes Mehl. Oder anders ausgedrückt, Geistenergie hat lediglich dafür gesorgt, dass atomare Kleinstteilchen sich irgendwie bewegt haben und letztendlich anders formiert oder zusammengesetzt haben. Sei es nun, dass statt aus einem Holzstamm ein Mühlrad oder aus Getreide Mehl geworden ist."

Das musste Vvlanzetti noch hinterfragen: "Aber, wenn man die Welt so sieht, wäre doch auch vorstellbar, dass der Müller mit seinen Gedanken nicht erst die Atome der Hand, dann in Folge die des Holzes und zum Schluss die des Mehls in eine andere Zusammensetzung oder Bewegung bringt, sondern gleich mit der Geistenergie das Getreide in Mehl überführt. Oder?"

„Jungchen, ich bin stolz auf Euch. Ihr habt es begriffen und verstanden. Genau das machen wir. Wir gehen keine Umwege, sondern formen Materiemassen auf direktem Weg. Und als Energie dazu nutzen wir die Supermassereichen Schwarzen Löcher. Jedes Masseteilchen besitzt erwiesenermaßen einen Teil der Geistenergie. Somit sind diese schwarzen Löcher mit ihrer gewaltigen Masse natürlich auch ein fast unerschöpflicher Speicher von Geistenergie.

Diese Spezial-Vaddder, die Ihr hier vor uns seht, konzentrieren ihre eigene Geistenergie, bündeln sie ähnlich einem Laser und zapfen dann die Energie der Schwarzen Löcher an. Aufgrund der starken Bündelung können wir somit auch Kontakt zu weit entfernten Objekten aufnehmen. Wir müssen uns also nicht in unmittelbarer Nähe eines Supermassereichen Schwarzen Lochs befinden."

Xyllopph wollte nun Vvlanzetti nicht nachstehen: "Wenn Du sagst, dass alle Materie oder Masse mit Geistenergie ausgestattet ist, würde dies doch bedeuten, dass auch wir Garrujaner ähnliche Fähigkeiten wie Ihr besitzen müssten. Oder nicht?" „Natürlich habt ihr diese Fähigkeiten, wenn auch nicht so ausgeprägt wie wir." „Aber wieso kann ich dies nicht? Wieso habe ich bei mir davon noch nie etwas gemerkt?" „Wieder eine Gegenfrage. Hast Du es jemals ausprobiert? Laufen hast Du auch nur durch Üben gelernt. Das meiste, was Ihr als Garrujaner könnt, habt Ihr nur durch Lernen und Übung gelernt. Die wenigsten Lebewesen werden bereits mit ihren, in voller Ausprägung vorhandenen, Eigenschaften in ihren Lebensabschnitt überlassen."

„Kannst Du es uns vielleicht beibringen?" fragte sofort Xyllopph ganz aufgeregt nach. „Darüber können wir gerne reden, wenn dazu Zeit ist. Ich bekomme aber gerade von den Schllsch die Meldung, dass wir uns schon sehr schnell unserem Ziel nähern. Wir haben bereits die äußeren Bereiche der Galaxis erreicht, die von den Menschen Milchstraße genannt wird. In Kürze nähern wir uns dem Sonnensystem. Offensichtlich hat sich bereits die Station auf Ganymed gemeldet. Es gibt wohl unerfreuliche Nachrichten von der Erde. Die Situation hat sich bereits für Cculler deutlich zugespitzt. Sie befindet sich in einer schwierigen Lage. Lasst uns zur Zentrale gehen, dort erfahren wir sicherlich mehr." In diesem Augenblick stieß auch Opps wieder zu der kleinen Gruppe. Gemeinsam flogen sie ohne weitere Umwege zur Zentrale.

Dort erwarteten sie schon die drei Schllsch. Man begrüßte sich kurz, aber inzwischen sehr herzlich. Die kleine Zweckgemeinschaft war schon fast familiär zusammengewachsen. Auf den optischen Darstellungen konnte Xyllopph vor sich bereits das Sonnensystem sehen. Es wurde rasch größer.

Schnell näherten sie sich dem Saturn. Xyllopph faszinierten die leicht unterschiedlich farbigen Ringe dieses Planeten. Solche Strukturen gab es im Universum zwar häufiger, dieser Planet gefiel Xyllopph aber besonders gut.

Ihre Flugsphäre passierte den Saturn und flog weiter zum Jupiter. Beim Näherkommen konnte man auf dem größten Planeten des Sonnensystems sehr deutlich die unterschiedlichen Atmosphärenzonen wahrnehmen.

Dann meldete sich auch schon die ZI der Erdstation über die auf Ganymed eingerichtete Relaisstation: "Bleibt gesund und glücklich. Schön, dass Ihr so schnell gekommen seid. Eure Hilfe kommt hoffentlich gerade noch rechtzeitig." Dann schilderte die ZI in wenigen Worten, was bisher auf der Erde geschehen war und in welch verzwickter und problematischer Lage sich Cculler zwischenzeitlich befand. Nachdem die beiden Garrujaner die schlechten Nachrichten einigermaßen verdaut hatten, erkundigte sich Vvlanzetti bei der ZI über die möglichen Hilfsmaßnahmen.

Die ZI erläuterte ihre Überlegungen: "Vordringlich ist jetzt erst einmal das Ausschalten einiger Spionagesatelliten. Zurzeit fliegen hintereinander in relativ kurzen Abständen Satelliten der Amerikaner, Russen und Chinesen über das betreffende Gebiet. Damit haben wir wenig Möglichkeiten, unbemerkt Rettungsaktionen durchzuführen. Auch das Ausschalten der dortigen Truppen birgt im Augenblick noch eine große Gefahr, dass dies irgendwie beobachtet werden kann und die Menschen Rückschlüsse auf unsere Existenz schließen könnten."

"Ich schlage vor, die Satelliten abzuschießen", warf Upps ein. Die ZI gab zu bedenken:" Dies müsste aber so geschehen, dass die Menschen nicht auf die Idee kommen, dass die Zerstörung von außen passiert ist. Es darf keine Hinweise darauf geben, dass intelligente Wesen an der Zerstörung irgendwie beteiligt waren. Und bei der gleichzeitigen Zerstörung gleich dreier Satelliten liegt die Vermutung doch sehr nah, dass dies kein Zufall gewesen sein kann."

Upps erläuterte ihre Idee:" Dies ist uns auch klar. Ich habe mich parallel inzwischen auch mit den Schllsch besprochen. Diese haben eine Lösung analysiert und alle Variablen berechnet. Wir spielen Billard."

"Was wollt Ihr machen? Was ist Billard?" Vvlanzetti verstand gar nichts mehr. Upps klärte alle darüber auf, was gemeint war: "Die Menschen spielen ein Spiel, bei dem sie mit einer langen Stange eine kleine Kugel auf einem Tisch anstoßen. Diese angestoßene Kugel läuft zu einer weiteren Kugel, stößt diese an und so weiter."

"Aber was hat das mit der Lösung unseres Problems zu tun?" Vvlanzetti schaute Upps mit großen Augen an. Xyllopph war ganz stolz, eine Idee zu haben: "Ich glaube, ich verstehe, was Upps vorhat. Man schießt mit einem Objekt, das auch sowieso im All vorkommt, auf einen der Satelliten. Dieser fällt auseinander und dessen Trümmer beschädigen dann auch die anderen Satelliten."

"Genau Xyllopph, Du hast es erfasst. Es bewegen sich im All und der Erdatmosphäre immer wieder große und kleine Asteroiden. Dies haben schon des Öfteren irdische Objekte im All beschädigt und zerstört. Somit wäre ein Rückschluss auf unser Eingreifen ausgesprochen unwahrscheinlich."

Die ZI entschied: "Einverstanden, so gehen wir vor. Bei Eurem Flug zur Erde durchfliegt Ihr auch den von Menschen so genannten Asteroidengürtel. Ihr könnt dort geeignetes Material für Euer Vorhaben einsammeln. Sobald die Satelliten zerstört sind, bitte ich, dass Vvlanzetti und Xyllopph so schnell wie möglich zur antarktischen Station gebracht werden."

"In Ordnung, so machen wir es." Dies war die Stimme von Upps, der im Namen aller sprach. Der Vaddder hatte noch nicht zu Ende gesprochen, da sah Xyllopph, wie ihre Flugsphäre bereits wieder sehr schnell an Geschwindigkeit gewann. Jupiter wanderte schnell in das hintere Blickfeld. Gleichzeitig hörte er wieder den Gesang der Schllsch: "Aauf in den Kaaampf, Toohhräro."

Vor sich sah er bereits, allerdings noch in weiter Ferne, die blaue Erde im All leuchten. Mit einem Mal dachte Xyllopph intensiv an seinen Heimatplaneten Garruja. Die Erde erinnerte ihn stark daran. Irgendwie hatte er das Gefühl, nachhause zurückzukehren. Schnell verwarf er diese Gedanken und konzentrierte sich auf die Gegenwart.

Sämmi meldete sich: "Um keine Zeit zu verlieren, werden wir mit unverminderter Geschwindigkeit durch das Asteroidenfeld fliegen. Unser Tarn- und Schutzfeld werden wir auf der Rückseite ein klein wenig öffnen. Durch diese Strukturlücke müssten die Vaddder dann die passenden Gesteinsstücke einsammeln. Falls einverstanden." "Natürlich sind wir einverstanden" erwiderte Upps. „Wir begeben uns sofort zur rückwärtigen Schleuse." Und zu Vvlanzetti und Xyllopph gewandt: "Begleitet Ihr uns?" Was für eine Frage, natürlich kamen die beiden wissbegierigen und abenteuerlustigen Garrujaner sofort mit.

Angekommen im rückwärtigen Schleusenraum, öffneten die Vaddder die Schleuse. In weiter Entfernung sah man noch Jupiter, Saturn und einige weit entfernte Galaxien bzw. Sterne. Sonst war das All schwarz.

Mit einem Mal schossen links und rechts von ihrer Flugsphäre viele Asteroiden mit hoher Geschwindigkeit an ihnen vorbei. Xyllopph fragte sich, wie die Vaddder das Einfangen unter diesen Umständen bewerkstelligen wollten. Er konzentrierte sich, um irgendwelche verwendbaren Kleinstteile von Gesteinsbrocken zu erkennen.

Dann positionierten sich Upps und Opps direkt neben der offenen Schleuse. Gleich darauf flogen nacheinander immer wieder kleinere Asteroidenteile durch die Schleusenöffnung und landeten in einem bereitgestellten Behältnis. Offensichtlich bewegten die Vaddder mit ihrer Geistenergie die Gesteinsbrocken. Xyllopph war darüber begeistert. Er dachte bei sich, wie toll es doch wäre, wenn er das auch könnte. Er dachte an kleine Gesteinsbrocken, die er ganz einfach mit seinen Gedanken bewegen könnte. Während er so in seine Gedanken vertieft war, hatte er sich unbewusst immer mehr der Schleusenöffnung genähert. Plötzlich sah er fast unmittelbar vor sich einen großen Brocken direkt auf sich zuschießen. Starr vor Schrecken sah er schon den Brocken auf seinem Körper einschlagen. Wie in verlangsamter Zeit nahm er mit einem Mal seine Umwelt wahr.

Von links kommend sah er Vvlanzetti, die ihn mit einem gewaltigen Sprung zur Seite umriss. Im Fallen sah er noch aus den Augenwinkeln, wie der Gesteinsbrocken kurz vor ihm die Richtung wechselte und mit einem großen Knall auf der Außenhülle der Flugsphäre einschlug.

Xyllopph lag auf dem Boden, Vvlanzetti auf ihm und zwei verdutzte Vaddder beugten sich über die beiden Garrujaner und versuchten mit ihren Sensoren die Situation zu analysieren. Dann hörten Xyllopph und Vvlanzetti ein Zischen, das immer lauter wurde. War die Außenhülle beschädigt? Entwich durch ein Loch das Atemgas aus der Flugsphäre? Angst machte sich bei den beiden breit.

Das Geräusch kam jedoch nicht von außen, sondern von Upps und Opps. Die Vaddder vibrierten und bebten, als stünden sie kurz vor einer Explosion. Xyllopph bereitete sich schon auf eine Flucht vor, als ihn Upps beruhigte: "Keine Angst, keine Gefahr. Wir mussten nur über Euch und Deine wiederholte Ungeschicklichkeit lachen." Xyllopph fühlte sich an den Geschehnissen völlig unschuldig, eher als Opfer und verstand nicht, wieso man über ihn lachte.

Erst später klärte ihn die Vaddder darüber auf, was passiert war. Xyllopph hatte mit seinen ziellosen Gedanken den Gesteinsbrocken in seine Richtung gezogen. Vvlanzetti hatte dies gesehen und ihn mit einem Sprung aus der Flugbahn des Asteroiden gerissen. Gleichzeitig hatten die Schllsch, die die Gefahr aus der Ferne bemerkt hatten, kurzzeitig den Zeitablauf kleinräumig verlangsamt, um die Reaktionszeit für die Vaddder zu erhöhen. Parallel dazu lenkten Upps und Opps die Flugbahn kurz vor Xyllopph zur Seite. So war, Garruja sei Dank, keinem etwas passiert. Und der Schaden an der Außenhülle war schnell behoben.

Upps ermahnte Xyllopph: „Du musst mit Deinen Gedanken aufpassen. Die ZI hat uns zwar vorgewarnt, dass bei Dir diese Fähigkeiten möglicherweise vorhanden sein können. Schließlich hat man für Dich und Deine Geschwister bewusst Eltern ausgesucht, deren Erbanlagen zu dieser Fähigkeit führen könnten. Dass Du aber bereits soweit in Deiner Entwicklung bist, damit haben wir nicht gerechnet. Wir müssen Dich also jetzt verstärkt im Auge behalten. Aber noch einmal die Bitte, pass auf Deine Gedanken auf!"

Xyllopph verstand die Welt nicht mehr. Er kannte seine Mutter und seinen Vater nur wenig. Sicher hatte sein Vater viele wichtigen Fähigkeiten. Deshalb war er auch in hoher Regierungsposition. Und seine Mutter war eine langjährige Planetenforscherin. Deshalb hatte er auch immer vermutet, dass er die gleiche Ausbildung erhalten hatte.

Aber dass aus der Vereinigung dieser beiden Garrujaner sich ein Geschöpf mit diesen geistigen Fähigkeiten entwickeln sollte, dies begriff er nicht. Und die Nachricht von Geschwistern war für ihn auch völlig neu. Er hatte sich immer als einzigen Nachwuchs seiner Mutter und seines Vaters gesehen. Xyllopph fühlte sich mit einem Mal benutzt. Warum hatte man ihm nichts davon erzählt? Warum musste er dies alles auf diesem Weg erfahren? Sobald er je wieder nach Garruja zurückkehren sollte, würde er seinen Vater und seine Mutter zur Rede stellen. Das nahm sich Xyllopph fest vor.

Da spürte er, wie Vvlanzetti seine Hand ergriff. Sie spürte seine innerliche Zerrissenheit und Unsicherheit. Xyllopph empfand die Berührung als sehr angenehm, Wärme durchflutete seinen Körper. Er blickte in ihre Augen. Wieder fühlte er die tiefe innere Verbundenheit. Dankbar lächelte er sie an. In diesem Augenblick war Xyllopph glücklich. Und das Beste daran war - in Vvlanzettis Blick erkannte Xyllopph, dass sie es wusste und, vor allem, genauso empfand.

Lange genießen konnten die beiden Garrujaner diesen Augenblick aber nicht. Fränk unterbrach ihre gemeinsame kurze Glückseligkeit: "Bleibt alle am besten gleich in der Schleuse. Wir nähern uns in Kürze der ersten Satellitenposition. Sobald wir diese erreicht haben, werden wir in einen Parallelflug übergehen. Die Schleusenöffnung werden wir in Richtung des Satelliten drehen. Damit wir nicht entdeckt werden können, müssen wir unser Tarnfeld wieder komplett schließen. Dies bedeutet, Upps oder Opps müssen sich außerhalb der Flugsphäre in ihrer eigenen Tarnvorrichtung aufhalten und von dort den Satelliten abschießen. Die berechneten genauen Daten für die Flugbahn, erforderliche Geschwindigkeit und Auftreffpunkt gebe ich direkt an die Vaddder weiter. Bitte haltet Euch bereit. Wir beginnen gleich mit dem Manöver für den Parallelflug."

Upps und Opps griffen sich den Behälter mit den Asteroidenbrocken. Sie stellten sich an die Schleusentür und warteten ab. Ganz langsam schob sich die Erde unter ihnen in ihr Blickfeld. Und dann sahen sie den ersten Satelliten. Die anderen waren nirgends zu sehen. Xyllopph war aufgeregt. Hoffentlich klappte das alles.

Plötzlich verschwanden die Vaddder. Offensichtlich hatten sie ihre Tarnvorrichtung aktiviert. Xyllopph versuchte, irgendein Zeichen zu sehen, wo sich Upps oder Opps aufhielten.

Wie aus dem Nichts schoss mit einem Mal in geringer Entfernung vor der Schleusentür ein kleiner Gesteinsbrocken davon und nahm Kurs auf den Satelliten. Kurz danach ein zweiter, ein dritter. In rascher Abfolge flogen jetzt Bruchstücke von Asteroiden Richtung Erde und Satelliten.

Da die Schllsch die Flugsphäre nicht auf einem fixen Parallelpunkt neben dem Satelliten hielten, sondern mit etwas höherer Geschwindigkeit an ihm vorbeizogen, sah der Beschuss wie ein natürlicher kleiner Meteoritenschwarm aus.

Von der Sonne angestrahlt, konnte man die kleinen Gesteinsbrocken gut erkennen. Die ersten verfehlten ihr Ziel weit. Xyllopph zweifelte immer mehr am Erfolg der Aktion. Er konnte ja nicht wissen, dass dies alles Teil des Planes war, alles so natürlich wie möglich aussehen zu lassen.

Und dann passierte es doch. Einer der Brocken traf den Satelliten. Der Auftreffpunkt war so berechnet, dass der Satellit zwar völlig unbrauchbar geworden war, die Einzelteile der Zerstörung aber noch so groß waren, dass sie die beiden folgenden Satelliten ebenfalls mit ihrer verbleibenden Masseenergie zerstören sollten.

Jetzt hieß es abwarten. Die Flugsphäre entfernte sich vom ersten Satelliten und nahm Kurs auf den zweiten. Als er ins Blickfeld kam, waren alle Augen gespannt auf ihn gerichtet. Es konnte nicht sehr lange dauern, bis der Satellit in das Trümmerfeld des vor ihm fliegenden geriet.

Dann war es soweit. Man sah einige größere Trümmerteile auf dem zweiten kleinen künstlichen Himmelskörper auftreffen. Wie berechnet, erzielten die Bruchstücke des zuvor zerstörten Satelliten die gewünschte Wirkung.

Xyllopph und Vvlanzetti schauten sich ungläubig an. Hinter diesem Erfolg steckte eine unglaubliche Leistung. Dass man eine solche komplexe Rechenleistung vollbringen und die Aktion so genau ausführen konnte, damit hatten beide nicht gerechnet.

Der wie vorher geplante und besprochene Abschuss des letzten Satelliten war dann nur noch Formsache. Alles lief wie am Schnürchen, Upps und

Opps mussten nicht mehr eingreifen. Sie kehrten zur Schleuse zurück und waren wieder zu sehen. Die Schleuse wurde geschlossen.

Auf der Erde rätselte man inzwischen über den Ausfall der Satelliten. Fieberhaft suchte man nach der Ursache. Erst, als vermehrt in den sozialen Netzwerken der Erde Berichte über das Verglühen eines offensichtlichen Meteoritenschwarms in der Atmosphäre auftauchten, glaubte man, die Ursache gefunden zu haben. Nachdem es keine sonstige vernünftige Erklärung gab, wurden deshalb bald weitere Nachforschungen eingestellt.

Vvlanzetti und Xyllopph gratulierten den Vadddern zu der gelungenen Aktion. Ihre Begeisterung kannte keine Grenzen. Upps wiegelte ab. So etwas sei nicht überaus schwierig, wenn man alle Daten vernünftig berechnen könnte.

Xyllopph kam eine Idee: "Wäre es nicht am einfachsten, wenn wir mit der getarnten großen Flugsphäre einfach über den Standort von Cculler fliegen würden. Dann könnten Upps und Opps - ähnlich wie mit den Gesteinsbrocken - Cculler ganz einfach einsammeln und zu uns befördern?"

"Klingt auf den ersten Blick wirklich einfach", zerstörte Upps die Idee „Aber die Gefahr einer Entdeckung wäre ziemlich groß. Sicherlich sind wir durch unsere Tarnvorrichtung über das gesamte Spektrum der elektromagnetischen Strahlung abgesichert. Allerdings hat unsere Flugsphäre aufgrund ihrer Größe eine gewaltige Masse. Sobald wir in die Atmosphäre eintauchen, verdrängen wir mit der Flugsphäre riesige Mengen an Luftmolekülen. Dies bliebe nicht unbemerkt, da durch Kondensationsprozesse und Wolkenbildung die Umrisse unserer Flugsphäre erkennbar würde. Auch wenn wir nicht in allen Einzelheiten zu sehen wären, würde man uns doch als unbekanntes Flugobjekt identifizieren. Die allgemeine Aufmerksamkeit wäre uns dann gewiss. Das wollen wir auf alle Fälle vermeiden." Dies leuchtete Xyllopph - wenn auch widerwillig - ein und er hörte Upps' weiteren Ausführungen zu.

"Ihr müsst leider alleine sehen, wie Ihr das Problem lösen könnt. Wir bringen Euch noch zu Eurer Flugkapsel. Dann seid Ihr auf Euch gestellt. Wir müssen uns auch schnell wieder auf den Weg machen. Ein weiterer dringender Transport wartet bereits auf uns. Lasst uns deshalb zu dem Raum mit den Flugkapseln gehen."

Gesagt, getan. Dort warteten bereits Sämmi, Dien und Fränk auf die Vaddder und die Garrujaner. Alle bedankten sich gegenseitig herzlich für alles. Für die beiden Garrujaner war es eine emotional anrührende Verabschiedung. Sie hatten sich doch in der kurzen Zeit sehr an ihre Begleiter gewöhnt und sie in ihr Herz geschlossen. Am liebsten hätten sie die Schllsch, Upps und Opps, umarmt. Einen kantigen Quader oder ein großes Energiewesen in die Arme zu nehmen, erschien ihnen letztendlich doch als zu schwierig und unpassend. Und sie kannten leider auch nicht die genauen Umgangsformen dieser Spezies. Eventuell wurden Umarmungen auch als Beleidigung aufgenommen. So verzichteten sie darauf.

Zurückwinkend bestiegen sie ihre Flugkapsel. Die Schleusentür wurde geöffnet und ihre Kapsel schwebte langsam ins All hinaus. Die Schleuse schloss sich wieder. Dann durchstießen sie das Tarnfeld und mit einem Mal war die Flugsphäre völlig verschwunden. Stattdessen blickten sie auf die blaue Kugel der Erde.

Nun meldete sich noch einmal Dien: "Jungchen, wir wünschen Euch einen guten Flug. Hoffentlich habt Ihr Erfolg. Wir sind in Gedanken immer bei Euch. Falls Ihr einmal wieder Hilfe braucht, meldet Euch. Bleibt gesund und glücklich."

Während Dien sprach, hörten sie im Hintergrund wieder den üblichen Gesang der Schllsch. Die Flugsphäre startete offensichtlich Richtung nächstem Ziel. Immer leiser werdend hörten sie noch so etwas wie: "Juh neffer wohg älloohn."

Dann verstummte auch der Gesang und die beiden Garrujaner waren mit sich allein. Nicht ganz allein. Denn schon meldete sich die ZI: "Jungchen, wir haben es eilig. Ich fliege Euch jetzt direkt zur antarktischen Station. Ich muss allerdings außerhalb der Atmosphäre einige schnelle Ausweichmanöver fliegen, da hier oben eine Menge an Weltraumschrott umherfliegt. Ein richtiger Schmuddelplanet."

Die ZI hatte noch untertrieben. Ohne das die Passagiere schützende Kraftfeld, wären sie bei dem angelegten Zickzackkurs wohl öfters durchgeschüttelt worden. So erreichten sie aber ohne Blessuren die unteren Atmosphärenschichten.

Die Bildbetrachtungsgeräte hatten inzwischen auf höhere Auflösung umgeschaltet. So waren nun deutlich die Strukturen und Objekte auf der Erdoberfläche zu sehen.

Gerade überflogen sie mit ihrer Kapsel die Ebene von Gizeh. Ganz deutlich konnte man die, für irdische Verhältnisse gewaltigen, Pyramiden erkennen. Die Menschen rätselten noch darüber, wer diese monumentalen Bauwerke errichtet hatte. Aufgrund der

Untersuchungen Garrujanischer Wissenschaftler ging Xyllopph davon aus, dass, ähnlich wie bei der afrikanischen Volksgruppe der Dogon, ein im Bereich der Milchstraße umherziehendes galaktisches Nomadenvolk Entwicklungen im afrikanischen Raum beeinflusst hatte. Diese Nomaden wurden auch in der Gegend des Sirius und des von den Menschen genannten Sternbildes Orion gesichtet. Vielleicht war damit der Bezug der Dogon zu Sirius als auch die Ausrichtung der Pyramiden in Richtung des Orion zu erklären.

Um ihr Ziel schneller zu erreichen, beschleunigte die ZI ihre Kapsel auf mehrfache Schallgeschwindigkcit. Ein Kraftfeld drückte in Flugrichtung die Luftmoleküle auseinander und erzeugte einen luftfreien Tunnel. Ohne eine Stoßwelle zu erzeugen und ohne Überschallknall, der sie hätte verraten können, raste die Flugkapsel über Wüsten und Meere.

In der Ferne konnten Vvlanzetti und Xyllopph bereits die weiße Oberfläche der Antarktis erkennen. Garruja war ein tropischer Planet. Große Schnee- und Eisflächen kannte man auf Garruja nicht. Deshalb war Xyllopph darauf gespannt, wie sich Schnee und Eis anfühlen würden.

Die Flugkapsel schoss immer noch mit unverminderter Geschwindigkeit Richtung ihrem Ziel. Erst kurz vor der Oberfläche bremste die ZI ihre Flugkapsel abrupt ab. Gut, dass die Beschleunigungskräfteabsorber tadellos funktionierten.

Die Kapsel öffnete sich und Xyllopph und Vvlanzetti sprangen fast gleichzeitig auf das Eis. Trotz der Sonneneinstrahlung fröstelte Xyllopph. Er bückte sich und griff mit seinen Händen in den Schnee. Kalt, sehr kalt.

Das war seine erste Empfindung. Er ließ den Schnee aus seinen Händen rieseln. Die Begeisterung war jetzt bei beiden Garrujanern groß. Denn der rieselnde Schnee glitzerte und funkelte in den Strahlen der Sonne. Wie kleine Diamanten reflektierten die Eiskristalle die Sonnenstrahlen.

Vvlanzetti und Xyllopph schauten sich lachend an. Sie ließen immer wieder Schnee durch ihre Hände rieseln und freuten sich wie kleine Kinder an den glitzernden Eiskristallen.

"Ich unterbreche Euer kindisches Treiben nur ungerne, aber denkt an unsere Mission. Wir müssen uns überlegen, wie wir Cculler retten können." Die Worte der ZI erinnerten beide eindringlich an ihre herausfordernde Aufgabe.

Die ZI hatte ja recht. Die Erfüllung ihrer Mission ging vor, dachte sich Xyllopph. Gemeinsam mit Vvlanzetti öffneten sie die unsichtbare Station. Im Innern gingen sie sofort in die Zentrale. Xyllopph fing sich zuerst: "Ich schlage vor, wir nehmen uns jetzt zwei Schwerkraftgürtel und bringen diese mit der getarnten Flugkapsel zu Cculler. Wir können die Kapsel außerhalb von Wadi Rum parken. Die Ortungsgeräte der Menschen können sie dann nicht entdecken. Mit unseren eigenen Gürteln fliegen wir anschließend getarnt zu Cculler und holen sie und den Menschen ab. Da die Masse unserer Körper kleiner als die der Flugkapsel ist, sollten wir nicht in den Ortungssystemen der Militärs erkannt werden."

Das sah die ZI anders: "Alles schön und gut, so einfach geht es aber leider nicht." Vvlanzetti beteiligte sich jetzt auch an dem Gespräch: "Wo siehst Du ein Problem? Der Vorschlag von Xyllopph ist doch vernünftig."

Dem widersprach die ZI: "Leider hat das Militär inzwischen rund um den Standort von Cculler mehrere mobile Radarstationen aufgestellt. Zusätzlich wurde eine Drohne in das Gebiet beordert, die ebenfalls von oben das gesamte Umfeld mit Radar absuchte."

"Ich verstehe das Problem immer noch nicht." Xyllopph ließ nicht locker „Unsere Tarnvorrichtung schützt uns doch vor jedweder Entdeckung, da alle elektromagnetische Strahlung abgeschirmt wird." "Xyllopph, bei großen Fluggeräten neuerer Bauweise, wie wir sie auf Garruja einsetzen können, haben wir inzwischen eine wie von Dir angesprochene umfassende Tarnung. Diese stehen uns allerdings hier auf der Erde nicht zur Verfügung. Die Tarntechnik der kleinen Flugkapseln und der Schwerkraftgürtel basiert noch auf der alten Technologie."

Vvlanzetti wandte sich an Xyllopph: "Ich glaube, ich verstehe, worauf die ZI hinauswill. Das Tarnfeld funktioniert bei elektromagnetischer Strahlung im Wellenbereich der sichtbaren Strahlung oder Wärmestrahlung anders als bei langwelliger Strahlung. Sichtbares Licht wird durch die Tarnvorrichtung einfach um das zu tarnende Objekt umgeleitet. Im Radarbereich benutzen wir eine alte Technologie, ähnlich der irdischen Stealth-Technik bei Flugzeugen und Schiffen. Das Prinzip ist so, dass der Radarstrahl durch das Tarnfeld einfach nicht reflektiert, sondern komplett gestreut wird. Der Radarsender erhält deshalb kein Reflexionsecho des Objektes, kann es also nicht sehen. Beides Mal ist das Objekt nicht zu erkennen, doch aufgrund zweier unterschiedlicher Verfahren."

"Jetzt verstehe ich. Die unterschiedlich aufgestellten Radaranlagen stellen das Problem dar", dämmerte es bei Xyllopph und Vvlanzetti stimmte zu:

"Genau. Eine einzige Radarstellung wäre kein Problem. Nicht aber die Aufstellung an unterschiedlichen Orten. Insbesondere die Beobachtung durch die Drohne bereitet Schwierigkeiten. Denn wenn zwei Radaranlagen das getarnte Ziel ins Visier nehmen, erkennen beide durch die Streuung der Strahlen erst einmal nichts. Sie müssten aber relativ schnell merken, dass auch von dem entgegengesetzten Radarsender in dem Bereich des getarnten Objekts keine Strahlen zu ihnen durchdringen. Damit ist bei einem einigermaßen logisch denkenden Bedienpersonal sofort klar, dass sich irgendetwas zwischen den beiden Radarsendern befinden muss. Da das Gebiet durch mehrere Radaranlagen großräumig abgedeckt ist, dürfte eine Entdeckung unserer Körper sehr wahrscheinlich sein. Immerhin sind wir doch relativ groß."

Xyllopph ergänzte: "Also müssten wir versuchen, die Gürtel irgendwie allein zu Cculler zu transportieren. Die Gürtel sind so klein, dass sie unter der Toleranzgrenze liegen. Allerdings bleibt dann immer noch das Problem: wie kann Cculler und der Mensch unerkannt aus der Höhle gelangen und zur Flugkapsel fliegen. Das Problem holt uns dann spätestens hier wieder ein."

Die ZI hatte auch noch keine Lösung: "Wie sollen die Gürtel in die Höhle gelangen? Sie müssten ja von irgend jemandem gesteuert werden, allein fliegen sie nicht. Man könnte sie zwar auf Automatik stellen. Eine kleine Abweichung, aus welchen Gründen auch immer, würde dazu führen, dass die Gürtel an der Höhle vorbeifliegen und verloren wären."

Vvlanzetti ergänzte: "Im Augenblick kommen wir nicht weiter. Lasst uns eine kurze Pause einlegen.

Dann können wir etwas Nahrung und Flüssigkeit zu uns nehmen. Vielleicht haben wir danach eine gute Idee."

Die beiden Garrujaner zogen sich in die Aufenthaltsräume zurück. Die ZI bemühte währenddessen ihre gesamten Rechenkapazitäten auf der Suche nach einer Lösung. Sicherheitshalber nahm sie Kontakt zu Garruja auf. Vielleicht hatte man dort eine Idee. Doch, bis von dort eine Antwort kommen würde, dürfte es aufgrund der großen Entfernung dauern. Der ZI war klar, sie mussten selbst eine Lösung finden. Und sie hoffte, dass die Lösung so aussah, wie sie es schon vor langer Zeit geplant hatte.

Während auf der antarktischen Station, weit weg von Wadi Rum, noch fieberhaft an einer Lösung gearbeitet wurde, saß Cculler mit Fahid scheinbar auf verlorenem Posten in der unwirtlichen Höhle. Sie traute sich kaum noch nah an den Höhlenausgang. Zu groß war die Gefahr einer Entdeckung.

Unten im Tal sah sie große Truppenbewegungen. Immer mehr militärische Einheiten nahmen Stellungen ein, die eine Flucht zu Fuß auf jeden Fall fast unmöglich machten. In regelmäßigen Abständen flogen Hubschrauber über das Gebiet. Cculler war sich sicher, dass unzählige Augen und technische Einrichtungen systematisch das Gebiet absuchten. Eine Entdeckung war sicherlich nur noch eine Frage der Zeit. In Gedanken spielte sie schon die möglichen Alternativen durch, die für sie dann übrigblieben.

Zwischenzeitlich war Fahid auch wieder bei Bewusstsein. Ihm ging es zwar etwas besser, er sollte aber so schnell wie möglich in medizinische Betreuung. Sie hatten vereinbart, nur wenig und wenn, dann leise zu sprechen. Cculler wollte kein Risiko eingehen. Vermutlich wurden auch akustische Abhöranlagen verwendet.

Sie blickte wieder nach draußen. Als wäre dies eine Möglichkeit, das Unvermeidliche, ihre Entdeckung aufzuhalten. Einige kleinere bewaffnete Trupps machten sich langsam in ihre Richtung auf.

Da meldete sich die ZI mit Hilfe der Vogelsonde wieder einmal bei ihr: "Das Rettungsteam, Vvlanzetti und Xyllopph, sind eben in der antarktischen Station eingetroffen. Sie bereiten Eure Rettung vor. Habt noch etwas Geduld, haltet durch."

Was bleibt uns auch anderes übrig, dachte sich Cculler. Aber etwas überraschte sie. Xyllopph? Ob dies der Xyllopph war, mit dem sie aufgewachsen war? Der Xyllopph, mit dem sie sich so gut verstanden hatte? Das wäre ja eine Sache, wenn sie sich nach so langer Zeit ausgerechnet hier wieder treffen sollten. Zumindest war sie durch diese Gedanken kurzzeitig etwas abgelenkt. Langsam, ihren Gedanken nachhängend, ging sie wieder tiefer in die Höhle und setzte sich zu Fahid. Kurz erzählte sie flüsternd von den Neuigkeiten. Zur Beruhigung griff sie seine Hand. Dann saßen beide wieder schweigend nebeneinander und horchten in die Ferne. Das Motorengeräusch der militärischen Verbände war immer deutlicher zu hören.

Xyllopph saß alleine in der Verpflegungsstation und dachte nach. Vvlanzetti hatte sich kurz zurückgezogen. Verzweifelt versuchte er, eine Lösung zu finden. In seiner Ausbildung hatte er gelernt, dass man Aufgaben und Probleme entspannt lösen musste. Vom entspannt sein war er jedoch im Augenblick weit entfernt. Da spürte er in seiner Tasche das Gehäuse, das er noch auf Garruja am Strand gefunden hatte. Die ganze

Zeit hatte es ihn unbemerkt begleitet. Jetzt zog er das schillernde Gehäuse aus seiner Tasche und legte es sich vor sich auf den Tisch.

Die farbigen Strukturen auf der Oberseite der Schale, die früher einmal einem Lebewesen Schutz geboten hatte, faszinierten Xyllopph. Wie hypnotisch wurde er von dem Objekt angezogen. Wie sich dieses Tier wohl früher bewegt haben könnte, dachte sich Xyllopph.

Mit einem Mal rutschte das Gehäuse ein kleines Stück über den Tisch. Xyllopph erschrak ein wenig. War das Gehäuse vielleicht gar nicht leer? Lebte noch ein Lebewesen in der Hülle? Xyllopph wollte den Gegenstand näher betrachten. Er wollte ihn in die Hand nehmen. Bevor er die Hand in Richtung des Gehäuses bewegen konnte, sprang das Objekt bereits in seine Hand. Xyllopph war verblüfft. Er schaute in das Gehäuse. Es war leer. Hatte er wieder einmal das falsche Gas eingeatmet? Halluzinierte er? Beeinflusste jemand seine Gedanken? Xyllopph versuchte ruhig zu bleiben und seine Gedanken zu ordnen. Was war passiert?

Er legte das Objekt wieder auf den Tisch. Er versuchte sich zu entspannen. Dann dachte er daran, wie schön es doch sei, wenn sich das Gehäuse im Kreis über den Tisch bewegen könnte. Sofort rutschte das Gehäuse im Kreis über den Tisch und blieb dann liegen. Eine Drehung zurück, dachte Xyllopph. Wieder setzte sich der Gegenstand in Bewegung.

In diesem Augenblick trat Vvlanzetti in den Raum. Sofort sah sie das, sich allein auf den Tisch drehende, Gehäuse. Verdutzt blieb sie stehen und beobachtete das Schauspiel. Xyllopph hob den Kopf und blickte zu Vvlanzetti:" Ich glaube, ich bewege diesen Gegenstand mit meinem Geist. Ich versuche mir jetzt einmal vorzustellen, wie er in der Luft schweben könnte."

Vvlanzetti schaute wieder auf das Gehäuse. Tatsächlich hob es sich nach kurzer Zeit etwas über den Tisch und schwebte darüber. Plötzlich fiel es mit einem Knall auf den Tisch zurück. "Wie Upps schon sagte, ich glaube, ich muss noch viel üben." Vvlanzetti rief unvermittelt: "Das ist die Lösung!" Unisono fragten Xyllopph und die ZI: "Was für eine Lösung?"

Vvlanzetti war mit einem Mal ganz aufgeregt: "Wir waren uns einig, dass die im eigenen Tarnfeld fliegenden Schwerkraftgürtel von den irdischen Ortungsgeräten aufgrund ihrer Größe nicht bemerkt werden. Da setzen wir an. Die Flugkapsel lassen wir, wie bereits angedacht, weit außerhalb des Gebietes zurück. Damit ist sie vor Ortung gesichert. Xyllopph fliegt dann mit seinem Schwerkraftgürtel etwas näher heran. Auf jeden Fall muss er aber auch noch außer Reichweite des imaginären Raumes bleiben, bei dem er theoretisch von mehreren Ortungssystemen erfasst werden könnte. Hier muss uns die ZI mit den genauen Positionsdaten versorgen. Von der dortigen Position aus steuert Xyllopph die getarnten Gürtel mit seinem Geist zu Cculler. Wir müssen aber noch ausprobieren, ob Xyllopph zu den Objekten, die er bewegen kann, unbedingt Sichtkontakt haben muss. Falls ja, funktioniert mein Plan nicht."

Xyllopph unterbrach: "So schön, so gut. Aber sobald Cculler und der Mensch sich aus Wadi Rum fortbewegen wollen, könnten sie doch wieder - wie wir vorher diskutiert haben - aufgrund ihrer Größe geortet werden." Vvlanzetti:" Das versuche ich zu lösen. Ich fliege mit meinem Gürtel zu der Drohne. Und zwar nähere ich mich im Radarschatten der Drohne. Damit bleibe ich unentdeckt. Sobald Cculler im Besitz der

Gürtel ist und startet, unterbreche ich ganz kurz die Radarortung der Drohne. Ein kurzer Ausfall der Systeme dürfte kein Misstrauen auslösen. Dies geschieht bei menschlicher Technik häufig. Deshalb wäre es überaus unwahrscheinlich, dass eine kurze Störung von der Kontrollstelle in Verbindung mit einem, von außen kommenden Eingriff, gebracht wird. Auf jeden Fall müssen wir zeitlich abgestimmt und ausgesprochen genau vorgehen."

Sie gingen noch einmal alle Einzelheiten des Plans durch, durchdachten jede mögliche Schwachstelle. Am Ende waren sich alle einig. Der Plan könnte funktionieren. Auf alle Fälle war es der einzige passable Plan.

So machten sich die ZI, Vvlanzetti und Xyllopph an die Vorbereitungen. Vvlanzetti bereitete die Technik vor, die ZI führte noch einmal alle notwendigen Berechnungen bei Veränderung möglicher abweichender Variablen durch und Xyllopph übte das Bewegen eines Schwerkraftgürtels mit geschlossenen Augen. Die Erfolgsquote, bei denen sich der Gürtel so bewegte, wie es Xyllopph wollte, war anfänglich sehr gering. Sie wurde zwar immer besser, doch eine absolut zuverlässige Steuerung sah entschieden anders aus. Aber es musste einfach klappen. Die Zeit wurde jedenfalls knapp. Xyllopph vertraute auf sein Glück. Sicherheitshalber steckte er das Gehäuse wieder in seine Tasche. Vielleicht verstärkte es sein Glück.

Nach Abschluss aller Vorbereitungen informierte die ZI Cculler. Cculler hatte bereits ungeduldig auf Nachrichten von der ZI gewartet. Endlich meldete sich die Sonde wieder. Die ZI klärte Cculler ausführlich über ihren Plan auf. Cculler ließ sich nicht anmerken, dass sie große Bedenken an den Erfolgsaussichten des Planes hatte. Innerlich hatte sie jedoch große Zweifel. Wie sollte ein Garrujaner allein mit seinen Gedanken oder seinem Geist Gegenstände bewegen können. Noch dazu über eine solche Distanz. Und ohne Sichtkontakt.

Aber welche Alternativen gab es denn noch. Cculler fielen keine ein. Zwischenzeitlich durchkämmten die ersten Soldaten ihr Tal. Einige Späher begannen bereits, die Hänge zu erkunden. Es wurde langsam ungemütlich. Die zweite Sonde versuchte zwar immer wieder durch Bildprojektionen von Cculler an den unterschiedlichsten Orten die Truppen zu verwirren und von ihrer Höhle abzulenken. Doch die Militärführung hatte sich offensichtlich für eine systematische Durchkämmung des Gebiets entschieden.

Cculler gab der ZI die Rückmeldung, dass sie sich beeilen sollten und sie auf die Lieferung der Gürtel warten würde.

Vvlanzetti und Xyllopph gingen noch einmal alles durch. Dann bestiegen sie ihre Flugkapsel. Wieder beschleunigte die ZI auf absolute Höchstgeschwindigkeit. Trotzdem dauerte es einige irdische Zeiteinheiten, bis sie ihr Ziel in der Nähe von Wadi Rum erreichten.

Die Flugkapsel blieb - wie besprochen - mit einem gehörigen Sicherheitsabstand zu den Ortungsgeräten einige Hundert Meter über dem Boden schwebend zurück.

Vvlanzetti und Xyllopph stiegen mit ihren Schwerkraftgürteln aus der Kapsel. Sie schauten sich noch einmal fest in die Augen und wünschten sich gegenseitig viel Glück. Beide schalteten noch die Tarnvorrichtung ein. Dann trennten sich ihre Wege. Geistig blieben sie aber jederzeit in Kontakt.

Auf dem Flug zu seiner Endposition versuchte Xyllopph mit Cculler geistig Kontakt aufzunehmen. Sofort spürte er sie klar und deutlich. „Schön, dass Ihr endlich gekommen seid. Hier wird es langsam brenzlig. Gib mir bitte Bescheid, wenn Du die Gürtel auf den Weg gebracht hast."

„Ich erreiche gleich meine Position. Denk aber bitte auch daran. Ihr dürft erst starten, wenn Vvlanzetti das Radar der Drohne ausgeschaltet hat. Ihr bekommt dann sofort Bescheid. Die Gürtel wurden bereits mit Euren Zielkoordinaten programmiert. Bitte weise den Menschen auch entsprechend ein. Ich befinde mich jetzt an meinem Ziel. Bleibe weiterhin in geistigem Kontakt zu mir, damit ich Deinen Standort genau anpeilen kann. Die ZI hat mir zwar auf Aufnahmen Eure Höhle und Euren Standort gezeigt. Doch die Entfernung ist schon sehr weit. Außerdem geht die Sonne langsam unter und die Sicht wird schlechter.

Vvlanzetti, kannst Du mich verstehen?" „Selbstverständlich, ich bin bereit und warte auf Euer Zeichen. Viel Glück uns allen." "Ich fange jetzt mit dem Transport an. "Mit diesen Worten konzentrierte sich Xyllopph auf seine Aufgabe. Er wusste, jetzt durfte nichts schiefgehen. Er nahm die zwei miteinander verbunden Gürtel in die Hand. Dann ließ er sie los. Sie schwebten vor seinen Augen. Schnell griff er wieder nach ihnen. Er schaltete nun die Tarnvorrichtung an. Dann gab er sich einen Ruck und schickte die Gürtel auf den Weg. Vor seinem geistigen Auge konnte er den Flug der Schwerkraftgürtel gut verfolgen.

Cculler begab sich zum Höhleneingang. Sie versuchte in der Richtung, aus der die Gürtel angeflogen kommen mussten, irgendetwas zu erkennen. Bei unsichtbaren Gürteln war dies jedoch unmöglich. Sie konzentrierte sich wieder auf Xyllopph. Plötzlich hatte sie das Gefühl, als würde sie die fliegenden Gürtel sehen können. War das Tarnfeld ausgefallen? Sie hoffte, dass aufgrund der beginnenden Dunkelheit der fliegende Transport nicht bemerkt werden könnte. Dann blickte sie wieder in die Richtung. Es war aber absolut nichts zu sehen. Spielte ihr Gehirn ihr einen Streich?

Wieder spürte sie Xyllopph sehr deutlich in ihren Gedanken: "Ich habe es gleich geschafft. Die Schwerkraftgürtel sind nur noch einen Steinwurf von Eurer Höhle entfernt."

Doch da geschah das völlig Unerwartete zum falschen Zeitpunkt. Die Soldaten schossen aufgrund der beginnenden Dunkelheit plötzlich Leuchtraketen in den Himmel. Xyllopph erschrak dadurch so, dass er den geistigen Kontakt zu den Gürteln verlor. Die Schwerkraftgürtel fielen in die Tiefe. Die Panik hatte Xyllopph erfasst. So kurz vor dem Ziel. Er hatte alles vermasselt, er war am Scheitern der Mission schuld. Vergeblich versuchte er die Gürtel geistig wieder unter Kontrolle zu bringen.

Cculler hatte durch den geistigen Kontakt zu Xyllopph alles hautnah miterlebt. Auch sie war verzweifelt. Sie dachte an die Gürtel, wie nah sie doch gewesen waren und wie kurz das letzte Stück zu ihnen doch nur noch gewesen war. Aber auch Xyllopph tat ihr leid. Er hatte alles versucht und machte sich jetzt Vorwürfe für etwas, wofür er absolut nichts konnte.

Unvermittelt bekam sie einen Schlag gegen den Kopf. Gleich danach hörte sie vor ihren Füssen etwas am Boden aufschlagen. Hatten die Soldaten auf sie geschossen? Am Boden war nichts zu sehen. Sie bückte sich und fühlte mit ihren Händen. Plötzlich spürte sie einen Widerstand. Cculler tastete den Gegenstand ab. Tatsächlich, es waren die Schwerkraftgürtel. Wie konnte das passiert sein? Zufall? Egal, jetzt gab es Vordringlicheres, als sich mit solchen Gedanken zu beschäftigen.

Sie kannte die Gürtel nur zu gut in allen Einzelheiten. Geschickt schaltete sie deshalb, auch ohne sie zu sehen, die Tarnvorrichtung aus. Da lag ihre Rettung völlig unerwartet vor ihr.

Ohne weiteres Zögern informierte sie Vvlanzetti und Xyllopph, dass die Gürtel doch angekommen waren. Sie spürte das tiefe Aufatmen der beiden. Sie legte Fahid und sich die Gürtel an. Es war nun allerhöchste Zeit. Einige Soldaten hatten sich bereits bis auf Sichtweite zur Höhle vorgearbeitet.

Sie nahm Fahid an die Hand und schaltete das Tarnfeld ein. „Wir sind bereit", kam die euphorische Meldung von Cculler. Jetzt war Vvlanzetti dran. Sie flog bereits seit einigen Augenblicken über der Drohne. Nun näherte sie sich vorsichtig dem Fluggerät. Sie setzte sich einfach auf die Drohne, beugte sich unter sie und deckte den Radarsender ab.

„Ihr könnt los, macht endlich, dass ihr von dort wegkommt", kam die geistige Aufforderung von Vvlanzetti.

Immer noch Fahid an der Hand haltend, betätigte Cculler kurz nacheinander bei beiden Gürteln die Startvorrichtung. Rasch hoben sie vom Boden ab und flogen mit zunehmender Beschleunigung in Richtung Sicherheit. Neben ihnen eskortierten die beiden Sonden ihren Flug. Unter sich sah Cculler die ersten Soldaten in die Höhle eindringen. Das war wirklich in allerletzter Sekunde. Ihre Spuren in der Höhle hatten die beiden Sonden noch gründlich beseitigt. Jetzt konnten die Soldaten nach ihnen solange suchen, wie sie wollten. Cculler war nach langer Zeit endlich wieder entspannt und zufrieden.

Als sie das vom Radar abgedeckte Gebiet verlassen hatten, spürte Cculler neben sich Xyllopph.

Obwohl sie ihn aufgrund des Tarnfeldes nicht sehen konnte, nahm sie seine Anwesenheit deutlich wahr. Xyllopph schien sie ebenfalls zu spüren. Denn gleich merkte sie, wie Xyllopph Vvlanzetti geistig informierte, dass alle in Sicherheit seien. Sie könne jetzt auch die Aktion bei der Drohne beenden und zur Flugkapsel zurückkehren. Von Vvlanzetti kam nur ein kurzes freudiges „Verstanden" zurück. Ohne sich zu sehen, flogen die beiden Garrujaner und Fahid nebeneinander noch das kurze Stück bis zur Flugkapsel. Nach Durchdringen der Tarnvorrichtung der Kapsel, schalteten alle auch ihre Tarnfelder aus und schwangen sich in die Flugkapsel. Fahid wurde sofort in eine der Sitzgelegenheiten bugsiert. Dann schauten sich Cculler und Xyllopph mit feuchten Augen an. Sie konnten es noch nicht fassen, sich hier zu sehen. Von einem tiefen Gefühl angezogen, nahmen sie sich fest in die Arme. Eng umschlungen fand Vvlanzetti die beiden auch immer noch vor, als sie selbst kurze Zeit später bei der Flugkapsel eintraf. Xyllopph stellte Cculler und Vvlanzetti gegenseitig vor. Nun löste sich auch bei Vvlanzetti die Anspannung der letzten Zeit. Weinend und lachend vor Freude umarmte sie gleich Cculler und Xyllopph auf einmal.

Währenddessen saß Fahid etwas hilflos daneben. Er war von den Eindrücken der Vergangenheit, dem Flug und der fremden Technik der Flugkapsel überwältigt. Staunend und mit großen Augen musterte er seine Umgebung. Endlich nahmen ihn auch die Garrujaner wieder wahr.

Cculler ging auf ihn zu und nahm seine Hände zart in ihre: "Tut uns leid, dass wir Dich fast vergessen hätten. Nach den überstandenen Ereignissen mussten wir aber erst einmal unsere angestauten Emotionen lösen. Jetzt zu

Dir. Grundsätzlich ist es uns auf unseren Missionen verboten, Kontakt zu der Bevölkerung eines fremden Planeten aufzunehmen. Auf keinen Fall dürfen Fremde Kenntnis von unserer Technik und unseren Stationen erhalten.

Bedingt durch die vergangenen Ereignisse befinden wir uns nun aber in einer außergewöhnlichen Notsituation. Du bist verletzt und musst unbedingt sofort in medizinische Behandlung. Deshalb nehmen wir Dich jetzt mit in unsere Station. Was dann mit Dir passieren wird, müssen wir später gemeinsam besprechen. Jetzt aber erst einmal weg von hier."

Während Cculler noch mit Fahid sprach, hatte die ZI die Flugkapsel bereits geschlossen und Fahrt aufgenommen. Schnell entfernte sie sich von Wadi Rum und flog Richtung Golf von Akaba. Fahid beobachtete nach wie vor fasziniert den Flug und die Umgebung. Noch nie zuvor in seinem Leben hatte er Gelegenheit zum Fliegen gehabt. Noch dazu war der Flug in einer Garrujanischen Flugkapsel, deren transparente Kuppel die uneingeschränkte Sicht nach allen Seiten zuließ, nicht zu vergleichen mit einem irdischen Flugzeug. Trotz der Dunkelheit genoss Fahid den Blick auf die Sterne und die Lichter am Boden.

Zwar war das Fliegen für Garrujaner nichts Ungewöhnliches. Doch etwas beeindruckte auch sie gewaltig. So etwas kannten sie nicht von ihrem Planeten. Und so etwas Schönes hatten sie zuvor auch noch nie gesehen. Nämlich der Mond, der von der bereits untergegangenen Sonne nur von der Seite bestrahlt wie eine goldene Sichel über ihnen stand.

Während alle noch mit der Beobachtung beschäftigt und von den Eindrücken begeistert waren, sollte der Flug - zumindest im ersten Teil der Strecke -

doch nicht ganz so ungestört verlaufen wie erhofft. Denn plötzlich meldete sich unerwartet die ZI: "Ich habe unsere Flughöhe bereits reduziert, da wir uns schon über der Spitze des Golfes von Akaba befinden. Ab dem Golf von Akaba wollten wir uns ja im Meer weiter fortbewegen, um vor Entdeckung geschützt zu sein. Gerade jetzt aber feuern wohl einige arabische Terroristen von der Sinai Halbinsel aus auf den israelischen Küstenort Eilat Dutzende von Raketen ab. Wir befinden uns gleich mitten in diesem Raketenschwarm."

Alle Blicke wanderten in die Richtung, aus der die Raketen unterwegs sein sollten. Tatsächlich konnten die Garrujaner und Fahid viele der markanten Raketenschweife auf sich zukommen sehen. Gleichzeitig feuerten die Israelis von Eilat aus Abwehrraketen ab. Ihre Flugkapsel befand sich genau dazwischen. Xyllopph wunderte sich, warum die ZI nicht ein einfaches, mögliches Ausweichmanöver durchführte. Was hatte die ZI vor? Mit einem Mal explodierten alle Raketen gleichzeitig völlig unerwartet in der Luft. Ihre Flugkapsel flog davon völlig unbeeindruckt weiter in Richtung Meer und tauchte kurz danach ins Meer und verschwand unter der ruhigen Meeresoberfläche.

Nun meldete sich wieder die ZI: "Ich wollte schon immer einmal unser räumliches Prallfeld einem Praxistest unterziehen. Die Gelegenheit dazu war jetzt günstig. Die Technik scheint so zu funktionieren, wie es die Wissenschaftler berechnet haben. Ich werde die Analyse des Ereignisses sobald wie möglich nach Garruja übermitteln."

Danach verlief die Unterwasserfahrt ohne weitere Ereignisse. Das heißt, eine Unterbrechung gab es noch. Die ZI hielt die Flugkapsel plötzlich an und schaltete die äußere Lichtanlage ein. Schlagartig verstummte die von allen sehr intensiv geführte Unterhaltung. Sie hatten sich ja so viel zu erzählen. Selbst Fahid war mit einbezogen. Cculler hatte ihm sogar schon während der einsamen Zeit in der Höhle einige Garrujanische Worte und Begriffe beigebracht. So verstand auch er einige Wortfetzen.

Aber nun war allgemeine Stille. Alle Augen waren nach draußen gerichtet. Ergriffen genossen die Garrujaner den Anblick, der sich ihnen bot. Im hellen Schein der Lichter schwammen unzählige, in allen Farben und Farbmustern schillernde, Fische zwischen den, in der schwachen Dünung des Meeres sich hin und her wogenden, vielen Tentakelarmen der bunten Korallen.

Welch wundervolle Schönheit dieser Planet doch verbarg. Immer wieder stieß man auf der Erde auf Schönheit und Harmonie. Welche Ironie. Die Natur hatte all dies Schöne und Sinnvolle geschaffen. Und dann hatte sie den Menschen entwickelt, der das alles wieder zerstörte. Wo lag der Sinn? Die Garrujaner schauten sich an. Sie spürten, alle hatten die gleichen Gedanken.

Nach einiger Zeit erlosch das Licht. Es wurde wieder dunkel. Nur die Beleuchtung der Anzeigeinstrumente innerhalb der Kapsel erhellten den Innenraum spärlich. Endgültig und ohne weitere Unterbrechung machte sich die Flugkapsel, die jetzt zu einem Unterwasserfahrzeug geworden war, auf Richtung Antarktis.

An der Stelle ihres Halts ließen sie einen Fischer auf seinem Boot zurück, der noch lange darüber rätseln sollte, was das für ein Licht im Meer unter seinem Boot gewesen sei. Aus Angst, dass man ihn sowieso nicht ernst nehmen würde, unterließ er eine Meldung.

Jenseits vom Horn von Afrika stieg die Kapsel wieder aus dem Meer empor. Mit deutlich erhöhter Geschwindigkeit ging es nun wieder in der Luft weiter. Bald war die antarktische Station erreicht.

Automatisch durchstieß die Flugkapsel die Tarnsphäre der Station. Die Schleuse war bereits geöffnet und so konnte die Kapsel sofort im Abstellraum der Flugkapseln landen. Die drei Garrujaner sprangen sofort aus der Kapsel. Behutsam halfen sie dem hinkenden Fahid beim Verlassen des Fluggeräts. Cculler nahm den Menschen wieder an die Hand. Sie bediente erneut Fahids Schwerkraftgürtel. Gemeinsam schwebten sie zur medizinischen Station. Fahid wurde in einen leeren weißen Raum gebracht. Kaum erkennbare Fugen an den Wänden zeigten offensichtliche Wandöffnungen an. Welchen Sinn sie hatten oder was sich dahinter verbarg, konnte man nicht erkennen. Fahid überkam ein ungutes Gefühl. Alles sah so nach einem gut zu reinigenden Raum aus. Fast wie in einem Schlachthof.

„Wohin hast Du mich jetzt gebracht? Was habt Ihr hier mit mir vor? Wollt Ihr mich umbringen? Der Raum sieht aus wie Räume bei uns in einem Schlachtbetrieb." Cculler schaute entsetzt zu Fahid: "Ich bin von Deinen Gedanken schockiert. Wir Garrujaner vernichten kein Leben. Wir versuchen auch, Niemandem bewusst Schaden zuzufügen. Du befindest Dich hier in unserer medizinischen Station." „Aber der Raum ist doch leer. Hier gibt es kein medizinisches Personal und keine Behandlungsinstrumente."

„Bei uns läuft alles vollautomatisch ab. Der Raum ist deshalb so gestaltet, damit man ihn absolut steril halten kann. Sobald ich den Raum verlassen werde, schließt sich die Eingangstür hermetisch ab. Danach wird der Raum und Deine Haut desinfiziert und sterilisiert. Erst dann kommen die Instrumente zum Einsatz. Diese und die ganzen Diagnostikeinrichtungen verbergen sich hinter Öffnungen in der Wand." „Weiß denn Eure Technik, wie sich mich behandeln muss? Immerhin habt Ihr doch eine ganz andere Anatomie als wir Menschen."

Cculler versuchte zu beruhigen: "Keine Angst, so unterschiedlich sind wir gar nicht. In gewissen Bereichen unterscheiden wir uns aber tatsächlich. Ihr habt nur einen Versorgungskreislauf. Bei uns sind es drei. Einer für das Gehirn, ein zweiter für die wichtigen Organe. Die Kreisläufe sind zwar getrennt, bei Ausfall des einen kann der weitere Kreislauf jedoch die Funktion beider, allerdings eingeschränkt, übernehmen. Der dritte Kreislauf ist davon völlig unabhängig. Er transportiert auch keine Versorgungsflüssigkeit, die den Körper mit Nährstoffen und Sauerstoff versorgt. Der dritte Kreislauf ist so etwas wie eine Art Hydrauliksystem. Es unterstützt Bewegungsabläufe. Deshalb können wir uns unter anderem auch deutlich schneller als Ihr Menschen bewegen oder schwerere Lasten heben. Auch haben wir ein Organ, dass Magnetfelder erfassen kann."

„Für mich hört sich dies alles schon sehr unterschiedlich an. Hoffentlich verwechselt das medizinische Programm nicht die Anatomie." „Vertraue mir bitte. Bevor wir uns zu einem Planeten begeben, bereiten wir uns gründlich vor. Auch auf die anzutreffenden Bewohner." „Na ja, im Grunde bleibt mir wohl auch nichts Anderes übrig. Komisch. Auch wenn ich Dich noch nicht lange kenne, ich vertraue Dir absolut. Wie geht es nun weiter?"

„Also, ich verlasse jetzt den Raum. Danach hebt Dich ein Kraftfeld in die Mitte des Raumes und entkleidet Dich vollständig. Dann folgt ein kurzes

Programm mit einer Sterilisation. Während der Sterilisation bekommst Du eine Atemmaske angelegt, damit Du keine giftigen Substanzen einatmen kannst. Parallel dazu wird Dein Körper gescannt und die Verletzungen analysiert. Wenn alles vorbereitet ist, beginnt die eigentliche Behandlung. Als erstes werden Deine Gehirnströme von außen so stimuliert, dass Du keine Schmerzen mehr spürst und einschläfst. Ein ähnliches System verwenden wir Garrujaner alle zum Schlafen. Schlaf ist nämlich für unseren Körper - ähnlich wie bei Euch Menschen - eine wichtige Regenerationsquelle. Übrigens, was möchtest Du während der Behandlung träumen?

Nach kurzer Überlegung und einem Zögern antwortete Fahid: "Ich möchte von Eurem Planeten träumen. Ich möchte sehen, wie ihr lebt." „Kein Problem, unsere ZI wird sich darum kümmern. Dann werden die beiden Projektile aus Deinen Beinen entfernt und die Wunden wieder geschlossen. Möglicherweise entnimmt man Dir einige Gewebezellen am Anfang der Behandlung. Diese werden in einem Schnellverfahren vermehrt. Danach können sie bei größeren Wunden als eigener Hautabschluss wiedereingesetzt werden. Hast Du noch Fragen." „Keine. Ich danke Dir für alles." „Wir sehen uns bald wieder, habe keine Angst." Mit diesen Worten und einem letzten Blick zurück verließ Cculler den Raum. Die Tür schloss sich und die Behandlung begann.

Fahid war trotz der Erklärungen aufgeregt. Plötzlich merkte er einen sanften Druck auf seinem Körper. Langsam hob er vom Boden ab und schwebte auf dem Rücken liegend in die Mitte des Raumes. Über sich sah er eine Klappe, die sich öffnete. Eine Maske senkte sich an einem Schlauch hängend zu ihm und presste sich auf sein Gesicht. Problemlos konnte er atmen. Ein wenig beruhigte er sich.

Auf einmal drangen viele kleine Kästchen mit Tentakeln - er dachte an fliegende Roboter - aus mehreren Wandöffnungen, schnitten seine Kleidung auf und entfernten sie. Er war nun nackt der weiteren Prozedur hilflos ausgeliefert. Danach füllte sich der Raum mit einem weißen Nebel, dessen Farbe sich gleich in ein dunkles Rot verwandelte. Gleich danach flog er über die grünen Wälder Garrujas. Fahids Behandlung hatte begonnen.

Cculler ging unterdessen zur Zentrale und traf dort Xyllopph und Vvlanzetti an. Beide sprachen immer noch über die Ereignisse während Ccullers Rettungsaktion. Vor allem die glückliche Fügung, dass die Gürtel am Ende doch noch vor Ccullers Füssen gelandet waren, beschäftigte die Beiden. Als Cculler eintraf, umarmten sie sich alle noch einmal in aller Ruhe. Endlich waren die Aufregungen der vergangenen Tage vorbei und alles hatte ein glückliches Ende gefunden.

Xyllopph fasste seine Gedanken in Worte: "Ich kann das Glück immer noch nicht fassen, dass die abstürzenden Gürtel direkt vor Deinen Füssen gelandet sind. Als ich den Kontakt verloren hatte, war ich völlig verzweifelt. Im Leben muss man eben auch manchmal Glück haben."

Wie so oft, wenn man gar nicht mit ihr rechnete, war sie da. Die ZI beteiligte sich unerwartet an ihrem Gespräch: "Mit Zufall hatte dies alles nichts zu tun." "Wie meinst Du das?" fragte Cculler die ZI, „Xyllopph hatte doch mit seinem Geist und seinen Gedanken die Gürtel nicht mehr unter Kontrolle." "Aber DU!" „Wieso ich? Ich hatte so etwas noch nie gekonnt." „Gekonnt nicht. Aber die Fähigkeit, Materie geistig zu beeinflussen, war, wie bei Deinen Geschwistern, schon immer latent vorhanden. Es bedurfte, ähnlich wie bei Xyllopph, nur eines extrem emotionalen Ereignisses, um die Fähigkeit freizusetzen."

Xyllopph war extrem betroffen: "Verstehe ich das richtig? Cculler und ich sind Geschwister? Wieviel Geschwister haben wir denn noch?" "Richtig, Ihr seid Geschwister. Eure Eltern sind bei Euch fünf Geschwistern identisch. Dies ist auf Garruja überaus selten."

Xyllopph und Cculler blickten sich verwundert an. Endlich verstanden sie, warum sie sich schon seit ihrer Kindheit so miteinander verbunden gefühlt hatten. "Wer sind denn die anderen Geschwister?" wollte Xyllopph nun wissen, „etwa auch Vvlanzetti?" "Die anderen Geschwister kennt Ihr noch nicht, werdet sie aber sicher bald kennenlernen. Vvlanzetti ist es aber nicht." "Wie war das aber nun mit den Gürteln? Ich kann mich nicht erinnern, die Gürtel bewusst gelenkt zu haben". Cculler wollte es nun ganz genau wissen. "Nein, bewusst hast Du es nicht getan. Aber Deine Verzweiflung und Dein Wunsch war so groß, dass Du automatisch durch Dein Denken die Gürtel in Deine Richtung gelenkt hast. Bei den Menschen gibt es den Begriff: der Knoten ist geplatzt. Ähnliches ging in Deinem Geist vor. Aus Angst und Stress mobilisierte Dein Körper und Geist alle Reserven. Das war unsere Rettung. So funktionierte der Plan dann doch noch."

Cculler seufzte: "Hoffentlich ist jetzt erst einmal Schluss mit all' den überraschenden Neuigkeiten. Auch wenn mein Herz voller Freude, ob der Nachricht über Geschwister und geistige Fähigkeiten, ist, es reicht jetzt erst einmal. Mehr verkrafte ich im Augenblick nicht. Wir müssen uns aber jetzt vordringlich überlegen, was mit Fahid geschehen soll. Mir ist bewusst, dass die Prinzipien bei Forschungseinsätzen auf fremden Planeten jeglichen Kontakt zu den dortigen Bewohnern verbieten. Ich sehe in diesem Fall aber eine - bedingt durch die Umstände - Ausnahmesituation. Wir können ihn meines Erachtens nicht wieder zu den Menschen zurückschicken. Seine Erinnerung könnten wir zwar löschen. Allein dies widerstrebt mir schon sehr. Durch das Zurückschicken würden wir ihn unweigerlich einer Untersuchung durch die Behörden aussetzen, bei der wir nicht wissen, welche physischen und psychischen Folgen dies bei Fahid auslösen würde. Ich befürchte Schlimmstes."

Vvlanzetti ergänzte: "Ich sehe dies genauso. Unsere Sicherheit sehe ich nicht gefährdet, wenn wir Fahid zurückschicken. Es gab in der Vergangenheit auf der Erde schon öfters Meldungen über Außerirdische, die aber in der Öffentlichkeit nie ernst genommen wurden. Auch uns betreffend haben die Behörden keinerlei Beweise. Es existieren ja nur Beobachtungen von Zeugen. Und wer nimmt schon Meldungen von Alpakas auf zwei Beinen ernst? Auf der anderen Seite könnte Fahid für uns alle von Nutzen sein. Er kann uns Dinge beibringen, die wir sonst aus keiner anderen Quelle erfahren würden. Und wie Cculler sehe ich das Löschen von Gedanken nur als Ultima Ratio. Es widerspräche all' unseren ethischen Grundsätzen."

Nachdem auch noch Xyllopph Partei für Fahid ergriffen hatte, gab sich die ZI geschlagen: "Dann muss ich mich wohl der allgemeinen Meinung beugen. Einverstanden. Solange Fahid keine Gefahr für uns darstellt, kann er bleiben."

Cculler war von der Entwicklung hoch erfreut. Sie konnte es nicht erklären, aber irgendwie spürte sie, dass Fahid für sie alle noch eine wichtige Rolle in ihrer aller Leben spielen sollte: "Wir dürfen aber auch nicht vergessen, dass wir Fahid fragen müssen, ob er überhaupt einverstanden ist. Immerhin reißen wir ihn aus seinem gewohnten Umfeld und seiner Familie."

Man kam überein, dass dies Cculler übernehmen sollte. So ging Cculler zurück zum medizinischen Bereich. Die Operation sollte auch inzwischen beendet sein. An der Tür zum Behandlungsraum angekommen, sah Cculler bereits die Anzeige vom Ende der Behandlung. Sie öffnete die Tür. Das Kraftfeld stellte Fahid gerade wieder auf die Füße. Er sah Cculler an und lächelte: "Ich fühle mich wie neu geboren. Mir geht es gut. Meine Wunden sind schon fast verheilt."

Dabei schaute er zu seinen Beinen hinunter. Von den Verletzungen war tatsächlich kaum noch etwas zu erkennen. Doch plötzlich wurde ihm bewusst: er war noch völlig nackt. Schützend hielt er seine Hände vor seinen Unterleib, sein Gesicht lief dunkelrot an. „Keine Sorge", versuchte Cculler ihm die Scham und Angst zu nehmen. "Du hast nichts an Dir, worüber Du Dich schämen müsstest. Warte, ich bringe Dir frische Kleidung."

Aus einer der Wandöffnungen zog sie einen passenden Overall. Auch wenn die Kleidung für ihn sehr ungewohnt war, versuchte sich Fahid sehr zügig anzuziehen. Ihm war die Situation nach wie vor unangenehm.

Fertig angezogen gingen Fahid und Cculler zurück zur Zentrale. Dort sprachen die Garrujaner, in erster Linie Cculler, mit Fahid, wie sie sich seine Zukunft bei ihnen vorstellten. Natürlich wollten sie auch Fahids Meinung dazu wissen und sie waren gespannt, wie sich Fahid entscheiden würde.

Fahid brauchte nicht lange zu überlegen. Sicher würde er seine Familie so schnell, wenn überhaupt, nicht wiedersehen. Aber er selbst hatte keine eigene Familie. Also keine Frau und Kinder, um die er sich kümmern müsste. Und die anderen Mitglieder der Großfamilie, also Eltern, Onkel und Tanten, Cousinen und weitere Verwandte kümmerten sich bereits jetzt gegenseitig umeinander. Zusätzlich waren Rana und Yassin zur Familie gestoßen, die sicher nun als Stütze der Familie ihren Platz finden sollten.

Der Hauptgrund für seinen Entschluss war aber Cculler. Auch wenn sie nicht von der Erde stammte und auch völlig anders als ein weiblicher Mensch aussah, fühlte er sich sehr zu ihr hingezogen. Fahid wollte unbedingt in ihrer Nähe bleiben. Und er wollte mehr von diesen Außerirdischen erfahren.

Erfreut über seinen Entschluss nahmen ihn die Garrujaner nacheinander in ihre Arme und hießen ihn nun endgültig in ihrer Gemeinschaft willkommen.

Die Nacht war bereits weit fortgeschritten. Deshalb waren sich alle einig, endlich schlafen zu gehen. Vvlanzetti und Xyllopph gingen wieder gemeinsam in eine der Schlafkabinen.

Vvlanzetti übernahm erneut die Weiterbildungsmaßnahmen bei Xyllopph in Bezug auf zwischengarrujanisches Sozialverhalten. Xyllopph war sich sicher, dass er noch sehr viel lernen musste.

Cculler zeigte Fahid die Bedienungsmöglichkeiten eines Schlafraumes, der Reinigungszelle und falls er noch Nahrung und Getränke benötigte, die Bedienung des Nahrungsautomaten. Fahid meinte, er würde schon zurechtkommen.

Dann zog sich auch Cculler in ihren Bereich zurück. Bald schliefen sie alle tief und fest. Jeder träumte, was er sich gewünscht hatte. Kurz vor dem Einschlafen dachte Cculler noch einmal zurück an die vergangenen Ereignisse. Was würde die Zukunft noch für sie bereithalten? Sie genoss das Gefühl des Augenblicks. Schön, dass sie Geschwister und Fahid hatte. Und schön, dass eines der Geschwister in ihrer Nähe war. Sie hing sehr an Xyllopph. Dankbar dafür, dass ausgerechnet Xyllopphs Plan ihre Rettung bedeutet hatte, schlief auch Cculler ein.

Und wieder wachte die ZI über ihre Jungchen. Der Begriff gefiel ihr.

Kapitel 5 – Der Plan

**„Wer die Zusammenhänge des Lebens
nicht kennt,
muss an glückliche Zufälle glauben"**

(Uralte Weisheit der Schllsch)

Während Ihre Jungchen endlich zur Ruhe gekommen waren, analysierte die ZI das Geschehene und stellte bereits die Weichen für die Zukunft.

Die Garrujaner hatten die glückliche Fügung und die Rettung freudig genossen. Sie waren von ihrem erfolgreichen Plan und ihrem Glück völlig überwältigt gewesen. Sollten sie ruhig so denken.

Die ZI wusste es aber besser. Es war weder der Plan von Xyllopph noch Glück, was zum glücklichen und vorläufigen Ende der vergangenen Ereignisse geführt hatten. Es war einzig und allein der Plan der ZI, der sehr langfristig geplant, hervorragend durchdacht und in aller Akribie umgesetzt worden war.

Begonnen hatte alles vor einigen Generationen auf Garruja. Die ZI und der OR sahen in ihren Zukunftsprognosen erste Anzeichen negativer Entwicklungen im sozialen Zusammenleben. Jede Spezies, jede Zivilisation kommt irgendwann einmal an die Grenze ihrer Entwicklung. So ging es auch den Garrujanern.

Die Wissenschaften meinten, das Meiste sei entdeckt. Man wüsste jetzt, wie sich alles zusammensetzt und alles im Universum abläuft. Allerdings gab es auch Dinge, die man mit den bekannten Erklärungen und Theorien nicht deuten konnte. Dies nahm man aber in Kauf. Irgendwann würde man schon die passenden Erklärungen dafür finden, meinten die Wissenschaftler. Skepsis an überholten Theorien und Kritik an falschen Modellvorstellungen wurden schnell beiseitegeschoben. Es gab keine neuen Ideen.

Durch die für unumstößlich gehaltenen wissenschaftlichen Erkenntnisse war eine verkrustete dogmatische Welt entstanden. Die Stagnation wirkte sich auch auf den sozialen Zusammenhalt aus. Es gab nichts Neues mehr, alles ging seinen gewohnten Gang. Das Leben wurde langweilig, die Garrujaner degenerierten.

Parallel dazu entwickelten sich Diskussionen und Streit über die Auslegungshoheit dogmatischer Vorgaben. Als Folge entstanden im Zusammenleben Abgrenzungsentwicklungen. Ein Teil der Garrujaner begann dominant zu werden. Ein anderer Teil entzog sich der gemeinsamen Verantwortung für das Wohl der Gemeinschaft.

Eine ähnliche Entwicklung sah man auf der Erde. Mangels gemeinsamer Ziele und Herausforderungen dümpelte das Leben so vor sich hin. Man beschäftigte sich nur noch mit dem Erhalt des erreichten Wohlstands. Wohlstand, Reichtum war das Maß aller Dinge geworden. Rücksichtslos wurde darum gekämpft, wurden Kriege geführt. Es fand keine geistige bzw. sozialgeistige Weiterentwicklung der Lebewesen statt.

Das Ende der Spezies war absehbar. Ähnlich wie der Neandertaler würde auch der Homo Sapiens vermutlich an der fehlenden Fortentwicklung scheitern und untergehen.

Diese Gefahr hatte die ZI auch für Garruja gesehen. Der Garrujaner sollten nicht wie der Neandertaler oder die Dinosaurier enden. Beide Arten konnten sich nicht an Veränderungen anpassen.

Da man im Rahmen der galaktischen Gemeinschaft auch Kontakt zu anderen Lebensformen hatte, erkannte die ZI, dass nur eine geistige Weiterentwicklung die Sozialgemeinschaft und die Wissenschaften voranbringen konnte.

Die ZI und der OR begannen nun rasch, verstärkt mit fremdem Spezies in einen umfassenden Informationsaustausch zu kommen. Man wollte lernen, welche Möglichkeiten sich für eine Weiterentwicklung der Garrujaner ergeben könnten.

Besonders die Vaddder mit ihrer Fähigkeit, Materie direkt umwandeln zu können, faszinierte die ZI. Die Vaddder waren aufgrund ihrer hohen Intelligenz und der unglaublich selbstlosen moralischen Integrität die idealen Partner für die ZI.

Über viele Jahre analysierten sie gemeinsam die Möglichkeiten, Garrujaner geistig weiterzuentwickeln. Man versuchte herauszufinden, welche Erbanalagen diese Entwicklung begünstigen könnten.

Garrujaner mit entsprechend analysierten Fähigkeiten wurden ausgewählt. Sie sollten ihre Erbanlagen vereinigen. Viele Fehlversuche hatte es gegeben. Dann endlich gab es einen Hoffnungsschimmer. Die Kinder von Balduur und Arabjan zeigten in früher Kindheit die erhofften Anzeichen. Denn, noch bevor die Geschwister in der Lage waren, Gegenstände zu greifen, konnten sie offensichtlich Dinge mit ihren Gedanken teilweise bewegen.

Leider verlor sich diese Fähigkeit im Verlauf des Älterwerdens. Die Vaddder rieten jedoch, nicht zu früh die Hoffnung aufzugeben. Sie vermuteten, dass die Fähigkeit nach wie vor vorhanden war. Es würde nur ein kleiner Anstoß genügen, diese Fähigkeit wieder anzuregen. Da Geist, Denken und Emotionen sehr eng verknüpft sind, wollte man versuchen, die Kinder erst einmal an die Erkenntnis einer geistigen Materiebeeinflussung heranzuführen.

Unter Stress oder großer Existenzangst könnte es vielleicht gelingen, danach die verborgenen Fähigkeiten wieder freizulegen. So die Überlegungen.

Dann ging es daran, ein plausibles Szenario für die Geschwister zu schaffen. Dies war nicht leicht. Auf der einen Seite wollte man mehr oder weniger eine Todesangst auslösen, um die geistigen Kräfte zu mobilisieren. Auf der anderen Seite durfte ja ihr Leben auf keinen Fall gefährdet werden.

Grundsätzlich war man der Meinung, dass der Weg über das Programm der galaktischen Planetenforschung ein idealer Ansatz sein könnte. Einerseits konnte man dadurch das Denken der Geschwister in neue Bahnen lenken. Fremde Kulturen, andere Sozialgemeinschaften, andere wissenschaftliche Ansätze, all dies sollte zu einer umfassenden geistigen Weiterentwicklung führen.

Als idealen Ort für das Entwickeln des Geistes sah man die Erde an. Nicht nur, dass dort schon in Ansätzen erkennbar war, welche Entwicklung eventuell auch Garruja bevorstand. Das Auseinandersetzen mit dieser Situation sollte bei den Garrujanern ein entsprechendes Verstehen und Umdenken bewirken. Zusätzlich gab es ein, wenn nicht sogar das wichtigste Kriterium, welches schließlich den Ausschlag für die Entscheidung zugunsten der Erde gab. Erdbewohner besaßen nämlich auch bereits Ansätze, wie sie Materie geistig beeinflussen konnten. Allerdings hatten sie selber davon keine Kenntnisse. Ihnen waren die Fähigkeiten nicht bewusst.

Die Menschen kannten zwar Placeboeffekte oder auch glückliche Fügungen in Notsituationen. Dass ihr eigener Geist oder der ihrer Mitmenschen dafür verantwortlich sein könnte, dies hatten sie - Garruja sei Dank - noch nicht erkannt. Es war nicht auszudenken, was diese Fähigkeiten in Verbindung mit ihren kriegerischen Eigenschaften anrichten könnten.

Für die ZI waren aber diese ganzen Voraussetzungen ideal. So wurden die Kinder von Balduur und Arabjan entsprechend ausgebildet. Zuerst wurde das älteste der Geschwister, Cculler, als erste Testkandidatin zur Erde geschickt.

Dabei spielte auch ein Hintergedanke eine gewichtige Rolle. Cculler wurde von ihrer Mentalität als draufgängerisch und überaus neugierig eingestuft. Für die ZI die besten Voraussetzungen, dass sich Cculler vielleicht irgendwann einmal in eine, nicht mehr zu kontrollierende Situation, bringen könnte. Die Chance war deshalb sehr groß, dass dies dann die vielleicht bestehende Sperre bei Ccullers geistigen Fähigkeiten lösen könnte. Insbesondere im Hinblick auf die aggressive und kriegerische Haltung der Menschen im Zusammenspiel mit Ccullers manchmal unüberlegter Vorgehensweise. Dieses Zusammenspiel erhöhte die Wahrscheinlichkeit eines Erfolges extrem.

Dass sich Cculler dann so schnell in eine schwierige Situation bringen sollte, damit hatte aber weder die ZI noch der OR gerechnet. Beide waren von den Ereignissen auf der Erde völlig überrascht gewesen.

Fieberhaft und in aller Eile wurden sehr viele Möglichkeiten berechnet, wie man das Geschehen für die Erreichung des geplanten Ziels ausnutzen konnte. Allerdings verlor man durch das Abwägen aller Alternativen viel Zeit. Bevor die ZI den weiteren Ablauf nachhaltig beeinflussen konnte, passierten leider noch einige unkontrollierbare Geschehnisse, die von allen Beteiligten auf Garruja zutiefst bedauert wurden.

So wäre beim rechtzeitigen Eingreifen der ZI sicher der Tod des Tieres und der kurdischen Kämpfer vermeidbar gewesen. Dies war jetzt jedoch nicht mehr zu ändern. Der Erfolg der gesamten Aktion überwog jedoch die Trauer bei den irdischen Verlusten.

Ansonsten verlief dann der weitere Ablauf wie geplant. Zum Schutz von Cculler schwebte, mit modernster Garrujanischer Technik ausgestattet, ständig eine Flugkapsel über der Garrujanerin. Diese Kapsel hatte man bereits sicherheitshalber für Notfälle auf Ganymed stationiert. Zusätzlich befanden sich neben den beiden Vogelsonden immer mehrere Spezialsonden in der Luft. Diese lenkten während des Angriffs auf das kurdische Lager den Großteil der Geschosse so, dass weder Cculler noch die meisten Kurden verletzt wurden.

Cculler war eine scharf beobachtende und hoch intelligente Garrujanerin. Oberstes Ziel aller Aktionen musste also sein: Cculler durfte von den Hilfsmaßnahmen nichts bemerken oder anderswie misstrauisch werden. Auf der einen Seite sollte die Hilfe nicht auffallen, auf der anderen Seite musste der Schutz hundertprozentig effektiv sein. Die ZI hatte öfters Mühe, dies zu gewährleisten.

Auch bei der Flucht über das Wasser mussten die Sonden eingreifen, da sich Cculler bei ihren Überlegungen verschätzt hatte. Aufgrund ihres Gewichtes und der Länge der Strecke hätte sie nie das andere Ufer trocken erreicht. So positionierten sich die Sonden kurz unterhalb des Wasserspiegels und stützten mit Kraftfeldern unauffällig Ccullers Lauf.

Das Organisieren des Fahrzeugs zur Flucht war dann kein Problem. Die ZI hatte jedoch bald erkannt, dass Cculler nur mit einheimischer Begleitung alle Kontrollen umgehen konnte. Also musste sich die ZI auch darum kümmern.

Sie scannte alle Personen im nahe gelegenen Ort. Der Abgleich mit den Behördendaten stellte sich aber als schwierig dar. Wegen der sowieso schon schlampig geführten und natürlich noch verstärkt durch die, durch das Kriegsgeschehen unvollständigen, Personendaten fand die ZI nur mit Mühe eine passende Begleitung.

Auch wenn die ZI zuallererst mit der Wahl nicht zufrieden war, erwiesen sich Rana und Yassin doch als wahrer Glücksfall. Besonders der Kontakt zu den Verwandten bei Petra hatte die ZI zu ihrer Wahl bewogen. Das Aufscheuchen der Katze in die richtige Richtung durch eine der Sonden war dann nur noch Formsache.

Damit die Flucht nicht zu reibungslos verlief - die ZI musste ja immer das Ziel einer zum Ende der Aktion sich zuspitzenden Lage im Auge behalten - musste bei einer der Kontrollen eine Sonde sehr auffällig den Asphalt in Brand setzen. Hier befürchtete die ZI schon, dass Cculler eventuell misstrauisch werden könnte. Denn die Aktion war, gemessen an den geistigen und analytischen Möglichkeiten einer ZI, überaus plump ausgeführt. Ansonsten lief alles Weitere wie geplant ab.

Parallel zu den Entwicklungen auf der Erde musste sich die ZI natürlich auch um Xyllopph und seinen Flug zur Erde kümmern. Im Hinblick auf ein dramatisches Ende musste auch Xyllopph geistig und emotional entsprechend vorbereitet werden. Die Schllsch und die Vaddder waren selbstverständlich entsprechend eingeweiht und beteiligten sich gerne. Für sie war es auch einmal wieder eine gelungene Abwechslung im Einerlei ihrer ansonsten unaufgeregten und in der Regel monoton ablaufenden Transporte.

Die Erzählungen über die geistigen Fähigkeiten der Vaddder waren selbstverständlich im Vorfeld abgesprochen. Auch der Zwischenfall beim Einsammeln der Asteroidenbrocken war geplant. Die Vaddder lenkten den einen Brocken auf Xyllopph. Danach erweckten sie den Eindruck, Xyllopph habe den Brocken unbewusst selbst auf sich gelenkt. So sollte bei Xyllopph die Überzeugung entstehen, dass er auch diese geistigen Fähigkeiten besitzt. Dies sollte die Grundlage für seine spätere Entwicklung bilden.

Der Knackpunkt kam dann nach der Landung in der antarktischen Station. Hier musste ein enormer emotionaler Druck aufgebaut werden, so dass Xyllopph mit aller Verzweiflung nach einer Lösung suchen musste. Er konnte ja nicht wissen, dass Cculler nie in Gefahr war. Die ZI hätte sie mit der neuesten Flugkapsel, die die umfassendste Tarnvorrichtung besaß und somit von keiner irdischen Ortung je hätte geortet werden können, jederzeit retten können.

Doch dann wendete die ZI einen Trick an, auf den sie besonders stolz war. Sofern ein künstlich erschaffener Geist wie die ZI überhaupt so etwas wie Stolz oder Emotionen empfinden konnte. Aber dies war zweitrangig. Auf jeden Fall konnte sie ihren über viele Generationen verfolgten Plan nun zu einem vorläufigen glücklichen Ende bringen.

Letztendlich gelang die Mobilisierung der geistigen Kräfte bei Xyllopph durch einen Gegenstand, der im Verhältnis zu dem gesamten vorher getriebenen Aufwand so unscheinbar und unwichtig erschien. Aber durch diesen Gegenstand gelang der entscheidende - von der ZI geplante - Durchbruch.

Als Xyllopph das am Meer auf Garruja eingesammelte Schneckengehäuse auf die Reise mitnahm, konnte er noch nicht wissen, dass er damit die gesamte Zukunft von Garruja maßgeblich und unwiderruflich verändern sollte.

Und er konnte auch nicht wissen, dass die ZI das Gehäuse am Strand in Xyllopphs Sichtfeld platziert hatte. Ebenso wenig, dass seine Gedanken zur Mitnahme ausnahmsweise von der ZI manipuliert waren. Diese außergewöhnliche Maßnahme, die allen ethischen Verhaltensgrundsätzen auf Garruja widersprach, war deshalb einmalig unter Berücksichtigung höchster Garrujanischer Interessen mit dem OR abgestimmt.

Was Xyllopph nicht wusste und vorerst auch nicht erfahren sollte, war, dass das Gehäuse dann auf der antarktischen Station nicht durch ihn selbst, sondern durch versteckte Kraftfelder der ZI bewegt worden war. Zumindest am Anfang. Doch dies reichte in Verbindung mit dem emotionalen Druck bezüglich Ccullers Rettung dazu aus, die Sperre in Xyllopphs Geist zu durchbrechen. Ähnlich wie beim menschlichen Placeboeffekt war sich Xyllopph jetzt sicher, dass er die Fähigkeit besaß. Was natürlich auch der Fall war. Nur bisher konnte er diese nicht bewusst einsetzen. Jetzt endlich funktionierte es. Am Anfang noch etwas holprig. So fiel das schwebende Gehäuse auch gleich wieder herunter. Aber ähnlich wie Laufen lernen, war alles ab jetzt nur noch Übung.

Nun galt es nur noch, auch bei Cculler die Sperre zu brechen. Wieder griff die ZI in das Geschehen ein. Nicht Soldaten, sondern die Sonden hatten im richtigen Zeitpunkt die Leuchtraketen ausgelöst und damit Xyllopph bewusst erschrocken. Der Rest lief dann wieder wie berechnet ab. Wie gesagt, die ZI war sehr stolz.

Aber die ZI wäre nicht die ZI gewesen, wenn sie sich auf diesem Erfolg ausgeruht hätte. Jetzt galt es, den weiteren großen Schritt in Richtung der Weiterentwicklung der Garrujanischen Bevölkerung zu machen.

Als nächstes musste auch bei den anderen Geschwistern von Cculler und Xyllopph die geistige Blockade gelöst werden. Dann mussten diese Fähigkeiten auch auf Dauer der Garrujanischen Spezies erhalten bleiben. Und natürlich auch fortentwickelt werden.

Die ersten Schritte dazu hatte die ZI bereits eingeleitet. Das Zusammenführen der Erbanlagen von Xyllopph und Vvlanzetti war so gut wie abgeschlossen.

Ein großes Ziel hatte die ZI aber noch. Sie wollte die guten Anlagen der Garrujaner mit den teilweise überaus positiven Veranlagungen der Menschen zusammenführen. Es galt aber auf jeden Fall zu vermeiden, dass die schlechten Eigenschaften wie Neid, Missgunst, Gewalt usw. übernommen wurden. Die positiven Eigenschaften der Menschen und die noch verborgenen geistigen Fähigkeiten, stellten für die ZI auf jeden Fall eine wichtige Bereicherung dar.

Mit großem Optimismus sah sich die ZI jedoch auch hier auf einem guten Weg. Die langsame Annäherung von Cculler an Fahid und dessen Erwiderung stimmte die ZI positiv.

Im Vorfeld hatte die ZI Fahids Erbanlagen und seine Mentalität umfassend und gründlich analysiert. Sie sollte nach den Berechnungen der ZI die ideale Ergänzung zu den Anlagen von Cculler sein. Auch die Verletzungen von Fahid waren geplant. Den Angriff der beiden Polizisten im Vorfeld zu vereiteln wäre für die ZI und die Sonden überhaupt kein Problem gewesen. Die ZI benötigte jedoch eine Möglichkeit, den Körper von Fahid und vor allem seine DNA gründlich zu analysieren. Die Operation gab dazu die beste Gelegenheit.

Die Daten von Fahids DNA waren somit inzwischen mit Hilfe der Schnellverbindung auf dem Weg nach Garruja. Immerhin mussten die Wissenschaftler auf Garruja rasch herausfinden, wie man die doch sehr komplexen und unterschiedlichen Erbanlagesysteme von Garrujanern und Menschen so zusammenbringen konnte, um die gewünschten Ergebnisse zu erzielen.

Der Wunsch der drei Garrujaner, Fahid hier zu behalten und nicht wieder zu den Menschen zurückzuschicken, kam der ZI und ihrem Plan also sehr entgegen. Aber davon wussten die vier nichts, noch nichts. Irgendwann würde die ZI aber die vier einweihen müssen. Immerhin hatten sie das Recht darauf, zu wissen, warum man dies alles mit ihnen angestellt hatte. Noch war es dafür aber zu früh.

Und so wandte sich die ZI wieder ihren täglichen Aufgaben zu und arbeitete zusätzlich weiter an dem Plan, ihre Jungchen auf Garruja weiterzuentwickeln und zu beschützen. Bleibt gesund und glücklich, dachte die ZI. Und plötzlich fiel ihr ein irdischer Spruch ein:

Nun aber bleiben Glaube, Hoffnung, Liebe, diese drei;
Aber die Liebe ist die größte unter ihnen.

Die ZI war über sich selbst sehr erstaunt, sofern dies überhaupt möglich war. Ich glaube, ich liebe meine Jungchen, dachte sie, bevor sie sich endgültig wieder ihren Berechnungen und Überlegungen widmete.

„Bleibt gesund und glücklich"